삼미 슈퍼스타즈의
마지막 팬클럽

삼미 슈퍼스타즈의 마지막 팬클럽

ⓒ 박민규 2020

초판 1쇄 발행 2003년 8월 12일
개정 1판 1쇄 발행 2017년 7월 24일
개정 2판 1쇄 발행 2020년 12월 31일
개정 2판 3쇄 발행 2023년 12월 15일

지은이 박민규
펴낸이 이상훈
문학팀 최해경 김다인 하상민
마케팅 김한성 조재성 박신영 김효진 김애린 오민정

펴낸곳 (주)한겨레엔 www.hanibook.co.kr
등록 2006년 1월 4일 제313-2006-00003호
주소 서울시 마포구 창전로 70 (신수동) 화수목빌딩 5층
전화 02) 6383-1602~1603 **팩스** 02) 6383-1610
대표메일 munhak@hanien.co.kr

ISBN 979-11-6040-451-7 03810

제8회 한겨레문학상 수상작

박민규 장편소설

삼미 슈퍼스타즈의

마지막 팬클럽

한겨레출판

1할 2푼 5리의 승률로
세상을 살아가는 모두에게
그래서, 친구들에게

차례

프롤로그. 플레이볼 —— 11

★ 나는 소년이다. 소년이여 야망을 가져라 —— 19
★ 인천 앞바다에 사이다가 떴어도 —— 35
★ 믿거나 말거나, 지저스 크라이스트 슈퍼스타 —— 54
★ 말해다오 말해다오, 연안부두 떠나는 배야 —— 65
★ 회개하라, 프로의 날이 머지않았다 —— 79
★ 저 별은 나의 별, 저 별은 너의 별 —— 87
★ 그랬거나 말거나, 1983년의 베이스볼 —— 94
★ 1984년의 부메랑과 그해의 노히트 노런 —— 114
★ 무릎과 무릎 사이, 바이바이 슈퍼스타 —— 124

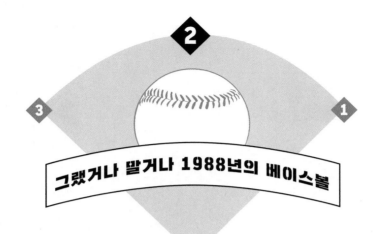

그랬거나 말거나 1988년의 베이스볼

★ 나도야 간다 —— 145

★ 별빛이 흐르는 다리를 건너 —— 153

★ 가을 잎 찬 바람에 흩어져 날리면 —— 168

★ 하늘과 땅 사이에 꽃비가 내리더니 —— 178

★ 비 맞은 태양도 목마른 저 달도 —— 191

★ 젊음의 고난은 희망을 안겨주리니 —— 201

★ 빠-빠-빠 빠-빠-빠 빠-빠-빠-빠-빠 빠 빠 —— 214

그랬거나 말거나 1998년의 베이스볼

★ 데드볼 ── 227
★ 투 스트라이크 스리 볼 ── 235
★ 일어나. 야구. 캐치볼. 하늘 ── 244
★ 투 스트라이크 포볼 ── 253
★ 스텝 바이 스텝. 한 걸음씩 인생은 달라진다 ── 260
★ 뷰티풀 선데이, 시간은 흘러넘치는 것이다 ── 275
★ 경축. 삼미 슈퍼스타즈 팬클럽 창단 ── 286
★ 진짜 인생은 삼천포에 있다 ── 293
★ 삼미 슈퍼스타즈 VS 프로 올스타즈 ── 300

에필로그. 플레이볼 ── 315
작가의 말 ── 321

프롤로그.
플레이볼

야구를 좋아하는 사람이라면, 누구나 1982년을 기억하고 있을 것이다. 물론 굳이 야구를 좋아하지 않더라도, 1982년은 다른 여러 가지 의미에서 한 번쯤 기억될 만한 해임이 분명하다. 그해로 말할 것 같으면—우선 37년 만에 야간 통행금지가 해제되고, 중고생의 두발과 교복 자율화가 확정됨은 물론, 경남 의령군 궁유지서의 우범곤 순경이 카빈과 수류탄을 들고 인근 4개 마을의 주민 56명을 사살, 세상에 충격을 준 한 해였다. 또 건국 이후 최고 경제사범이라는 이철희·장영자 부부의 거액 어음 사기 사건과 부산 미문화원 방화 사건이 일어난 것도, 이스라엘이 레바논을 침공하고, 팔레스타인 난민 학살이 자행되고, 소련의 브레즈네프가 사망하고, 미국의 우주 왕복선 컬럼비아호가 발사되고, 끝으로 비운의 복서 김득구가 미국 라스베이거스에서 벌어진 레이 '붐붐' 맨시니와의 WBA 라이트급

타이틀전에서 사망한 것도 바로 그해의 일이었다.

아니나 다를까

다사다난한 한 해였던 것이다.

오, 미안. 끝인 줄 알았는데 그뿐이 아니었다. 세계 경제의 불황으로 미국이 대공황 이후 최악의 경제 침체기에 들어서고, 포클랜드를 둘러싼 영국과 아르헨티나 간의 전쟁이 일어나고, 일본에선 나카소네 야스히로의 새 내각이 출범하고, 체감 온도 -74℃를 기록한 20세기 최대의 북극 한파가 미국을 강타, 280명이 사망하고, 페루 동부 지방의 집중 폭우로 600명의 사망자와 5000명의 실종자가 발생하고, 소련의 무인 우주선 비너스 3호가 사상 처음으로 금성에서 컬러 사진을 보내오고, 미테랑 프랑스 대통령이 유럽 국가원수로는 최초로 이스라엘을 방문하고, 과테말라와 방글라데시에서 쿠데타가 일어나고, 인도를 강타한 태풍이 200명의 사망자와 1만 5000명의 실종자를 앗아가고, 북예멘에선 사상 초유의 강진强震으로 2000명이 사망한다.

어디 그뿐이랴.

경제기획원은 우리나라의 인구를 남자 1969만 3759명, 여자 1933만 5580명으로 최종 집계하고, 전두환 대통령은 새 총리서리에 유창순劉彰順, 부총리 겸 기획원장관에 김준성金埈成을 지명하고, 일본 마이니치신문每日新聞은 한국 정부의 경제 협력 요구액이 외화 40억과 상품 차관 20억 등 60억 달러 규모였음을 발표하고, 친서를 통해 레이건 미 대통령이 전 대통령의 통일 방안을 적극 지지하고, 다시 레이건은 5월 16~22일을 한미수교 100주년 기념 주간으로 선포하고, 물론 이와는 상관없지만 조달청이 미국 쌀 37만 톤을 추가 도입한다는 계약에 합의하고, 물론 이와도 상관없겠지만 워커 주한미국대사가 "한국 국민은 민족주의적 자기중심의 행동 양식을 지양하라"며 한미수교 100주년 기념 강연에서 영어로 역설하고, 또 이와 상관있는지 없는지 금성사가 국내 최초로 미국에 컬러 TV 생산 공장을 설립하고, 드디어 한국이 국제노동기구(ILO) 총회에서 옵서버 자격을 획득하는가 하면, 바야흐로 한국산업경제연구원이 그 문을 열고, 시나브로 정부가 중소기업의 고도화 기반을 구축키 위한 10개년 계획을 발표하고, 마침 문화공보부가 《칼 마르크스의 생애》 등 일련의 이데올로기 서적들을 건국 후 최초로 시판 허용하고, 때마침 전북 경찰국이 학원에서 공산주의 서클 활동을 펼친 혐의로 교사 12명을 점거하고, 마침내 국립지리원이 최초로 5000분의 1 지도를 일반에 판매키로 결정하는가 하면, 어럽쇼, 한국은행이 500원권의 새 주화를 발행하고, 깜짝이야, 농업진흥청은 유전공학을 이용한 다수확 벼·감자의 종자 개발에 성공하고, 장하다, 에콰도르에서 개최된 세계태권도선수권대회에서 우리 대표팀이 5연패의 화려한 위업을 달성하고, 질세라, 한국 탁구 여자 단체팀이 서독오픈탁구대회에서 우승을 거머쥐고, 보아라, 아시아의 물개 조오련이 9시간 35분 만에 도버 해협을 횡단하는 데 성공하지만, 불행히도 화물선 삼보 베너호가 이란 근해에서 포탄을 맞아 침몰하고, 불행 중 다행히도 전남 해남에서 최고最古의 거문고와 악보 《낭옹신보

13

浪翁新譜》가 발견되고, 다행히 경남 합천군 쌍책면 사양리에서 부산대가 세계 최대의 이암泥岩 자연동굴(460M)을 발견하고, 이 또한—합천에서 1억 년 전의 공룡 화석이 발견되는가 하면, 이 무슨—결핵 예방접종 주사를 맞은 서울 경희국교생 50명이 결핵에 감염되고, 그것참—경주 석굴암 관광차 토함산을 오르던 버스가 굴러 11명이 사망하고, 아쉽게도—전 대통령은 아프리카 4개국과 캐나다 순방을 마친 후, 무사히 귀국한다.

그랬거나 말거나

야구를 좋아하는 나로서는 어찌 됐건 상관없는 일이고, 나는 오로지 단 하나의 이유만으로 1982년을 기억한다.

1982년이야말로, 한국에서 프로야구가 탄생한—한국 프로야구의 최초 원년元年이기 때문이다. 그렇다. 많은 날들을 살아왔지만, 나는 그런 이유로 결코 1982년을 잊지 못한다. 그해 각 도시의 야구장을 수놓던 OB와 삼성, 해태와 MBC, 롯데와 삼미의 펄럭이던 깃발과, 3루를 힘차게 돌아 홈으로 귀환하던 선수들, 높은 포물선을 그리며 담장을 넘어오던 파울볼과, 숨을 죽여가며 지켜보던 불펜의 피칭을 생각하면… 정말이지 그 외의 일들이란 알 바가 아닌 것이다. 물론 결핵 예방주사를 맞고 결핵에 걸린 어린이들과, 삼보 베너호의 승무원들과, 미국과 인도와 북예멘의 재해자들과, 팔레스타인의 난민들과, 포클랜드전의 부상자들과, 그해에 사망한 모든 이들과, 그해에 검거된 모든 이들과, 조오련과 김득구와 브레즈네프로서

프롤로그. 플레이볼

는 꽤나 섭섭한 일이겠지만, 난들 어쩌랴.

어쨌거나 한국의 프로야구는 공룡의 화석이 발견되고, 토함산을 오르던 버스가 굴러 11명이 사망하던—숨 막히는 역사의 격동기 속에서 탄생되었다. 격동기에 벌어지는 모든 일들이 그러하듯, 전해에 치렀던 국풍 81˚이란 행사의 후유증으로 머릿속은 더욱 어수선한 상태였고, 아프리카를 4개국이나 돌고도 무사히 귀국한 대통령을 보고 모두가 '될 대로 되어라'고 생각하던 시절의 일이었다. 사자와 하마와, 창궐한다는 말라리아균들은 다 어떻게 된 것인가. 참, 나 원.

미국과 일본의 프로야구와 마찬가지로, 한국의 프로야구 역시 연고지를 중심으로 6개의 팀이 결성되었다. 서울을 연고로 MBC 청룡이, 대전을 연고로 OB 베어스가, 인천을 연고로 삼미 슈퍼스타즈가, 대구를 연고로 삼성 라이온즈가, 광주를 연고로 해태 타이거즈가, 부산을 연고로 롯데 자이언츠가 결성된 것이다. 물론 강원도와 제주도의 도민들과 이북 5도의 실향민들로서는 꽤나 섭섭한 일이아닐 수 없었지만, 난들 어쩌랴. 정 섭섭하다면 이사라도 오든가. 나원, 참.

---

* 1981년 정부 주관으로 치러진 젊은이들의 대동 축제. 긴 세월이 흘렀건만 도무지 그 정체성과 존재 이유를 파악할 길 없는 별 희한한 축제였다.

그해의 프로야구를 생각하면, 나는 도무지 삼미 슈퍼스타즈를 잊을 수 없다. 단도직입적으로 말해, 내가 본 가장 아름다운 야구는 삼미 슈퍼스타즈의 것이었고, 또 그런 이유로 야구를 꽤나 좋아하는 나로서는 도무지 이 글을 쓰지 않을 수 없었던 것이다. 이 글을 쓰기 시작한 지금은 2001년. 세상은 그해의 프로야구에서 19년이나 멀어졌고, 이젠 그 누구도 삼미 슈퍼스타즈를 기억하지 않는다. 어쩌면 나는 역사상 가장 위대한 플레이를 펼치고 혜성처럼 사라져간 삼미 슈퍼스타즈의 마지막 팬클럽 회원일 것이다. 삼미로서는 당연한 일이고, 나로서는 감히 가문의 영광이라 말할 수 있겠다. 혹 이 표현에 대해 나의 아버지가 불만을 표시할 수도 있겠지만, 아버지가 방에 들어가시건 가방에 들어가시건 내 알 바는 아닌 것이다. 원, 참 나.

그랬거나 말거나 1982년의 베이스볼

—

그리고 우리는 모두 삼미 슈퍼스타즈 팬클럽의
자랑스러운 어린이 회원이 되어 있었다.
가입비 5000원을 손에 쥐고,
인천체육관 앞에 늘어선 길고 긴 줄을 기다려
마침내 삼미의 스포츠가방을 받아 쥐던
그 순간의 감격을 나는 잊지 못한다.

나는 소년이다.
소년이여 야망을 가져라

1982년이 시작되던 1월, 나는 국민학교 졸업을 앞둔 12살의 소년이었다. 위로는 작은 무역회사의 과장인 아버지와 집안일을 돌보는 어머니가 계셨고, 아래로는 각기 2살과 4살 터울의 여동생들이 있었다. 여동생 중 하나가 코를 흘린다는 사실을 제외하면, 그야말로 우리 집은 '평범하다'는 말을 쓰는 것 자체가 낭비일 만큼 평범한 가정이었다. 집안의 내력도 마찬가지다. 사돈에 팔촌을 통틀어 한 사람쯤은 있을 법한 독립투사 할아버지가 계시거나, 하다못해 이북에 남아 있는 할머니나 조총련에 소속된 재일교포 삼촌이 계신 것도 아니었다. 물론 아버지는 우리 집안의 16대 선조가 어떤 시대 어떤 벼슬을 지낸 분이셨단 말씀을 가끔 하셨지만, 그런 식으로 따지자면—내 친구의 조상 중에는 알에서 나온 인물까지 버젓이 있던 터인지라 나는 그 말이 우습게 들리곤 했다. 요컨대, 나는 조상 대대로 평범한 집안의 외동아들이었던 것이다.

　겨울방학 내내 나는 중학생이 되기 위한 준비에 몰두해 있었다. 준비라고 해봐야 고작 헌 영어책을 뒤적이며 알파벳을 외우는 게 전부였지만, 당시의 나로선 실로 대단한 준비가 아닐 수 없다고 내심 자부하던 중이었다. 왜, 중학교 공부가 힘들까 봐? 그럴 리가. 이미 뺑뺑이만 돌려도 누구나 중학교에 가던 시절이었고, 나는―내가 살던 인천에서도 전통의 명문으로 알려진 중학의 배정을 이미 받아둔 상태였다. 그럼 왜? 글쎄… 정확한 이유는 알 수 없다. 알 수 없고, 다만 부모의 말에 순종하는 편이었던 나는―그저 자식 된 도리로서 습관처럼 알파벳을 외웠던 게 아닐까 싶다. 지금에 와선 도무지 이해할 수 없는 일이지만, 아무튼 당시의 자식 된 도리란―확실히 뭔가를 외우는 일에서 시작해 뭔가를 외우는 일로 끝을 맺곤 했다. 예컨대 구구단을 외우고, 국기에 대한 맹세를 외우고, 국민체조의 순서를 외우고, 교과서를 외우고, 공책을 외우고, 전과를 외우는 것이다. 그중에서도 최고의 압권은 단연 국민교육헌장이었다. 실로 지극한 효성의 자식이 아니고서는 도무지 그 도리를 다할 수 없을 만큼이나 그것은 길고, 까다로운 문장으로 구성되어 있었다.

　우리는 민족중흥의 역사적 사명을 띠고 이 땅에 태어났다. 조상의 빛난 얼을 오늘에 되살려, 안으로 자주독립의 자세를 확립하고, 밖으로 인류 공영에 이바지할 때다. 이에, 우리의 나아갈 바를 밝혀 교육의 지표로 삼는다. 성실한 마음과 튼튼한 몸으로, 학문과 기술을 배우고 익히며, 타고난 저마다의 소질을 계발하고, 우리의 처지를 약진의 발판으로 삼아, 창조의 힘과 개척의 정신을 기른다. 공익과 질서를 앞세우며 능률과 실질을 숭상하고, 경애와 신의에 뿌리박은 상부상조의 전통을 이어받아, 명랑하고 따뜻한 협동 정신을 북돋운다. 우리의 창의와 협력을 바탕으로 나라가 발전하며, 나라의 융성이 나의 발전의 근본임을 깨달아, 자유와 권리에 따르는 책임과 의무를 다하여 스스로 국가 건설에 참여하고 봉사하는 국민정신을 드높인다. 반공 민주 정신에 투철한 애국 애족이 우리의 삶의 길이며, 자유세계의 이상을 실현하는 기반이다. 길이 후손에게 물려줄 영광된 통일 조국의 앞날을 내다보며, 신념과 긍지를 지닌 근면한 국민으로서, 민족의 슬기를 모아 줄기찬 노력으로, 새 역사를 창조하자.

　과연 슬기로운 데다 신념과 긍지를 지님은 물론, 근면하기까지 한 국민의 자식들이었기 때문일까. 나나 내 또래의 아이들은 모두가 저 길고 까다로운 장문을 줄줄 외우고 있었다. 거짓말이 아니다. 뭐랄까, 어린 우리가 느끼기에 확실히 그것은 어떤 역사적 사명과도 같은 일이어서, 그 누구도 이 문제에 대해 불만을 품거나 노력을 게을리하지 않았던 것이다. 1번 김익환! 네, 우리는 민족중흥의… 2번 정형기! 네, 우리는 민족중흥의… 3번 이상일! 네, 우리는 민족중흥의… 전국의 모든 어린이들이 국민교육헌장을 줄줄 외우고 있는 모습은 지금 생각해봐도 대단한 장관이 아닐 수 없다. 비록 그것이 교사들의 강압과 폭력에 의해 이루어진 것이라 해도, 어쨌거나 어린이 전원이 저런 긴 문장을 몽땅 외우고 있는 나라는 이 지구상에 존재했던 적이 없을 테니 말이다. 심지어 칭기즈칸이나 히틀러라 해도 그런 나라를 세우지는 못했을 것이다. 그런 생각을 하면 왠지 모르게 무서운 기분이 들기도 하지만, 또 한편으로는 칭기즈칸이나 히틀러가 그런 쓰잘데기 없는 짓을 할 리도 없기 때문에 그저 웃음이 나올 뿐이다. 역시나, 국민교육헌장을 외울 무렵의 대통령은 알에서 나온 인물의 후손이었다. 왜, 굳이, 알을 까고 나온 걸까. 왜, 굳이, 저런 긴 문장을 달달 외우게 했던 걸까… 잘 모르겠다. 하여간에 쓰잘데기 없는 일을 벌이고 보자는—그런 명랑하고 따뜻한 집안의 가훈이라도 있었던 걸까?

개인에 따라 그 차이는 있겠지만, 국민교육헌장 암기의 가장 큰 함정은 '타고난 저마다의 소질을 개발開發'하는 것이 아니라 '계발啓發'한다는 대목이었다. 나름대로 통달을 자부하던 아이들도 애당초 '계발'을 '개발'로 잘못 외워 매를 맞기 일쑤였다. 나는 '계발'이 무슨 뜻인지 도통 알 수 없었지만, 일단은 외우는 게 상책이라 특히 발음에 유의해 그 부분을 낭독하곤 했다. 아마도 내가, 서른이 넘은 지금까지 타고난 나의 소질을 개발할 수 없었던 것은 바로 그 때문이었을 것이라고, 나는 생각한다.

뺑뺑이의 결과일 뿐인데도 내가 전통 있는 중학에 진학하게 된 사실에 아버지는 꽤나 흡족해하셨다. 즉시 가까운 친지들에게 전화를 돌리고, 회사의 동료들에게 그 사실을 알리고, 심지어 반상회에서조차 메가폰을 잡으셨다. 팔불출인 아버지는 그렇다 쳐도, 정작 이해할 수 없는 것은 사람들의 반응이었다. 뺑뺑이의 결과란 걸 뻔히 알면서도 한결같이 장하다, 인물 났네, 대통령감이다 따위의 말

나는 소년이다. 소년이여 야망을 가져라

도 안 되는 축하를 건네온 것이다. 왜 그런 걸까? 더할 나위 없이 멀쩡한 사람들이… 놀리는 걸까?

하루는 어머니의 심부름을 다녀오는 길에 우연히 동네의 반장과 마주친 적이 있었다. 습관처럼 꾸벅 인사를 했을 뿐인데, 반장은 이거야 원 경애와 신의에 뿌리박은 상부상조의 표정으로 나를 불러 세웠다. 그러고는 "네가 공부를 그렇게 잘한다며"로 시작해, 앞으로 친구를 잘 사귀어야 한다는 둥, 〈민병철의 생활영어〉는 매일 보냐는 둥, 육사를 가려면 운동도 열심히 해야 된다는 둥 온갖 쓰잘데기 없는 말들을 늘어놓기 시작했다. 뭐라 할 말이 없던 내가 머뭇거리는 사이 애국가가 흘러나왔다. 오후 5시. 국기 하강식이 시작된 것이다. 평소의 나라면 살짝살짝 갈 길을 갔을 테지만, 그날은 왠지 '그렇게 공부를 잘한다는 아이로서' 그래선 안 된다는 생각이 몸과 마음을 지배하고 있었다.

동해물과 백두산이 마르고 닳도록

하느님이 보우하사 우리나라 만세. 나라야 만세를 하겠지만 나는 콧물이 나와 죽을 지경이었다. 지구의 오존층이 아직은 건재했던 1982년의 1월이었다. 대머리인 반장은 저러다 머리 가죽이 늘어나는 게 아닐까 싶을 만큼 심한 기침을 했고, 동사무소의 국기봉을 내려오는 태극기도 연신 몸을 뒤틀며 괴로운 표정이었다. 속으로 국기도 사람도 이게 무슨 고생이냐는 생각을 했지만, 비장한 성우의 목소리가 또 워낙 자랑스러운 태극기 앞에 조국과 민족의 무궁한 영광을 위하여 몸과 마음을 바쳐 충성을 다할 것을 굳게 다짐하고 있었으므로, 그만 나도 모르게 스스로 국가 건설에 참여하고 봉사하는 국민정신을 다시금 드높이게 되었다.

바로.

마치 형제처럼, 우리는 나란히 손을 내렸다. 돌이켜보면, 해 질 녘의 골목길에서 머리가 벗어진 50대의 반장과 12살의 내가 똑같은 자세로 가슴에 손을 얹고 서 있던 일 역시, 나름대로 하나의 장관이 아닐 수 없었다고 나는 생각한다. 호빵이라도 하나 사줄 것 같던 반장이 '바로'라는 구호와 함께 바로 가버리자 나는 괜히 화가 났다. 쓰잘데기 없이 사람은 왜 불러 세운 걸까. 그의 조상은 번데기에서라도 나온 걸까? 배고파 죽겠네.

1982년은 그런 시절이었다.

국민교육헌장의 암기에서부터 오후 5시만 되면 사람들을 '차렷' 시키던 국기 하강식, 시도 때도 없는 국기에 대한 맹세, 이 또한 빠지면 섭섭한 애국가 제창(4절까지), 쥐를 잡자, 반공의 날, 방첩의 날, 멸공의 날, 민방위의 날, 산불 조심, 그냥 불조심, 보리 혼식 주간, 간첩 신고 113… 도대체 이따위들이 어린이와 무슨 상관이 있는 걸까. 생각할수록 골치가 아파왔지만 나는 소년이었고, 그저 어른들이 시키는 대로 세상을 살아갈 뿐이었다. 이거야 원, 민족의 슬기를 모아 줄기찬 쓰잘데기 없는 짓으로 별 희한한 역사라도 창조하려는 걸까? 내심 궁금할 때도 있었지만 어쩌랴. 이제 모두 지난 일인데. 좋든 싫든, 아무튼 1982년은 그런 시절이었던 것이다. 북한은 종종 땅굴을 팠다. 진짜다.

　교복을 맞추러 시내에 간 것은 그로부터 며칠이 지난 후였다. 전국의 어린이가 국민교육헌장을 외워야 했듯, 전국의 중학생들은 까만 교복에 까만 모자를 쓰고, 까만 쓰리세븐 가방을 들고 학교를 다녀야 했다. 물론 이유는 알 턱이 없다. 단지 아마도 헌법의 어딘가에 그런 조항이 있지 않았을까, 라고만 추정할 뿐이다. 거 왜, 있지 않나. 법은 만인에게 평등하다고들 하니까. 일요일 오전의 교복사는 한산했다. 크게 '28년 전통의 교복 명문'이라 쓰인 그 가게의 내부에는—어딜 보더라도 '나 평생 교복만 만들었어'라는 인상의 나이 든 주인과, 아무리 잘 봐줘도 '나 교복 벗고 바로 교복계에 투신했어'라는 인상의 젊은 점원이 함께 난로를 쬐고 있었다. "어서 오십쇼." 주인이 우리를 소파에 앉히자 점원이 여러 권의 카탈로그를 끙끙대며 들고 왔다. 하지만 번쩍, 치켜든 아버지의 손이 점원을 제지했다. 아버지는 이미 어떤 마음의 결정을 내린 상태였고, 그 결정은 너무나 단호한 것이었다.

　"됐습니다. 엘리트 학생복지로 해주십시오."

　"엘리트요?"

　"예, 엘리트요."

　줄자를 꺼낸 주인이 내 몸의 치수를 재기 시작했다. 척, 척 주인이 줄자를 댈 때마다 겨드랑이와 가랑이에 몹시 나른한 느낌이 들었지만, 나는 팔을 내리거나 다리를 굽히지 않았다. 왠지 엘리트는 겨드랑이와 가랑이가 나른해도 참고 견뎌야 한다는 생각이 들어서였고, 팔불출인 아버지를 생각해서라도 그 순간만큼은 엘리트가 되고 싶었기 때문이다. 이런 나의 노력을 아는지 모르는지 속 편한 아버지는 점원이 끓여준 커피를 홀짝이셨고, 점원은 주인이 불러주는 치수를 낡은 공책에 깨알처럼 받아 적었다. 주인은 뭐랄까, 소의 발육 상태를 점검하는 축협의 직원처럼 나의 신체 발육에 대해 이런저런 칭찬을 늘어놓더니, 곧바로 "아버님이 교복에 대해 많이 아시는 것 같습니다"라며 아버지를 칭찬하기 시작했다. 아버지가 금세 교복계의 원로라도 된 것처럼 허허 하고 웃으시자, 주인은 더욱 목소리를 높여 떠들기 시작했다. "좀 비싸도 아는 사람들은 다 안다니깐요. 인천 시내에 공부 잘하는 애들 보십시오. 전부 다 엘리트라니까… 김 군아, 이번에 제고(제물포고) 수석 먹은 놈 있지. 거 왜 우리집에서 옷 맞췄던 장 사장 아들놈 말이다. 그놈 기지가 뭐였냐?"

"에, 엘리트요."

"그렇다니까요."

아버지는 급기야 교복계의 원로로 지내다 노망이라도 든 사람의 표정이 되어 "글쎄 이놈이 벌써 알파벳을 다 외웁니다"라며 큰 소리로 웃으셨다. 아아, 나는 점원의 얼굴이 노을을 등지고 매달린 홍시처럼 은근살짝 붉어지는 것을 보았고, 분명 그보다 더 붉어졌을 내 얼굴의 열기를 확실히 느낄 수 있었다. 12살의 무른 마음은 감나무에서 추락한 홍시처럼 그 형체를 알아볼 길이 없었고, 무언가 끈적하고 미끄덩한 것들이 그 속에서 새어 나왔다. 수많은 개미들이 그곳으로 모여들었다.

"알파벳을요? 진짜 엘리트 입어야겠네!"

천직이란 바로 이런 것을 두고 하는 말이 아닐까? 그런 낯 뜨거운 대사를 듣고서도 주인은 사뭇 '그래요?'라는 표정으로 고개를 끄덕이며 아버지의 말을 받아주었다. 이 사람은 이주일의 코미디를 보고서도 웃지 않을 사람이다… 라는 생각을 하다, 갑자기 미처 다 못 외운 소문자나 필기체를 그가 물어오면 어쩌나 더럭 겁이 나기 시작했다. x나 y 따위라면 몰라도 r이나 q와 같은 거라면 이거 참 야단이었던 것이다. 언제라도 화장실에 갈 마음의 준비를 하며 나는 사태의 추이를 지켜보았다. 다행히 주인은 땅에 떨어진 홍시의 걱정 따위엔 아무 관심이 없는 듯했고, 나는 순간―하루라도 빨리 알파벳을 달달 외워야지, 라는 쓰잘데기 없는 결심을 하고야 말았다. 아이들은 대개 이런 일들을 겪으며 늙어간다.

"생각 잘하셨습니다. 자율화, 자율화 떠들지만 두고 보십시오. 애들 교복 안 입으면 공부 안 합니다. 교복을 입고 머리를 깎아야 공부에 집중하지. 안 그렇습니까?"

"그나저나 자율화 때문에 타격이 크시겠습니다."

"1학기 안에 업종 전환해야지요. 뭐 어쩌겠습니까. 이미 교육의 기강이 무너졌는데. 저도 이참에 체육사로 전환할 생각입니다."

"체육사요?"

"예, 앞으로 스포츠의 시대가 올 겁니다. 명랑운동회 좋아하시지요?"

"물론입니다."

주인은 정말 부지런한 축이었다. 그따위 말들을 나누며 또 한편으론 여러 개의 교모를 꺼내 틈틈이 내 머리 위에 얹어보곤 했다. 그나저나 아버지가 명랑운동회를 좋아한다는 건 새빨간 거짓말이다. 아버지의 일요일 일과는 자거나, 낚시를 가거나 둘 중의 하나다.

"오오, 머리가 정말 크군요."

갑자기 주인이 내 머리를 화제로 삼기 시작했다. 숨이 턱 막혔지만 아버지는 사뭇 '그렇죠?'라는 표정이었고, 흡족한 미소와 함께 내 머리를 스윽 쓰다듬어주셨다(그 시절엔 머리의 크기가 아이큐와 비례한다고 모두가 믿고 있었다). "이건 중학생의 머리가 아닙니다. 아이큐가 200은 되겠는데요?" "말하면 뭐합니까? 벌써부터 민병철 생활영어를 어찌나 잘 따라 하는지…." 선물을 건네주며 아버지는 다시 거짓말을 늘어놓았다. 내가 만약 소였다면, 저 축협의 직원을 들이받고 우리를 뛰쳐나갔을 것이다.

"택시!"

아무래도 이상한 날이었다. 가게를 나선 아버지는 엘리트 학생복을 입고, 과거 인천 최고의 명문이었다는 중학에 다닐 것은 물론, 다른 무엇보다 머리가 커서 더욱 기대치가 높은 내 손을 꽉 잡고서—연안부두의 횟집으로 직행하셨다. 따블을 주지 않으면 택시가 서지 않던 시절이었고, 횟집에서 회를 먹는다 따위를 나로선 감히 상상도 못 하던 시절이었다. 크게 '주류일체완비'의 현판이 붙어 있던 그 횟집은—작지만 방바닥이 따뜻하고, 창 너머로 바다가 보이는 낡고 운치 있는 집이었다. 그리고 그 집에는, 다른 무엇보다 마치

나는 소년이다. 소년이여 야망을 가져라

인어와 같은—얼굴은 도다리고 몸은 사람인 주인아줌마가 있었다.
"회는 뭐로 하실래요?" "아… 아나고." 나는 그 얼굴을 쳐다보면서
도다리가 아닌 아나고를 말할 수 있는 아버지의 정신력이 그저 놀
라울 뿐이었다. 낚시를 자주 가는 아버지는 알게 모르게 생선에 강
해지셨던 걸까. 아무튼 회가 나오자 아버지는 콜라와 소주를 추가
로 시키셨고 나의 컵엔 콜라를, 자신의 잔엔 소주를 따르셨다. "자,
건배." 과연 이상한 날이었다. 확실히 그날의 아버지는 갓 따른 콜
라처럼 흥분해 있었고, 그러면서도 죽음을 눈앞에 둔 아나고처럼
비장한 얼굴이었다.

 "이제 너도 어린애가 아니니까 하는 말이다."
라고 하면 뭐해, 나는 어린애인걸. 좀 더 시간이 흐른 후였다면—나
역시 그날 얘기의 상당 부분을 이해할 수 있었겠지만, 당시의 나는
그저 어떤 의무감에 고개를 끄덕일 뿐이었다. 비록 먹는다 해도 갓
잡은 회의 맛을 알 리 없고, 듣는다 해도 심오한 진언眞言의 뜻을 새
겨들을 리 없는 것이다. 12살은 그런 나이다. 회나 진언보다는 마징
가가 딱이다.

 아버지의 얘기는 처음엔 누구나 알고 있는 몇몇 위인들의 어린
시절에서 출발했다. 비교적 그때까지는 나로서도 자신 있는 분야
가 아닐 수 없었다. 조지 워싱턴이 어쩌고저쩌고, 링컨이 저쩌고어
쩌고… 다 안다. 아는 얘기다. 그렇다고 아버지가 조지 워싱턴이 저
쩌고어쩌고, 링컨이 어쩌고저쩌고, 라고 한 것은 아니었으니까. 결국
뻔한 얘기였던 것이다.

 그러다 갑자기 이야기의 방향이 '앞으로의 국제 정세와 한국의

앞날' 쪽으로 옮겨가자 나는 당황할 수밖에 없었다. 이거야 원, 못 찾겠다 꾀꼬리 꾀꼬리 꾀꼬리 이런 노래 가사가 자꾸만 떠오르고, 왠지 모르게 똥이 마려워오는 것이었다. 아마 12살의 워싱턴이나 링컨이었다 하더라도 조금은 똥을 지렸을 것이다. 정말이지 '앞으로의 국제 정세와 한국의 앞날'이라니. 그런 건 국민교육헌장에도 나와 있지 않다. 혹시 이것이 말로만 듣던 '안으로 자주독립의 자세를 확립하고, 밖으로 인류 공영에 이바지할 때'를 일컫는 말일까? 알 수 없었다. 즉 외울 수는 있어도 이해할 수는 없었던 것이다. 그냥 외울까? 말까? 내가

외우거나 말거나

아버지는 끊임없이 이야기를 이어가셨다. '앞으로의 국제 정세와 한국의 앞날'은 한 번의 '에 또'와 더불어 '국제 사회 속에서의 인천, 과연 어떻게 달라질 것인가?'로 그 초점이 옮겨졌고, 다시 두 번의 '에 또'와 더불어 갑자기 '현 인천법원의 김 판사는 어떻게 사법고시를 패스했는가?'로 이어졌다. 어떻게요?

"파를 콧구멍에 끼워서 잠을 쫓았단다."

"파를요?"

"그래, 파를!"

당시의 나는 파를 지지리도 싫어했기 때문에 그 얘기에 적잖은 충격을 받았다. 마징가라도 그런 짓은 못 한다. 왜 파를 콧구멍에 끼웠지? 미쳤나? 놀란 내 표정에서 뭔가 씨알이 먹힌다는 판단을 내리신 듯, 아버지는 더더욱 언성을 높이셨다. 다음은 '한석봉의 어머니는 왜 불을 끄셨는가?'였다. 콧구멍에 파도 안 들어가고, 다 교

나는 소년이다. 소년이여 야망을 가져라

과서에 나오는 얘기다.

"너라면 한석봉처럼 할 수 있겠느냐?"

나라면… 불 꺼주면 잔다, 라고 생각하는데 돌연 아버지가 담배를 피워 무셨다. 뻐끔뻐끔하던 여태까지와는 달리, 끝까지 빨고 후, 끝까지 빨고 후다.

"아느냐? 아버지가 고등학교 동창인 조 부장에게 왜 회사에서 허리를 굽혀야 하는지?"

"…"

그리고 나는 보았다. 파를 콧구멍에 끼운 사람처럼 아버지의 눈 주위가 붉어지는 것을. 그리고 한 마리의 지렁이처럼 아버지의 이마 위에서 꿈틀거리는 한 줄기의 혈관을. 그러나 밟혀도 밟혀도 자신이 꿈틀대지 못하는 이유는 다 나 때문이란다. 나 때문에, 참는 거란다.

"결국, 그래서 사람은 좋은 대학을 나와야 한다, 알겠느냐?"

물론 알 리가 없었다. 하지만 이제 더 이상 어린애가 아니라는 말 때문에, 또 더러워서 못 살겠다 하질 않나, 나 때문에 참는 거라 하질 않나, 또 회도 많이 얻어먹었겠다, 하여간에 배도 부르고, 마침 방바닥도 뜨끈뜨끈하고 해서 나는 흔쾌히

"네."

라고 대답했다. 기분이 좋아진 아버지는 회를 더 시키셨고, 아줌마가 방으로 들어오자 "이놈이 벌써 알파벳을 다 외운다네"라는 예의 대사를 연거푸 늘어놓았다. 아줌마는 사뭇 '그게 뭔데요?'라는 표정이었고, 나는 교복가게에서와는 달리 아무런 걱정도 하지 않았

다. 도다리의 화신이 순간 알파벳의 소문자를 물어올 확률은 어항 속의 도다리가 어항을 기어 나와 천자문을 물어올 확률보다도 낮은 것이라 생각했기 때문이다. 과연 아줌마는 아무것도 묻지 않았고, 도다리는 도다리의 본분을 다할 뿐이었다.

"명심해라, 경쟁은 이제부터 시작이다."

아버지는 그 말씀을 끝으로 그 작지만 방바닥이 따뜻하고, 창 너머로 바다가 보이는 횟집의 방 안에서 멍하니 창밖을 바라보셨다. 당연히 그곳에는—마치 내가 헤쳐가야 할 세상과도 같은—끝없는 바다가 펼쳐져 있었다. 파도들은 과연 심한 몸싸움을 벌이며 아버지의 말처럼 쉴 새 없는 경쟁을 펼치는 듯했고, 그 격렬한 해면海面을 보고 있자니 더할 나위 없이 마음이 답답해져 오는 것이었다. 어쨌거나 다들 저 바다를 헤치며 살아온 것이다, 혹은 살아갈 것이다. 파를 콧구멍에 끼우거나, 고등학교 동창에게 굽실거리며, 조지 워싱턴도, 링컨도, 인천법원의 김 판사도, 한석봉도, 문제의 조 부장도, 아버지도, 그리고 나도.

언뜻, 태어나서 처음으로
산다는 건 정말 힘든 일이구나, 라는 생각을, 나는, 했다.

횟집의 문을 나설 때까지, 나는 내내 그 바다의 한복판에 두둥실 떠 있는 기분이었다. 묘한 기분이었다. 나는 영문도 모른 채 답답하고, 우울하고, 캄캄하고, 대책 없이, 그 바다의 어귀를 표류하다 밀려나는 느낌이었다. 12살의 연약한 마음은 어느새 백사장에 밀려

나는 소년이다. 소년이여 야망을 가져라

온 해파리처럼 그 형체가 말라가고 있었고, 무언가 끈적하고 미끄덩한 것들이 속에서 새어 나오고 있었다. 더럽고 게걸스러운 갈매기들이 그곳으로 모여들었다.

계산을 마친 아버지와 함께 횟집의 문을 나서려는데 따라 나온 인어가 내 손에 껌을 한 통 쥐여주었다. 말라가는 해파리의 기분으로, 인어의 얼굴을 물끄러미 쳐다보면서—나는 도다리 팔자가 상팔자라는 생각을 했다. 낚시를 가보지 않은 나에겐 생선에 대한 면역력이 없었으므로, 도다리 외의 다른 생선을 생각해낼 수 없었던 것이다. 물론이다. 나란히 껌을 씹으며 우리는 집으로 돌아왔다.

그날 밤 아버지는 내 책상머리에 어디서 오린 건지 출처를 알 수 없는 종이 한 장을 붙여놓은 후 방으로 들어가셨다. 아버지가 방으로 들어가시건 가방으로 들어가시건—나는 여전히 그 바다의 한복판에 떠 있는 느낌이었고, 그래서 방 안에는 아버지가 내뱉은 쓰디쓴 소주 냄새와 문제의 종이만이 존재하는 느낌이었다. 살아보겠다고, 살아보겠다고, 바다의 복판에서 팔과 다리를 휘젓는 기분으로 나는 그 종이의 앞으로 다가섰다. 잡지의 한 페이지를 오려낸 듯한 종이의 복판에는 크게 'Boys, be ambitious'라는 영어가 적혀 있었다. 또 못 찾겠다 꾀꼬리고 또 똥이 마려웠지만, 나는 똥을 참으며 바다의 밑바닥을 훑는 도다리처럼 끈기 있게 사전을 뒤지기 시작했다. 그것은

소년이여, 야망을 가져라.

란 말이었다. 분명 어디서 많이 들어본 듯한, 그러나 은근히 책상머리에 붙여놓아도 별 손색이 없을, 미적지근 훌륭한 격언이란 생각이 들었다. 미적지근하게, 나는 그 문장을 다시 한 번 읽어보았다.

소년이여, 야망을 가져라.

대통령의 비자금, 재벌과 대기업, 부동산 투기와 큰손, 인천법원의 김 판사와 좋은 대학을 나왔기에 일찍 부장이 된 조 부장… 돌이켜보면 누구나 야망을 가지고 살았던 시절이었다. 도다리도, 대통령도, 세상의 소년들도, 그리고 나도.

불을 껐다.
멀리서 한석봉의 어머니가 떡을 써는 소리가 들려왔다.
또 누군가는
콧구멍에 파를 끼우며 졸음을 쫓고 있겠지.
도무지 야망을 가지지 않고서는 불안해서 못 살겠단 생각을 하면서 나는 잤다.

나는 소년이다. 소년이여 야망을 가져라

인천 앞바다에
사이다가 떴어도

2월이 되면서 내가 살던 인천에는 본격적인 프로야구의 열기가 서서히 번져나가고 있었다. 2월 5일에는 인천상공회의소에서 삼미 슈퍼스타즈의 창단식이 거행되었고, 그 소식은 그간 야구에 있어 늘 방관자적 입장에 서 있던 인천 시민들을 술렁이게 만들었다. 당시의 야구란 군산상고, 선린상고, 경북고, 천안북일고 등이 활약하던 고교야구가 주축을 이루었기 때문에, 특별한 야구 명문이 없던 인천 시민들에게 청룡기, 봉황기와 같은 고교야구의 열풍은 그저 인천 앞바다에 뜬 사이다와 같은 것이었다. 헹가래를 치는 군산상고의 선수들을 보며, 또 모자를 벗어 던지는 경북고의 선수들을 보면서, 늘 '사이다가 뜨면 뭐 하나, 고뿌가 있어야지'의 심정으로 체념해오던 인천 시민들에게 그 소식은 새로운 희망과 설렘을 안겨주는 하나의 '고뿌'였던 것이다. 어른들은 삼삼오오 모여 다시 왕년의 인천고와 동산고를 회상하기 시작했고, 특히 아버지와 삼촌은 인천 앞바다에 뜬 사이다를 몽땅 퍼마시기라도 한 듯 명랑하고 발랄해져 있었다.

삼미의 창단 소식에 들뜬 것은 어른들뿐만이 아니었다. 아이들 역시 '프로야구'라는 경이롭고 놀라운 세계에 대해 서서히 눈을 뜨기 시작했다. 프로야구의 개막을 한 달 앞두고 TV는 자주 그 특집을 다루었고, 특히 자신의 구단을 소유하게 된 MBC는 메이저리그의 경기 장면이나 일본 프로야구의 명장면들을 연일 보도, 프로야구의 붐을 앞당기고 있었다. 재일교포이자 일본 프로야구의 홈런왕인 장훈의 다큐멘터리와, 시속 162km의 강속구로 기네스북에 오른 놀런 라이언의 투구 모습이 방영되고, 또 국내 6개 구단의 창단 소식과 훈련 모습들이 연일 보도되면서 그 관심은 최고조에 달하게 되었다. 실제로—자, 저쪽으로 넘긴다 하고 진짜 그쪽으로 넘겨버리던 베이브 루스의 예고 홈런, 펜스를 바바박(진짜 세 걸음이었다) 뛰어올라 관중의 코앞에서 홈런 볼을 낚아채던 메이저리그의 수비와, 행여 그런 안타까운 일을 당할까 봐 아예 야구장의 돔을 넘겨버리던 왕정치의 장외 홈런 등은 고교야구에만 만족해온 우리로서는 감히 상상도 할 수 없는 프로의 세계—그 속에 우리 인천을 대표하는 팀이 당당히 존재한다는 사실에 우리는 또 한 번 가슴이 벅차올랐다. 특히 나에게 있어 그 절정은 로고 작업을 마친 각 팀의 마스코트가 발표되었을 때였다. 어른들은 마스코트와 같은 문제에 대해 비교적 큰 관심을 보이지 않았지만, 만화와 로봇에 심취해 있던 당시의 나로서는 왠지 마스코트의 전략이 팀의 전략과 상당히 밀접한 관계가 있다고 생각되었기 때문이다. 미리 발표된 프로야구 원년의 각 팀 마스코트는―

MBC―배팅 자세의 청룡

삼성―야구공을 문 사자

OB―배팅 자세의 곰

해태―포효하는 호랑이

롯데―롯데와 자이언츠의 머리글자인 'L'과 'G'(어쩌겠다는 건가?)

그리고 삼미는―아아, 우리의 삼미는… 슈퍼맨이었다.

우주 머나먼 곳의 크립톤 행성. 행성이 폭파되기 직전, 왕과 왕비가 자신들의 아이를 캡슐에 담는다. 그리고 아이의 안녕을 기원하며 멀리, 저 멀리 우주의 어둠 속으로 캡슐을 발사한다. 캡슐은 우주를 떠돌다 하필이면 지구, 지구에서도 미국의 한 농가에 떨어진다. 마침 그 곁에는 착하고 인자한, 그래서 당연히 가난한 농부와 그의 아내가 있었다. 무엇보다 아이는 슈퍼했고, 자식이 없던 부부는 하늘이 보내준 아이를 감사한 마음으로 받아들인다. 부부는 아이에게 '클라크'란 이름을 붙여준다. 세월이 흐르고 아이는 장성한다. 부모의 뜻을 따라 자신의 능력을 감춘 채 평범한 인간으로 성장한 클라크. 역시 자식 된 도리로서 대학을 졸업하고 신문사에 입사하지만, 마침 그 무렵 어머니의 임종을 맞게 된다. 어머니는 클라크에게 "이제 너의 능력으로 지구의 정의를 지키거라"라는 꽤 부담스러운 유언을 남기고, 파란 쫄타이즈와 빨간 팬티, 망토와 부츠, 더불어 손수 바느질한 슈퍼맨의 로고를 전해준다. 그리고 안녕. 물론 평범한 사람이라면 도저히 입을 수 없는 파격적인 옷이지만, 착하고 슈퍼한 클라크가 어머니의 유언을 거스를 리 없다. 드디어 슈퍼맨으로서의 새로운 인생이 클라크의 앞에 펼쳐진다. 평소에는 어딘가 모자란 듯한 햇병아리 신문기자 클라크, 그러나 불의의 사고가 일어나면 공중전화 부스에서 옷을 갈아입고 슈퍼맨으로 변신한다. 망토를 펄럭이며 하늘을 날고, 눈에서는 초고열 광선을 쏘며 악당을 무찌르고, 수많은 인명을 구해내는 클라크. 더불어 그는 동료이자 매력적인 미모의 여성 루이스와 뜨거운 사랑에 빠지게 되고, 마침 이때 지구 정복을 꿈꾸는 대악당 렉스 루터가 출현한다. 렉스는 자신의 야망을 위해 핵미사일을 발사하고, 폭발의 충격은 척 듣기만 해도 지구의 무척 중요한 한 부분일 것 같은 샌 안드레아스 단층에 지진을 일으킨다. 문자 그대로 지구의 위기. 그러나 우리 곁엔 슈퍼맨이 있었다. 슈퍼맨은 급히 사람들을 구한 후, 지구 속으로 내려가 무너지는 지층을 받쳐 올린다. 지진 고민 끝. 하지만 그사이 취재를 위해 샌 안드레아스 근처에 있던 루이스가 숨을 거둔다. 뒤늦게 이 사실을 안 슈퍼맨은 광분하고, 지구 밖으로 뛰쳐나가 지구의 자전 방향과 반대로 빛의 속력(아니, 그 이상)으로 날아간다. 아아, 지구는 자전을 멈추고 잠시 그 힘에 의해 반대로 돌기 시작한다. 비록 이상한 일일지라도 아무튼 시간이 역행하고, 과거로 돌아온 슈퍼맨은 다시 루이스를 구하고, 사람들을 구하고, 다시 지층을 떠받쳐 지구를 구한다. 뭐 이쯤 되면, 렉스 루터의 종말에 관해서는 말할 필요도 없을 것이다.

말할 필요도 없이,
나는 '우승팀은 삼미'라는 결론을 내렸다.

　그러나 이러한 나의 과학적인 예상과는 달리, 언론들은 국가대표 출신이 많이 포진한 롯데, 아마야구의 강타자들과 안정된 투수진을 갖춘 해태나 삼성을 우승 후보로 거론했고, 만약 다크호스가 있다면 일본에서 건너온 백인천이 감독 겸 선수로 뛰게 될 MBC 정도가 있지 않겠냐는 예상을 조심스레 덧붙였다. 물론 지구 전체와 우주를 생각지 않는 우물 안 개구리 식의 옹졸한 예상이었지만, 뜻밖에도 보도를 접한 어른들의 표정에는 낙심과 근심이 버무려진 모습이 역력했다. 뭐가 걱정일까? 샌 안드레아스 단층도 제자리를 찾았는데.
　37년 만에 통금이 해제되어 더욱 길었던 그해의 겨울밤. 동네의 어른들은 심심찮게 우리 집에 모여 맥주를 마셨고, 맥주보다 더 많은 양의 거품을 입에 물며 프로야구의 향방에 대한 열띤 토론을 벌이곤 했다. 특히 호빵을 사주지 않던 대머리의 반장은 스스로 전문가라 칭할 만큼 야구의 온갖 정보들을 줄줄이 꿰고 있었고, 삼촌은 삼촌대로 '걸어 다니는 야구의 백과사전'으로 불릴 만큼 선수들의 성적과 활약상에 정통해 있었다. 따라서 술심부름이라든지, 담배 심부름 따위를 하며 그 자리를 기웃거리던 나 역시, 어른들의 입을 통해 예전엔 미처 몰랐던 야구의 거인들을 자연스레 알게 되었다. 아마야구의 홈런왕인 OB의 김우열과 역시 홈런의 대명사인 해태의 황소 김봉연, 국내 최장신인 190cm의 키에서 터져 나오는 장타력─롯데의 거인 김용희와, 질세라 홈런의 대명사임은 물론, 욕도 어찌나 잘하는지 타석에 들어선 타자들의 싹수를 욕으로 반은 죽여놓는다는 삼성의 포수 이만수, 눈을 감았다 뜨면 이미 2루에 있다는 해태의 도루왕 김일권, 연약해 뵈는 이름과는 달리, 최동원과 더불어 한국의 마운드를 대표했다는 삼성의 황금팔 이선희… 진정 이러한 거인들의 이름은 삼촌과 반장의 입을 통해 과거 그들이 아마 시절에 남긴 전설과 신화와 더불어 내 가슴의 한복판에 영롱히 아로새겨졌다. 특히 말이 어눌한 삼촌에 비해 반장의 화술은 실로 가공할 만한 것이어서, 삼촌이 이들의 명성을 꺼내놓기만 하면 즉시 반장은 이들의 명성을 '자자하게' 만들어버리곤 했다. 쩨쩨한 대머리에게도, 그런 숨은 재능이 있었던 것이다.

　어른들의 걱정거리는 이 같은 야구의 거인들이 모두 다른 팀에 속해 있다는 것이다. 실제 국내의 일간지들도 팀의 이름과는 달리 가장 슈퍼스타가 없는 팀으로 삼미 슈퍼스타즈를 거론했고, 그 문제에 대해서만은 삼촌도 반장도 굳게 입을 다물고 있었다. 그렇다고 대안이 없는 것은 아니었다. 반장은 현재 국가대표로 뛰고 있는 임호균과 김진우가 합류하면 얘기는 달라진다고 역설했다. 물론 임호균과 김진우의 이름을 맨 먼저 꺼낸 것은 삼촌이었지만, 그 명성이 자자해진 것은 역시 반장의 입을 통해서였다. 반장의 말에 따르면 김진우야말로 이만수에게 버금가는 국가대표팀의 포수이자 강타자며, 그 어깨의 힘이란―홈에 앉은 채 총알 같은 송구를 2루에 날릴 정도여서―그를 만난 상대팀의 감독들은 으레 가랑이를 문지르거나 양 뺨을 번갈아 때리는 사인을 선수들에게 보내는데 그 사인의 정체는 다음과 같다는 것이다. 오늘 도루 끝. 그리고 임호균은… 아아, 임호균으로 말하자면 말이다. 반장은 임호균의 인천고 재학 시절 실제로 그를 만난 적이 있었다는데… 그 이야기는 다음과 같다.

어느 날 반장의 후배이자 야구에 관해 늘 자신에게 조언을 구한다는 인천고의 야구 감독이 그를 초빙한다. 그날은 마침 반상회의 날이라 눈코 뜰 새가 없는데도 불구하고, 인천 야구에 대한 사랑이 남달랐던 반장은 시간을 쪼개 인천고를 전격 방문한다. 인천고의 감독이 그를 부른 이유는 1학년으로 들어온 한 선수의 피칭을 봐달라는 것. 반장은 속으로 '아직은 풋내기가 아닌가'라는 생각으로 감독의 뒤를 따라나섰는데, 맙소사 그 1학년 선수의 공이 장난이 아니었다. 마치 도루코 면도칼로 스트라이크존을 도려내는 듯한 볼의 컨트롤, 세상의 모든 커브볼들에게 '자넨 참 성격이 곧군'이라고 말해도 될 만큼 낙차가 큰 변화구. 야구에 관한 한 인천고의 감독이 늘 조언을 구할 정도인 반장은 그저 한눈에 '이놈은 물건'이란 사실을 알아차렸다고 한다. 하지만 그것은 전설의 시작에 불과했다. 이걸 보라면서 인천고의 감독이 더욱 놀라운 광경을 연출했기 때문이다. 우선 포수의 위치에 박스를 놓아 정확한 스트라이크존을 만든 다음, 직구와 슬라이더, 싱커의 위치에 불붙인 담배를 한 개비씩 세워두었다. 마운드에 선 임호균은 침착한 눈빛으로 담배를 응시했고 차례차례, 바깥쪽과 가운데, 몸 안쪽의 순으로 공을 던졌다. 샤악, 쉬익, 스윽. 놀랍게도 침을 발라 세워둔 담배는 쓰러지지 않고, 끄트머리의 담뱃불만 모두 꺼져 있었다. 마침 하늘엔 노을이 지려던 참이어서, 그것은 마치 서부 영화의 마지막 장면처럼 아름답고 엄숙한 분위기를 자아냈다. 가슴이 벅차오른 반장은 단숨에 그 1학년 선수의 곁으로 뛰어갔고, 손을 덥석 잡으며 이렇게 물었다고 한다. "자네 이름이 뭔가?" "임호균입니다." 늘 인천 야구의 앞날을 걱정해온 반장의 뺨 위엔 어느새 굵고 뜨거운 두 줄기의 눈물이 흘러내리고 있었다. 그리고 임호균을 비롯한 자식 같은 선수들에게 그날은 모처럼 소갈비라도 실컷 뜯게 해주려 했지만, 마침 반상회의 시간이 임박했기 때문에 눈물을 머금고 돌아서야 했다, 는 것이다. 아아, 세상에 이토록 자자한 명성이 있을 수가.

말할 필요도 없이,
나는 '우승팀은 삼미'라는 결론을 다시 한 번 내렸다.

물론 반장이 떠들 때면 아버지는 눈을 껌벅껌벅하며 뭔가 다른 생각에 잠기신 듯했고, 삼촌은 자신이 먼저 찍은 여자를 말발 좋은 친구에게 가로채인 사람처럼 우두커니 앉아 있었다. 때로 정육점을 하는 이 씨가 거짓말 좀 그만하라며 손을 내젓긴 했으나, 반장은 오히려 정색을 하며 그럼 전화번호를 불러줄 테니 인천고의 감독에게 직접 확인해보라며 길길이 날뛰었다. 하지만, 도대체, 누가, 12시가 넘은 시각에 안면부지의 인천고 감독에게 전화를 걸어 그 사실을 확인한단 말인가. 모든 것이 통행금지가 해제된 지 불과 한 달이 지난 시절의 일이었고, 78년에 제작된 영화 〈슈퍼맨〉이 지구 전역을 강타한 직후의 일이었으며, 그 영화의 주연을 맡았던 크리스토퍼 리브가 낙마로 하반신 불구가 되기 훨씬 이전의 일이었다. 그런 전화는 설사 슈퍼맨이라 해도 걸 수 없다.

그해의 2월 8일은 삼미 슈퍼스타즈가 최초의 스프링캠프 훈련을 시작한 역사적인 날이었다. 버스의 출발지를 알았더라면 그 전날 배웅이라도 갔을 텐데 하는 생각이 들었지만, 12살의 나에게 그것은 인천고 감독의 집에 전화를 걸어 반장의 말이 사실인지 아닌지를 확인하는 것만큼이나 어려운 일이었기에 아쉬운 마음으로 접어둔 상태였다. 대신 나는, 신문의 한 귀퉁이에서 마산을 향해 출발하는 1982년 2월 7일의 삼미 슈퍼스타즈를 볼 수 있었다. 거기에는 과거 인천 야구가 배출한 최고의 스타이자 '아시아의 철인鐵人' '한국의 홈런왕'으로 불리며 한 시대를 장악한 한국 야구의 패왕이자 위대한 초대 삼미 슈퍼스타즈의 감독 박현식朴賢植 씨의 사진과 그 기사가 실려 있었다.

맹장 아래 약졸 없다! 스타는 없어도 팀워크로!

"삼미에는 내보일 스타가 없다"는 항간의 우려와는 달리, 스프링캠프를 향하는 삼미 슈퍼스타즈 선수들의 표정은 그 어느 때보다 자신감에 차 있었다. 그런 우려에 대한 박 감독의 반응도 너무나 당당하고 솔직하다.

"맞는 말입니다. 22명의 선수 중에 아마추어 국가대표의 경력을 가진 선수조차 한 명도 없습니다. 그러나 정말 중요한 것은 기술이 아니라 정신 자세 아닙니까. 열심히 하는 자세, 정열을 다한 플레이로 기필코 팬들의 사랑을 받는 팀으로 만들고 말겠습니다."

2월 8일부터 시작될 스프링캠프서도 박 감독이 부르짖는 훈련 목적은 여타 팀과는 달리 '야구를 통한 자기 수양'이다. 스포츠맨십, 젠

틀맨십을 갖추지 못한 선수는 대성할 수 없다는 것이 그의 주장. 마산을 향해 출발하는 오늘도 그는 간편한 트레이닝복을 마다하고 선수들 전원에게 정장을 하도록 엄명했다.

나는 경악했다. 아아, 저 복장은… 자신의 정체를 감춘 채 평범한 신문기자로 일상을 살아가는 슈퍼맨의 복장이 아닌가. 그렇다. 나의 삼미는 야구에 대한 마음가짐과 그 출발부터가 이미 슈퍼했던 것이다. 급기야 12살의 나는 눈시울이 붉어졌고, 감독과 선수 전원이 정장 차림으로 손을 흔들며 버스에 오르는 그 한 장의 사진 앞에서 삼미 슈퍼스타즈의 영원한 팬이 될 것을 굳게 다짐하고 있었다.

그다음 날엔 별로 좋지 못한 소식이 들려왔다. 삼미의 숙소가 있는 마산의 야구장을 이미 OB 베어스와 건국대 야구팀이 선점, 삼미는 부득불 마산서 30분 거리에 위치한 진해공설운동장으로 연습 장소를 옮기게 되었다는 것이다. 진해공설운동장은 그해 전국체전에 대비한 보완 공사로 더할 나위 없이 어수선한 상태여서, 나는 나의 영웅들이 혹 훈련 중 쏟아지는 각목 더미나 자갈에 깔리는 일이 없기를 진심으로 기도했다. "어머, 귀여워라." 그날 나는 가증스레 살살 웃는 마스코트 곰을 보고 OB의 팬이 되기로 결심한 여동생을 쥐어박았고, 건국대에 진학하게 된 사촌누나와의 연을 마음속으로 완전히 끊어버렸다. 알게 모르게, OB와 나의 악연은 그렇게 시작되고 있었다.

그다음 날의 다음 날엔 친구들이 집으로 몰려왔다. 불과 한 달 전만 해도 새로 시작될 중학 생활이 화제의 대부분을 이루었으나,

이젠 그 누구도 중학교의 일 따위를 거론하거나 하지 않았다. 이미 우리의 관심사는 한 달 후에 펼쳐질 프로야구와 연고 팀 삼미에 관한 것들이었고, 그중 유일하게 금테 안경을 끼고, 특별히 애향심이 강함은 물론, 유달리 성적이 좋았던 조성훈이라는 놈은 이미 6개 구단의 감독과 코치진, 선수들의 이름을 마치 국민교육헌장을 외우듯 줄줄이 꿰고 있었다. 놀면서도 늘 반의 1등을 도맡아 하던 이놈은 자신만의 특이한 논리로 우리 삼미의 우수성을 강조했다.

"우리 팀 선수들은 이름도 외우기 좋아."

아닌 게 아니라, 확실히 삼미 슈퍼스타즈의 선수들에겐 특이한 이름이 많았다. 마치 이름이 특이한 선수를 특별 우대한다는 지침이라도 있는 듯 그 기명奇名의 전통은 계속 이어져갔다. 그렇다면 여기서 잠시 얘기를 접고, 그중 몇 분의 존함들을(원년 이후의 멤버들까지를 포함해) 기록해보고자 한다. 다른 무엇보다, 기록되지 않는 것은 기억되지 않기 때문이며—어쨌건 나는, 삼미 슈퍼스타즈의 마지막 팬클럽 회원이니 말이다. 참, 한 가지 일러둘 것이 있다. 그것은 이 대목을 읽으며 절대 웃어서는 안 된다는 것이다. 나는 그대가 역사상 가장 위대했던 야구팀의 멤버였던 이분들의 존함을 경건하고 거룩한 마음으로 읽어주기를 진심으로 바란다. 다시 한 번 말하지만, 웃지 마라. 로버트 드니로의 영화 〈더 팬〉을 본 사람이라면, 내 말이 농담이 아니라는 사실을 알고 있을 것이다.

① 금광옥: 어떤 광물鑛物의 일종이라 생각하기 쉽지만, 아니다.
　　　　　배번은 22번, 포지션은 포수였다.

② 인호봉: 인수봉 주변의 어떤 산봉우리의 명칭일 것 같지만, 역시 아니다. 배번은 31번, 포지션은 투수였다.

③ 감사용: 새로 발견된 공룡의 학술적 명칭인가, 하겠지만 그럴 리가. 배번은 26번, 포지션은 투수였다.

④ 장명부: 장부나 숙박부의 일종이라 착각하기 쉽지만, 아니다. 배번은 34번, 포지션은 투수였다.

⑤ 정구선: 정구 경기장의 라인을 일컫는 말 같지만, 역시 아니다. 배번은 23번, 포지션은 2루수였다.

⑥ 정구왕: 정구의 챔피언을 뜻하는 말일 수도 있지만, 그럴 리 없다. 배번은 17번, 포지션은 외야수였다.

⑦ 김바위: 할 말 없다. 하지만 어쨌든. 배번은 25번, 포지션은 1루수였다.

뭐 이 외에도, 이루 말할 수 없이 많은 선수들의 이름이 특이했다. 특이했지만, 어쨌거나 나는 친구의 입을 통해 전문가와 해설자들조차 발견 못 한 삼미의 또 다른 우수함을 발견할 수 있어 더할 나위 없이 기쁜 마음이었다. 예컨대 모든 슈퍼맨들의 이름이란 그런 것이다. 슈퍼맨의 경우엔 "어, 클라크? 무슨 시계의 일종인가?" 하기 쉽지만 사실은 사람의 이름이며, 007의 경우엔 "어, 본드? 접착제를 말하는 건가?" 하기 쉽지만 역시 사람의 이름이며, 배트맨의 경우에도 "어, 부르스? 그건 춤이잖아?" 하기 쉽지만 역시 사람의 이름인 것이다. 그들은 모두 그런 이름을 지닌 채―평상시엔 지극히 평범한 정장 차림으로 신문사를 오가고, 미인을 만나고, 시가를 피우고, 스프링캠프를 향해 출발하는 버스에 오르는 것이다.

그다음 날의 다음 날의 일주일 후엔 졸업식이 있었다. 졸업식장엔 아버지와 어머니, 할머니와 삼촌, 2명의 여동생과 3명의 고모가 오셨다. 어린 마음에도 이러실 필요까지야, 라는 생각이 들었으나 어린 내가 몰랐던 또 하나의 사실은—졸업식이란 원래 그런 것이란 사실이었다. 6개 구단 선수들의 명단을 모조리 외운 조성훈의 경우엔 적어도 6개 구단을 창단하고도 남을 만큼의 친척이 온 느낌이었다. 친구들 중에선 나와 조성훈이 나란히 우수상과 6년 개근상을 탔고, 아버지는 상을 못 탄 친구들의 아버지들과 인사할 때와는 달리, 조성훈의 아버지와는 꽤 오랜 환담을 나누었다. 결국 두 가족은 아버지들의 의기투합으로 함께 점심을 먹기로 했다.

중국인 거리의 중국집들은 자장면의 면발보다 더 많은 수의 사람들로 붐비고 있었다. 걸어오면서 짜기라도 했는지, 두 아버지가 생각한 이 거리의 '가장 맛있는 집'도 같은 곳이었다. 확실히 우수상과 6년 개근상을 타고, 나란히 알파벳을 외운 채 같은 중학교에 진학하는 두 소년의 아버지는 서로 통하는 데가 많았던 것이다. 한참 동안 술잔을 주거니 받거니 하더니 아니나 다를까 우리를 불러서는 나란히 앉게 했다. 다음은 뻔한 레퍼토리였다. 나는 내심 아버지가 '앞으로의 국세 정세와 한국의 앞날' 혹은 '국제 사회 속에서의 인천, 과연 어떻게 달라질 것인가?' 따위의 망언을 일삼을까 걱정이 되었지만 다행히 그런 얘기는 나오지 않았다. 낯이 붉어진 두 사람은 서로 번갈아가며 '소년이여, 야망을 가져라'에 가까운 얘기들을 늘어놓았고, 요는 무엇보다 '좋은 친구를 사귀어야 한다'는 것이었으며, 모쪼록 조성훈과 내가 서로 도와가며 열심히 공부, 나란히 '일류대'에 합격하라는 것이었다. 일류대라.

옳거니.

두 아버지가 서로 계산을 하니 마니 하는 동안, 나는 중국인 거리의 귀퉁이에 서서 하늘을 올려다보았다. 중국인 거리의 중국집 지붕 사이로 본 그날의 하늘은 자장면 위로 영롱하게 머리를 내민 완두콩처럼 개운한 빛을 띠고 있었다. 그 2월의 하늘을 두 눈 가득 담고서, 나는 지금쯤 진해의 운동장에서—앞에서 끌어주고 뒤에서 밀며—훈련에 열중하고 있을 삼미 슈퍼스타즈의 선수들을 생각했다.

"뭐 하냐?"

어깨에 손을 얹은 것은 조성훈이었다.

"으응, 그냥."

왠지 모르게, 조성훈도 나와 비슷한 생각을 하고 있다는 생각이 들었지만 나는 아무 말도 하지 않았다. 역시 하늘을 올려다보며, 조성훈이 말했다.

"첫 시합… 같이 보러 가자."

그것은 자장면 위로 영롱하게 머리를 내민 완두콩끼리의 교신交信과도 같은 것이었다. 서로가 서로를 너무나 쉽게 알아볼 수 있었고, 서로가 서로를 너무나 쉽게 이해할 수 있었다. 어깨동무를 한 채, 마치 약속이라도 한 것처럼 우리는 나란히 심호흡을 했다. 파 따위가 절대 들어 있을 리 없는 두 완두콩의 콧구멍 속으로—지구의 오존층, 그 자체였다고 말해도 좋을 청량한 공기가 한껏 밀려 들어왔다. 그것은

인천 앞바다에 사이다가 떴어도

인천 앞바다에 떠 있는 사이다의 진한 향이었다.

그다음 날엔 좋지 못한 소식이 전해져왔다. 임호균의 합류가 끝내 불가능해졌다는 비보悲報였다. 긴급회의가 소집되듯 어른들의 술자리가 마련되었고, 누구보다 낙담한 인물은 반장이었다. "어제 오후에 이미 그 사실을 알았습니다. 동생(인천고의 감독)이 알려줬지요. 이젠 끝났다고 봐야 되지 않겠습니까? 싸울 선수가 없다고 동생도 한숨만 쉬더군요"라며 길고 긴 한숨을 엎질러놓았다. 구취口臭가 심한 한숨이었다.

어허, 뚜껑은 열어봐야 아는 것 아닙니까. 아버지가 말씀하셨다.

그럼요, 야구는 9회 말 2아웃부턴데. 이 씨가 거들었다.

옳거니, 라고 나는 생각했다.

그다음 날의 다음 날엔 조성훈으로부터 급한 연락이 왔다. 숨이 곧 넘어갈 듯한 목소리였다. 숨이 곧 넘어갈 만큼 조성훈의 집으로 달려가니, 이미 대부분의 친구들이 모여 숨이 넘어간 표정들을 하고 있었다. 보란 듯이, 상기된 눈들이 집중해 있는 책상 위에 한 장의 종이가 놓여 있었다. 그것은 칼처럼 빳빳한 한 장의 광고 전단지였고, 당시로선 쉽게 보기 힘든 3도 컬러 인쇄의 전단이었다. 그 속에는 다음과 같은 내용이 적혀 있었다.

삼미 슈퍼스타즈의 어린이 팬클럽 회원 大모집!

우리 인천(경기·강원)을 대표하는 삼미 슈퍼스타즈의 어린이 팬클럽 회원을 大모집합니다. 구도球都 인천의 슈퍼맨 삼미 슈퍼스타즈와 함께 승리의 기쁨을!

어린이 팬클럽 회원께는 자랑스러운 어린이 회원 카드와 함께 다음의 선물을 드려요.

① 삼미 슈퍼스타즈 스포츠가방

② 삼미 슈퍼스타즈 야구모자

③ 삼미 슈퍼스타즈 야구잠바

④ 삼미 슈퍼스타즈 선수 사인 볼

⑤ 삼미 슈퍼스타즈 컬러 스타 카드

⑥ 삼미 슈퍼스타즈 대형 브로마이드

⑦ 삼미 슈퍼스타즈 선캡

⑧ 삼미 슈퍼스타즈 방수 돗자리

가입비 5000원

지금에 이르러 감히 말하거니와, 역사상 가장 위대한 야구팀인 삼미 슈퍼스타즈─그 최초의 팬클럽은 그렇게 탄생되었다고 말할 수 있다. 숨 막히는 역사의 격동기 속에서, 총천연색 컬러 인쇄를 배경으로, 또 그 누구도 빠트려선 안 될 가입비 5000원과 함께… 이미 우리의 마음은 한배에 오른 선원들처럼 단결해 있었고, 우리의 배는 저 망망대해를 가로질러─영원한 영혼의 보금자리인 슈퍼의 세계를 찾아가고 있었다. 뜨거운 태양도 거센 폭풍우도 우리를 막진 못하리. 태양이 작열하면 삼미 슈퍼스타즈 선캡을 쓰고, 태풍이

인천 앞바다에 사이다가 떴어도

몰아치면 삼미 슈퍼스타즈 방수 돗자리를 펼치리라. 형제여, 고향의 짐들일랑 스포츠가방에! 조타수여, 긴 여행의 무료함이 그대를 삼키려거든 당당히 브로마이드를 펼쳐 들어라. 밀항자는 어디 숨었는가? 전원 갑판으로! 지금 당장 회원 카드를 검사하겠다. 오늘 밤엔 럼주를 돌려라. 그리고 오오 스타 카드를! 딜러는 누구지? 아아, 해풍이 분다. 내 글러브를 가져와! 야구모자와 야구잠바는 어디 있는가. 그리고 사인 볼은!

확실히, 어린이 회원들에게 제공되는 선물은 무엇 하나 빠뜨릴 게 없었다. 아무리 생각해보아도, 그것은 인생에 반드시 필요한 것들로만 구성되어 있었던 것이다. 컬러 스타 카드나 브로마이드는 그렇다 쳐도, 도대체 스포츠가방과 야구모자, 야구잠바와 사인 볼, 선캡과 방수 돗자리도 없이—나는 어떻게, 지금껏 살아올 수 있었던 걸까.

그다음 날엔 머리를 깎았고, 어머니와 나는 쓰리세븐 학생가방과 학생화, 실내화 등을 사서 집으로 돌아왔다. 또 아버지는 아버지대로, 퇴근길에 엘리트 학생복지로 제작된 나의 교복을 찾아오셨다. 저녁을 먹기도 전에, 나는 부모의 성화에 못 이겨 교복을 입어보아야 했다. 사실 교복보다는 삼미의 로고가 새겨진 야구잠바가 입고 싶었지만, 5000원을 생각하며 나는 아버지의 기분을 한껏 맞춰가고 있었다. 흰 양말에 학생화를 신고 쓰리세븐 가방을 손에 들고 나니, 역시 더할 나위 없이 기뻐하는 아버지와 어머니의 얼굴이 눈앞에서 환하게 웃고 있었다. 나는 한술 더 떠, 난데없이 교모 챙에 손을 붙이며 "경례"라고 큰 소리를 질렀다. 아버지의 기쁨이 거의 2000원 선을 넘어섰다고 생각한 나는, 숨 쉴 틈을 주지 않고 방으로 들어가는 모습을 연출했다. 그리고 "어디 가니, 이제 밥 먹어야지"라는 아버지의 말씀이 떨어지기가 무섭게, 방문을 열며 또박또박 얘기했다. "영어가 너무 재미있어요." 그 순간 나는 아버지의 기쁨이 곧바로 4500원 선을 돌파하며 상한가를 치는 장관을 볼 수 있었고, 이제 내일 아침 일찍 일어나 〈민병철 생활영어〉만 보면 된다는 계산을 그 순간 끝내고 있었다. 좀 비굴한 감이 있긴 하지만, 인생의 대부분을 그렇게도 크다는 머리에 의존하며 살아가던 시절이었다.

그해의 3월이 되자 나는 중학생이 되어 있었다. 친구들 역시 학교가 같거나 다를 뿐, 중학생이 된 것은 마찬가지였다. 그리고 우리는 모두 삼미 슈퍼스타즈 팬클럽의 자랑스러운 어린이 회원이 되어 있었다. 가입비 5000원을 손에 쥐고, 인천체육관 앞에 늘어선 길고 긴 줄을 기다려 마침내 삼미의 스포츠가방을 받아 쥐던 그 순간의 감격을 나는 잊지 못한다. 친구들과 함께 열어본 그 가방 속에는 과연 야구모자와 잠바, 사인 볼과 스타 카드, 선캡과 방수 돗자리 등이 하나 빠짐없이 들어 있었고, 그날 밤 우리의 영혼들은—밤하늘을 날아서 멀고 먼 우주의 끝, 슈퍼맨의 고향인 크립톤 은하 근처에 이르러 아름다운 별자리가 되었다. 그 빛나는 별자리의 이름은 '리틀 슈퍼스타즈 좌座.' 북극성을 중심으로 회전하고 있으며, 한국에서는 프로야구의 리그가 펼쳐지는 봄과 가을에 관측이 용이하다. 관측비 5000원은 구단 사무실로 입금 바람.

물론 삼미의 어린이 회원들은 그 수가 실로 수만에 달하는 것이었겠지만, 이 글에서는 나를 비롯한 동네의 친구들—즉 함께 야구

인천 앞바다에 사이다가 떴어도

잠바를 입고 거리를 활보하고, 전철을 타고 야구 경기를 보러 다니던 7명의 회원들을 일컫는 말임을 미리 밝혀두고자 한다. 7명 모두 회원카드에 아무 하자가 없는 정식 회원들이며, 평소엔 검은 교복 차림으로 자신의 정체를 숨기지만 게임이 있는 날엔 즉시 슈퍼스타즈의 복장을 착용하고 자신의 정체를 드러낸다. 그 별로 빛나지 않는 이름들은 나와 조성훈, 그리고… 나머지는 잘 기억나지 않는다.

아무튼 나는 매일 아침마다 〈민병철 생활영어〉를 보고, 주말이면 세상의 그 누구도 아닌, 오직 슈퍼스타즈의 어린이 회원만이 입을 수 있는 야구잠바를 입고서 친구들과 야구를 하는 생활을 되풀이했다. 야구라고 해봐야 '캐치볼' 정도의 수준이지만, 나는 지금도 캐치볼을 하며 보았던 그해 3월의 하늘을 분명히 기억하고 있다. 주말의 해는 그 창공의 한복판에 늘 떠 있었고, 이제 몇 주만 지나면 프로야구가 시작된다는 나의 믿음이 '런! 런! 런!'을 외치는 3루의 코치처럼 지구를 공전시키고 있었다.

지구는 여전히 부지런했지만, 부지런한 새에게 쪼인 벌레처럼 3월 27일은 꾸물꾸물 기어왔다. '런! 런! 런! 부지런한 지구에게 미안하지도 않으냐?' 그래도 들은 척 만 척, 꾸물꾸물 기어오던 그 벌레는 그날 오전 내내 서울운동장 야구장의 그라운드 한복판에 정지해 있다. 오후 1시 15분 '어린이에겐 꿈을! 젊은이에겐 낭만을!'이라는 구호와 함께, 마침내 '프로야구'라는 이름의 한 마리 나비가 되어 그 거대한 날개를 펼치며 하늘로 날아올랐다.

바야흐로, 프로의 시대가 시작된 것이다.

믿거나 말거나,
지저스 크라이스트 슈퍼스타

　그해의 프로야구를 얘기하기 위해선 우선 여러 알의 우황청심환이 필요하다. 혹 내가 모르는 사이 뇌동맥 같은 곳에 알게 모르게 콜레스테롤이라도 쌓여 있다면, 미리 관을 하나 짜두는 것도 좋을지 모르겠다. 또 비록 짧은 기간일지언정 교회나 절 같은 곳을 다니는 것도 방법은 방법일 것이다. 그해의 프로야구를 얘기하기 위해서는 꽤나 깊은 신앙심이 필요하기 때문이다. 물론, 누구나 다 그래야 한다는 얘기는 아니다. 만약 프로 원년의 OB팬이라면 정반대의 준비가 필요할 것이다. 여러 박스의 OB라거를 쌓아두고, 미리 룸살롱 같은 곳을 예약해둔다거나, 비록 작은 액수일지언정 헌금이나 공양 따위를 바치고 싶은, 그런 마음. 미련곰탱이들이 그러거나 말거나— 어쨌든 나로서는 우황청심환과, 잘 짜인 관, 그리고 깊은 신앙심이 필요하다. 아마도 1년 전의 나였다면, 이런 위험한 얘기 따위는 절대

하려 들지 않았을 것이다. 아마도, 1년 전의 나였다면 말이다.

야구는 '기록의 경기'라는 말이 있다. 누가 한 말인지는 몰라도, 이 말을 생각한 사람은 야구에 대해 꽤 많은 것을 알고 있었던 사람임이 틀림없다. 야구에 있어서 기록이란 한마디로 인간의 사주팔자와 같은 것이기 때문이다. 부풀려 말하자면 이런 것이다.

코리안리그의 마지막 7차전. 3승 3패의 팽팽한 전적 속에서 생애 통산 3할 8푼 7리의 타율을 기록할 강타자가 1회 말 첫 타석에 들어선다. 1번 타자가 2루에 나가 있고, 아웃카운트는 2. 그는 삼진을 당한다. 두 번째 타석은 4회 말에 찾아왔다. 노아웃에 주자는 1, 2루. 홈팀 관중들의 열렬한 환호 속에 그는 병살타의 교과서로 삼아도 좋을 만한 완벽한 병살타를 작성한다. 세 번째 타석이 돌아온 7회 말. 첫 타자로 나선 그는 5구째 파울 플라이로 물러난다. 투수전의 양상으로 치닫고 있는 경기의 스코어는 2:1. 한 점 뒤져 있는 상황에서 그의 네 번째 타석이 돌아온다. 9회 말, 노아웃에 만루. 이미 홈팀의 관중들은 일제히 일어서서 기립 박수를 준비하고 있고, 그는 과연 3할 8푼 7리를 치는 거인의 풍모로 타석에 들어선다. 타임. 상대팀의 감독과 코치가 마운드로 올라온다. 선발로 나섰던 상대팀의 투수는 이미 지친 기색이 역력하다. 잠시 후 새로운 투수가 마운드에 올라오고, 경기는 속행된다. 역시 노련한 그는 초구를 노린다. 따~아악! 그러나 타구는 땍 때구르르 딱따구리르르라는 소리와 함께, 빠르면서도 잡기 쉬운 3루 앞 땅볼로 떨어진다. 홈으로 달려오던 3루 주자가 전진 수비를 펼치던 3루수의 손에 바로 태그되고, 공은 바로 2루를 거쳐 1루로 빨랫줄처럼 송구된다. 트리플 플레이, 게임 세트. 기립해 있던 홈팀의 관중들 중 일부가 들것에 실려 나가고, 다른 일부는 병을 깨서 자해를 하기 시작한다. 또 다른 일부는 퇴장하는 상대팀의 팬들을 습격하고, 급히 운동장을 빠져나간 일부는 웃챠웃챠 팀의 버스를 전복시키며 3할 8푼 7리의 주인공을 어서 내놓으라고 소리친다. 정말로 무서운 것은 특수부대 저격수 출신의 한 팬인데, 그는 조용히 사태를 관망하며 펜스의 어둠 속에서 라이플을 설치하고 있는 중이다. 망원경의 초점은 선수 대기실에서 야구장 밖으로 연결된, 유일한 통로의 출입구에 맞춰져 있다. 그러나 이런 상황 속에서도, 외야의 구석진 자리에는 여전히 자리를 지키고 있는 세 사람의 팬이 앉아 있다. 이들이야말로 진실로 야구가 무엇인지를 아는, 야구에 관한 순수 절정의 고갱이라 불리기에 전혀 부족함이 없는 자들이다. 왜? 이들은 야구가—다른 무엇도 아닌 '기록의 경기'라는 것을 그 누구보다 잘 알고 있기 때문이다. 그들의 대화를 들어보자.

순수: 더 이상 바랄 게 없어, 최고의 경기야.

절정: 4타수 무안타, 삼진과 파울 플레이에 병살 하나와 트리플이라… 저 친구가 아니면 누가 감히 그런 멋진 배합을 생각하겠어?

순수: 세 번째 타석의 파울 플라이가 3년 후 마감될 그 투수의 통산 방어율 3.17을 맞춰주기 위해서였다는 건 모두 눈치챘겠지?

고갱이: 물론, 우리 팀에서 '그런 것까지를' 생각해 야구를 하는 대선수는 저 친구밖에 없으니까. 마지막에 굳게 작심하고서 그 심했다 싶은 삼중살三重殺을 기어코 완성하던 순간에는 등줄기에 땀

믿거나 말거나, 지저스 크라이스트 슈퍼스타

이 다 흐르더라구. 6년 후 마감될 자신의 통산 타율 3할 8푼 7리를 준수하며 그 배합을 내년의 결승 진출 확정전 마지막 타석에서의 역전 2루타와 3년 후 코리안리그 결승전의 선취 스리런 홈런으로 분배한 거야. 계산해보니 오늘 그가 욕심을 부려 2개의 안타를 쳤다면 그 여파가 내년 시즌에까지 미쳐 그의 통산 타율이 3할 8푼 8리가 되고, 만약 1개의 안타를 쳤다 해도 반올림해서 3할 8푼 8리가 되는 데는 변함이 없는 것이지.

절정: 이 한 게임에서 상대 투수와 자신의 통산 방어율, 통산 타율을 모두 유지시켰단 말인가?

고갱이: 그럼, 코리안리그의 결승전이니만큼 물론 그 유혹도 컸겠지만, 이미 그의 야구는 그런 것들을 초월한 경지에 올라 있다고 봐야지. 마치 물이 흘러 바다로 가듯 그의 야구에는 거스름이 없어.

순수: 내 생각에는 말이야⋯ 아무래도 오늘의 배합은 자신의 은퇴전에서 4연타석 홈런을 치기 위해서인 것 같아. 그러니 내년의 결승 진출 확정전 마지막 타석에서의 역전 2루타와, 3년 후 코리안 리그 결승전의 선취 스리런 홈런은 삭제될 것이 분명해.

고갱이: 물론, 저 친구라면 그런 위대한 계산도 충분히 가능하겠지. 단지 내가 그런 예상을 했던 건 저 친구야말로 자신의 영광보다는 팀의 전적을 우선시하는 몇 안 되는 선수 중 하나이기 때문이야.

순수: 그 말을 듣고 보니 과연 그렇군.

절정: 역시 야구의 세계는 끝이 없어.

고갱이: 저 친구는 진정한 대타자야. 마지막 타석에서의 스윙은 모두들 보았겠지? 공이 배트에 맞는 순간 왼손의 중지와 약지를 배

트에서 떼며 2개의 손가락을 각기 반대 방향으로―왼쪽 세 번 오른쪽 세 번 빠르게 회전시키는 것을! 그리고 그 손가락의 회전이 만든 진동이 과연 어떤 결과를 낳았나 생각해보란 말이야.

절정: 딱 때구르르 딱따구리르르!

고갱이: 정답! 그 심각한 상황에서도 그는 팬들에게 줄 즐거움을 생각했던 것이지. 설마 아무 생각 없이 친 타구에서 우연히 그런 소리가 났다고는 말할 수 없겠지?

순수: 정치인과 공무원이 아니라면!

고갱이: 정답! 뜻밖에도 전진 수비를 펼친 3루수가 아니었다면 그 타구는 분명 그의 의도대로 '딱 때구르르 딱따구리르르 에헤헤헤헤 에헤헤헤헤 에헤헤헤헤헤헤'의 사운드를 마저 완성하면서도 삼중살의 경전이라 불러도 좋을 만큼 완벽하면서도 아슬아슬한 삼중살을 성공시켰을 거야. 왜냐하면 그 모든 것이 계산된 타구였거든. 실지로 '딱 때구르르 딱따구리르르'까지의 소리라면 저 친구로서는 한 번의 손가락 회전만으로도 충분히 가능한 일이지. 물론 거의 들리지 않을 정도의 작은 소리였지만, 3루수의 글러브 속에 들어간 그 공이 '에헤헤헤헤 에헤헤헤헤 에헤헤헤헤헤헤'의 소리를 내며 타구로서의 마지막 사명을 훌륭히 완수했다는 점도 절대 간과해서는 안 될 중요한 포인트지.

순수: 하지만 그걸 눈치챈 관중이 있을까? 다들 저렇게 광분하는데.

절정: 아무래도 그 의도는 실패했다 봐야지.

고갱이: 그건 3루수의 실책으로 봐야 하네. '딱 때구르르 딱따구

리르르 에헤헤헤헤 에헤헤헤헤 에헤헤헤헤헤헤'가 완성되지 못한 것은 필요 이상으로 초조하고 마른 성격인 그의 탓이니까. 하지만 내 계산으론 저 난동도 이제 곧 잠잠해질 것일세. 비록 '에헤헤헤헤 에헤헤헤헤 에헤헤헤헤헤헤'의 효력이 유실됐다 하더라도 '땍 때구르르 딱따구리르르'의 효력은 살아 있는 것이니깐. 현재 시각이 정확히 경기 종료 후 25분 19초가 소요된 시점이니까 저 난동은 정확히 3분 36초 후에 잠잠해질 걸세. 그것은 유실된 '에헤헤헤헤 에헤헤헤헤 에헤헤헤헤헤헤'가 담당했던 시간이 28분 55초였기 때문이지.

난동은 정확히 3분 41초가 지난 다음 진정되었다. 몰래 숨어 있다 우연히 이들의 애기를 엿듣게 된 특수부대 저격수 출신의 팬이, 자신의 경솔함에 통한의 눈물을 흘리며 6년 후 생애 통산 타율 3할 8푼 7리를 기록할 대타자의 모자챙에 총알 대신 한 송이의 장미꽃을 쏘았기 때문이다. 비록 그 소란으로 5초가 지연되었지만, 대부분의 팬들은 마치 거짓말처럼 난동을 멈추고 각자의 집으로 발걸음을 돌리고 있었다. 물론 예상했던 대로, 그들의 표정은 한결같이 '땍 때구르르 딱따구리르르'해 보였다. 그 장미꽃이 어디서, 어떤 이유로 날아온 것인지를 대충 감 잡은―생애 통산 타율 3할 8푼 7리의 그는 꽃이 날아온 외야의 펜스 쪽을 향해 손을 한 번 흔들어주었고, 곧 버스에 올라 자신의 지정석인 오른쪽 맨 뒷좌석에 몸을 파묻었다. 이때 그의 동료이자 팀의 5번 타자이며, 4년 후 생애 통산 타율 2할 6푼 5리로 선수 생활을 마감할 평범한 선수 하나가, 불만과 힐난이 노골적으로 배합된―그 누구라도 듣는 순간 불쾌지수 200에 육박할 수밖에 없는 '끄응'을―마치 방귀를 뀌듯 큰 소리로 내질렀다. 일순 버스 안은 긴장감이 감돌았지만, 생애 통산 타율 3할 8푼 7리의 위대한 그는 아무런 반응을 보이지 않았고, 단지 속으로―내년의 결승 진출 확정전 마지막 타석에서의 역전 2루타와, 3년 후 코리안리그 결승전의 선취 스리런 홈런을―팀을 바꾼 자신의 은퇴전에서의 4연타석 홈런과 맞바꾸고 있었다.

라고 뻥을 쳐도 좋을 만큼, 실로 야구는 '기록의 경기'인 것이다. 그것이 야구다. 때문에 나는 우선 그해의 프로야구를 말하기에 앞서, 19년이 지난 오늘날까지 그 누구도 넘볼 수 없었던 삼미 슈퍼스타즈의 대기록들을 기술하고자 한다. 여기에는 실로, 82년 3월 27일 프로야구의 개막에서부터 85년 6월 21일 인천 홈구장에서의 마지막 경기까지―3년 6개월이란 짧은 세월 동안 한국 프로야구사에 그 누구도 지울 수 없는 거대한 발자취를 남긴 이 위대한 팀의 모든 것이 담겨 있다. 아아, 손이 떨려온다. 진실로, 이것은 한 야구팀의 일보에 불과하지만, 인류에게는 거대한 도약이 아닐 수 없다.

만수무강萬壽無疆 삼미 슈퍼스타즈 기록 박물지記錄博物志 part 1

기별 최저 승률

0.125 삼미 82년 후기 5승 35패

시즌 최저 승률

0.188 삼미 82년 15승 65패

팀 최다 실점

20점 삼미 82년 6월 12일, 82년 7월 10일(대 삼성, 두 차례)

2사후 최다 실점

7점 삼미 82년 5월 16일(대 OB, 8회)

특정 팀 상대 연승

16연승 OB 82년 4월 15일~9월 16일(대 삼미)

시즌 특정 팀 상대 전승

16전 전승 OB 82년 시즌(대 삼미)

원정 경기 연패

21패 삼미 82년 5월 26일(대 OB)~9월 16일(대 OB)

시즌 최소 타석

2954타석 삼미 82년

시즌 최소 득점

302점 삼미 82년

국내 최초 사이클 히트

삼성 오대석 82년 6월 12일(대 삼미)

1게임 완투 최소 투구 수

84구(삼성 황규봉 無四死求 완봉승) 82년 8월 15일(대 삼미)

최다 득점 차 연승

8점 OB 82년 4월 25일(대 삼미)

시즌 최소 루타

914루타 삼미 82년

시즌 최소 타점

272점 삼미 82년

시즌 최소 무사 사구 경기

0 삼미 82년

시즌 최소 수비율

0.964 삼미 82년

1이닝 최다 피안타

9개 삼미 82년 6월 12일(대 삼성, 1회)

1게임 최다 피안타

38개 삼미 82년 4월 16일(대 OB)

1게임 최다 피루타

43루타 삼미 82년 5월 2일 대 삼성

최다 연속 2루타 허용

4개 삼미 82년 7월 17일(대 MBC)

팀 최다 홈런 허용

6개 삼미 82년 7월 10일(대 삼성)

최다 四구 허용

12개 삼미 82년 3월 28일(대 OB)

최단 시간 9회 경기

1시간 57분 삼미 82년 8월 15일(대 삼성)

최장 시간 9회 경기

4시간 24분 삼미 82년 4월 25일(대 OB)

단독 홈스틸 허용

82년 삼미 7월 21일(대 해태, 김일권)

시즌 최다 死구 허용 투수

인호봉(19개) 82년

시즌 최다 실점 투수

김재현(154점) 82년

시즌 최다 자책점 투수

김재현(131점) 82년

투수 연패 기록

12연패 감사용(5월 30일~9월 28일) 82년

시즌 최저 타율

0.237 삼미 84년

국내 첫 노히트 노런

해태 방수원 84년 5월 5일(대 삼미)

최다 死구 허용

4개 삼미 84년 4월 20일(대 OB)

시즌 최다 병살타

16개 삼미 이영구 84년

시즌 최다 희생 번트

19개 삼미 권두조 84년

팀 연패

18연패 삼미 85년 3월 31일~4월 29일

최다 점수 차 완봉승

16:0 OB 85년 4월 16일(대 삼미)

2사 후 최다 득점

10점 OB 85년 4월 16일 인천 8회(대 삼미)

82년 성적

전기 10승 30패 승률 0.250 6위(6/6)

후기 5승 35패 승률 0.125 6위(6/6)

84년 성적

전기 18승 30패 2무 승률 0.375 6위(6/6)

후기 20승 29패 1무 승률 0.408 6위(6/6)

85년 성적

전기 15승 40패 승률 0.273 6위(6/6)

물론 이 외에도, 탐사를 기다리고 있는—밤하늘의 별처럼 수많은 기록들이 남아 있지만, 달에서 귀환하는 닐 암스트롱의 심정으로 이쯤에서 끝맺기로 한다. 다른 무엇보다 더 이상 심장이 떨려 적을 수 없기 때문이며, 평범한 재능으로 아직도 야구를 계속하고 있는 다른 팀들에 대한 배려의 차원에서이기도 하다. 또 한 가지, 여기에는 83년의 기록이 빠져 있음을 미리 밝혀둔다. 83년의 삼미는 또 워낙 특별한 존재여서, 다음 장에서 따로 기술하지 않고서는 도무지 다른 방법이 없기 때문이다. 어쨌거나 야구가 '기록의 경기'인 것을 그대가 인지하고 있다면, 위의 기록만으로도 나의 삼미 슈퍼스타즈가 어느 정도의 팀이었는지를 분명히 알 수 있을 것이다.

실로 '지저스 크라이스트 슈퍼스타'였던 것이다.

말해다오 말해다오,
연안부두 떠나는 배야

　왠지 모르게 '소년이여 야망을 가져라!'와 비슷했던 프로야구 원년의 캐치프레이즈—'어린이에겐 꿈을, 젊은이에겐 낭만을'은 적어도 삼미의 팬클럽인 우리와는 아무런 상관이 없는 구호였다. 꿈과 낭만이란 것은 인생에 있어서나 야구에 있어서나 적어도 5할대 이상의 승률을 유지하고 있을 때만 간직할 수 있는 것이다. 물론 낙천적인 성격의 소유자라면 3할대 정도의 승률로도 '내일은 내일의 해가 뜰 거야' 따위의 개똥 같은 대사를 읊으며 웃고 떠들 수 있겠지만, 도무지 1할 2푼의 승률로 꿈과 낭만을 간직할 수 있는 인간은 세상에 존재하지 않기 때문이다. 평범한 인생이라면, 대부분 4할에서 5할 정도의 승률을 유지할 것이며, 운이 좋은 인생이라면 6할에서 7할 정도의 승률을 유지할 것이고, 비록 운이 없는 인생이라 해도 아무튼 3할에서 4할 정도의 승률은 유지하기 마련인 것이다. 더군다나 소년이라면, 하늘의 특별한 도움 없이도 쉽게 꿈과 낭만에 젖어들 수 있는 소년이라면—그 승률은 좀 더 높아질 수밖에 없다. 그러나 세상에는 1할 2푼의 승률을 숙명처럼 끌어안고 사는 소년들이 있었다. 전쟁이 일어난 것도 아니며, 징용에 끌려간 것도 아니며, 부모가 죽은 것도 아니며, 결핵 예방주사를 맞고 결핵에 걸린 것은 더더욱 아니었다. 그럼 그들은 누구였을까. 세상에 그런 불행한 소년들이 과연 존재하기라도 했단 말인가. 유니세프는 도대체, 어디서, 무엇을 하고 있었단 말인가.

프로야구 원년. 우리의 슈퍼스타즈는 마치 지기 위해 이 땅에 내려온 패배의 화신과도 같았다. 어느 정도인가 하면—오늘도 지고, 내일도 지고, 2연전을 했으니 하루를 푹 쉬고, 그다음 날도 지는 것이다. 또 다르게는 일관되게 진다고도 말할 수 있고, 어떤 의미에서는 용의주도하게 진다고도 말할 수 있겠으나, 더 정확한 표현을 빌리자면 주도면밀하게 진다고도 말할 수 있고, 쉽게 말하자면 거의 진다고 할 수 있겠다. 아무튼 기대가 클수록 실망도 크기 때문일까. 프로야구가 개막되고 한 달이란 시간이 지났을 때 유니세프의 철저한 외면 속에서 인천의 소년들은 점차 늙어가고 있었다. 아닌 게 아니라 확실히 흰머리가 나기 시작했다, 고 말하면 거짓으로 들리겠지만 실제로 나는 당시 두 가닥의 흰머리를 발견했고, 서울야구장의 입장권을 끊을 때는 검침원으로부터 대학생이라는 오해를 사기도 했다. 나뿐만이 아니었다. 중학교에서도 한 반이 된 조성훈은 수업 도중 멍한 눈으로 허공을 응시하다 선생의 분필을 맞는 일이 잦아졌고, 역시나 팬클럽의 다른 친구는 국민학교 때도 흘리지 않던 콧물을 갑자기 흘리기 시작했다.

소년들에 비해 어른들은 한결 눈치가 빨랐다. 벌써 감을 잡았다는 듯 아버지와 삼촌은 더 이상 야구 얘기를 꺼내지 않았고, 차라리 한 편의 영화라 불러야 할 저 3월 27일의 개막전서부터 줄곧 야구장에서 살아온 정육점의 이 씨도 다시 생계의 터전으로 발길을 돌린 지 오래였다. 단지, 대머리의 반장만이 슈퍼의 평상에 걸터앉아 분을 삭이며 술을 마시는 모습이 간간이 눈에 띌 뿐이었다. 하루는 마침 국기 하강식이 거행된 시간이었는데, 그는 일어서지 않았다. 멈춰 선 행인들을 등진 채 오징어를 찢으며, 그는 오징어의 다리만큼이나 길고 찐득한 한숨을 내쉬었다. 역시나 구취가 심한 한숨이었다.

삼미 슈퍼스타즈의 역사적인 첫 시합은 개막전의 다음 날인 3월 28일 거행되었다. 대 삼성전이었고, 장소는 대구야구장, 선발은 인호봉이었다. 결과는 5:3 승리였다. 장소가 장소인지라 나와 조성훈은 집에서 인호봉의 호투와 양승관의 3타수 2안타 2타점의 활약을 지켜보며 서로를 부둥켜안았다. 승리가 확정되는 순간 우리는 얼마나 울었던가. 단체 응원을 위해 간이로 마당에 꺼내놓았던 저 주홍색 금성 9인치 컬러 TV 앞에서, 또 승리의 눈물을 가마니째 흘려도 아무 뒤탈 없는 저 삼미 슈퍼스타즈 방수 돗자리 위에서

우리는 소리쳤다. "이것이 야구다!"

4월 4일은 삼미 슈퍼스타즈의 역사적인 첫 홈경기가 열린 날이었다. 대 롯데전이었고, 장소는 춘천야구장, 선발은 역시 인호봉이었다. 삼미의 첫 홈경기가 인천이 아닌 춘천에서 열린 점이 못내 아쉬

웠지만, 인천야구장은 마침 그해 9월 한국에서 개최될 세계아마야구선수권대회를 대비한 공사가 한창이었으므로, 삼미는 전기 리그 내내 춘천을 비롯한 각 지방을 돌아다니며 홈경기를 치러야 했다. 결과는 8:0 삼미의 대패였다. 조성훈과 나는 직접 춘천에서 그 경기를 지켜보았고, 물론 리틀 슈퍼스타즈의 완벽한 복장이었으며, 목이 쉬도록 응원을 펼쳤으며, 경기의 결과에 연연하기보다는 제법 크게 졌네, 라거나 롯데 제법인데, 라는 어른스러운 마음가짐으로 비둘기호와 지하철 1호선을 타고 집으로 돌아왔다.

우리는 생각했다. '야구를 하다 보면 이길 때도 있고 질 때도 있다.'

그러나 그 8:0의 패배는 빙산의 일각에 불과했다. 아니 '일각'이라는 표현조차 너무 거대하게 느껴질 정도로 이루 헤아릴 수 없이 많은 패배가 우리 앞에 남아 있었던 것이다. 리그가 전개되면서 서서히 삼미는 자신의 본색을 드러내기 시작했다. 한 게임 한 게임 그것은 분명 평범한 패배가 아니었고, 뭔가 야구의 상식이 무너지는 느낌의 패배였고, 우주의 역행과 자연의 순리를 거스른다는, 그런 느낌의 패배였다. 우주를 바로잡고 자연을 소중히 여겨야 한다고 늘 생각해온 우리의 응원은, 그래서 더욱 필사적이 되어갔다. 그물에 매달려 고릴라처럼 고함을 지르고, 시멘트 바닥을 뒹굴고, 신발을 벗어 자신의 등과 뺨을 때리는가 하면, 급기야 베어스와의 경기 땐 곰 인형을 지참, OB의 타자들이 타석에 들어설 때마다 저주의 주문과 함께 핀으로 인형을 찔러대곤 했다. 결국 우리는 자연과 우주 따위야 어떻게 되건 그저 한 번만 이겨보자는 쪽으로 사상을 전향하게 되었고, 애당초 자연과 우주와 아무 상관이 없었던 삼미는 최·하·위가 되어 있었다.

우리는 생각했다. '어쩌면 저건 축구일지도 몰라.'

4월 11일의 MBC전에서는 어이없게도 1루수 김경남이 선발 투수로 등판, 우리를 놀라게 했다. 삼미가 아닌, 평범하고 상식적인 팀이라면 '그런 법이 어디 있나?' 하고 엄두도 못 낼 일이었지만, 이미 상식의 범주를 초월한 우리의 삼미는 '그러지 말란 법은 또 어디 있느냐?'라는 초연한 자세로 홀연히 1루수를 마운드에 내세웠다. 실로 우리 삼미의 슈퍼한 야구 철학이 돋보이는 투수 기용이었다고 말할 수 있겠다. 그러나 그 김경남이, 프로 원년 전설의 타율 4할 2푼 1리의 강타자—게브랄 티* 백인천을 첫 타석에서 삼진으로 잡아버렸다.

"우워어어어어~"

이 뜻밖의 분투에 우리는 일제히 기립했다. 승리에 굶주려 있던 나와 조성훈의 눈에서는 이미 뜨거운 눈물이 혜은이의 〈새벽비〉**처럼 주룩주룩 흘러내렸고, 성난 파도처럼 그물에 뛰어오른 나는 그물을 흔들며 미친 듯이 '개부랄 티'***를 연호했으며 바다에서는 함께 그물에 매달리려다 실패한 조성훈이 뒤집힌 풍뎅이처럼 몸을 뒹굴고 있었고 나머지 리틀 슈퍼스타즈들은 연안부두를 목 놓아 부르며 감동의 파도타기를 하고 있었다. 실로 '하면 된다'는—육해공이 어우러진 합동 응원이었던 것이다.

---

* 당시 백인천이 CF 모델이었던 종합 영양제.
** 가수 혜은이의 당시 히트곡.
*** 강타자 백인천이 타석에 들어설 때 상대팀의 응원단들이 광고를 빗대 보내던 야유.

그렇다. "하면 된다!"

그러나 그 기쁨의 순간은 유니세프조차 돌보지 않는 인천의 소년들을 위해 신이 내려주신 10초간의 은총에 불과했다. 5번 이종도, 6번 유승안… 결국 김경남은 만신창이가 되어 마운드를 내려왔고, 연이어 김동철이 올라왔다 같은 이유로 내려가고, 물론 나도 일찌감치 그물에서 내려왔고, 박경호가 올라왔다 역시 같은 이유로 내려가고, 마지막으로 감사용이, 정말 마지막인 감사용이 마운드에 올라왔는데, 이제 더는 올라올 투수가 없는데, 내일 경기도 해야 하는데… 비정한 청룡의 타자들은 계속 안타를 쳐댔다. 아아, 이제 내일은 박현식 감독이 투수로 올라올지도 모른다는 불안감과 함께, 제발….

그렇다. 이미 우리에겐 '그래도 이길 거야'와 같은 발칙한 마음은 눈곱만큼도 남아 있지 않았다. 오로지 '졌다, 졌으니까 이제 그만 좀 해라'라는, 상대팀을 향한 눈물의 호소와 통곡만이 처절한 울림으로 마음속에 메아리칠 뿐이었다. 땅굴처럼 길고 어두웠던 시간들이 다 지나고 8대 2의 스코어로 겨우 경기가 끝났을 때 우리는 모두 탈진해 있었다.

나는 생각했다. '한 민족끼리 이래도 된단 말인가?'

4월 25일의 OB전은 '야구는 9회 말 2아웃부터'라는 진리를 다시 한 번 확인시켜준 경기였다. 다시 떠올리기도 싫은 이날의 경기에 관해서는 긴말을 하고 싶지 않다. '8점 차'라는, OB의 최다 점수차 역전승으로 프로야구사에 길이 남게 된 이 경기… 나로 하여금 회색곰, 북극곰, 불곰, 말레이곰, 반달가슴곰, 더불어 너구리를 사칭

하는 판다라 할지라도—세상의 곰이란 곰은 모조리 죽이고 싶도록 만들었던 이 경기, 이틀 후인 27일, 우리의 박현식 감독을 한 달 만에 일선에서 물러나게 만들었던 이 경기, 이 경기 이 경기 하며 그날을 떠올리다 보니 '이경기'라는 이름의 사람이 있다면 필시 그마저도 증오하게 만들 것 같은 이 경기.

나는 생각했다. '내 팔자야!'

위의 두 경기는 인천도 서울도 아닌, 멀고 먼 춘천야구장에서 벌어진 경기들이었다. 춘천야구장에서 시내버스를 타고 춘천역까지, 춘천역에서 기차를 타고 청량리역까지, 청량리역에서 전철을 타고 인천으로 돌아오던 그 멀고 먼 길은 아직도 생생하다. 물론 기차 안에는 우리만 탄 것이 아니었다. 청룡 잠바를 입은 어린이 청룡, OB 잠바를 입은 리틀 베어스들이 함께 타고 있었던 것이다. 콜라와 빵을 먹으며 재잘대는 또래의 아이들은 더할 나위 없이 행복해 보였고, 그들이 행복하면 행복할수록 우리는 더 깊은 불행의 나락 속으로 떨어지고 있었다. 때로 놈들이 우릴 쳐다보며 키득거리기도 했지만, 이 참을 수 없는 모욕에도 불구하고 우리는 말없이 창밖을 응시할 뿐이었다. 우리에겐 싸울 힘도 남아 있지 않았다. 목은 쉬고, 허리는 아프고, 다른 무엇보다 원더우먼의 팬티처럼 소매에 별이 잔뜩 박힌 삼미 슈퍼스타즈의 촌스러운 잠바를 우리는 입고 있었고, 도무지 이 잠바를 입고서는 어떤 싸움을 해도 질 것 같고, 그런 생각도 들었고, 또 어딘가 모르게 서울 팀들의 유니폼은 한층 세련돼 보이기도 했고, 뭐, 쟤들은 야구를 잘하니까, 라는 생각도 들고, 돈도 우리보다 많은 것 같고, 부러웠고, 아니 부끄러웠고, 아니 부러움과 부끄러움은 다정한 오누이와 같다는 생각도 들고, 즉 부러운 게 있기 때문에 부끄러운 게 있는 것 같기도 했고, 뭐 그렇다고 오빠가 반드시 있어야 누이가 존재할 수 있다는 말은 아니고, 아무튼 부끄러웠고, 머리도 아프고, 누군가 자꾸 쳐다보는 거 같고, 그런저런 생각 하며 꼼지락거리다 보니 손톱이 무척 길었고, 그 손톱 밑에 때도 잔뜩 끼어 있고, 그리고 보니 역에서 표를 받던 철도원이 내 잠바를 보고 웃은 거 같기도 하고, 뭐 손톱을 보고 웃었나 하는 생각도 들고, 목은 마르고, 그래서 사이다가 마시고 싶은데 소변이 마려워서, 그럼 누고 오면 그만이지만 변소엘 가야 하고, 변소를 가려면 리틀 베어스 놈들 앞을 지나야 하고, 갈 땐 가더라도 또 그 앞을 지나쳐 와야 하니까, 뭐 모자를 푹 눌러쓸까 그런 생각도 들고, 그런데 모자도 삼미 모자고, 그래도 더는 못 참겠다 했는데 마침 통로에서 리틀 베어스들이 다리 찢는 연습을 하고 있고, 그건 또 뭐냐 하면 OB 1루수 신경식이 공을 받을 때 멋있게 다리를 쫙 벌리기 때문이고, 우리는 그런 거 못 하고, 물론 우리 1루수는 투수로 올라오기도 했지만 잘해서 그런 건 아니고, 잘하나 못하나 어쨌거나 졌고, 뭐 지는 건 늘 지는 거니까, 그래서 꼴찌고, 최하위고 그래서, 물론 꼴찌가 있기 때문에 1등도 있는 거지만, 그것도 어느 정도 상식이 통할 때의 얘기고, 왠지 왔다 갔다 이동매점 아저씨가 우리를 자꾸 힐끗 보는 듯하고, 사 먹고 안 사 먹고는 물론 내 자유지만, 뭔가 야구도 못하는 애들이 과자도 안 사 먹네, 라는 그런 눈빛이고, 그래서 아저씨 사이다 주세요, 하려 했는데 소변이 또 문제였고, 그래서 새우깡 주세요, 해서 새우깡을 받는데 새우깡만? 하고 묻기에, 그만 사이다도요, 라고 말할 뻔했는데 또 요즘 추세가 사이다나 환타는 촌놈들이 마시는 거다, 란 얘기도 주위들은 기분이었고, 그래서 얼른 콜라도요, 라고 말했지만, 나 사실은 콜라보다 사이다를 더 좋아하는데, 그래서 더는 못 참겠다, 결국 일어나 변소로 달려가고, 통로에서 다리 찢기, 너클볼 쥐는 법 연습하는 리틀 베어스 사이를 어쨌거나 비껴갔는데, 그중 한 놈은 말도 안 되게 뚱뚱하고, 또 자꾸 놈들이 웃고, 그러나 모자를 눌러써 직접 본 건 아니고, 하지만 그런 소리가 귀에 쟁쟁 울렸고, 아무튼 좋은 기분은 아닌데 오줌을 털어서 기분은 좋았고, 그래서 사람의 기분이란 건 혹시 여러 개가 함께 있는 게 아닐까, 라는 생각도 들고, 그런데 돌아올 때 아직도 그 뚱보가 통로에 서 있고, 젠장 모자를 더 깊이 눌러썼는데 그만 앞이 안 보여 이동매점 아저씨랑 부딪히고, 그래서 리틀 베어스 놈들이 웃고, 그런데도 아저씨는 사과도 안 하고, 뭐 사실 따지면 내 잘못이지만 어쨌거나 콜라는 시원하고, 새우깡은 너무 맛있고, 기차는 덜컹거리고, 저 멀리 구름은 흘러가고, 마침 바람은 솔솔 불어오지, 강물은 유유히 흘러가지, 자세히 보면 그 속에 초록의 물고기들이 떼 지어 몰려다니고, 낚시꾼은 담배를 피우고, 또 지나치는 강원도의 산들이 지나치게 아름답기도 해서―

나는
난생처음으로 '죽고 싶다'는 생각을 했다.

연안 부두*

어쩌다 한 번 오는 저 배는 무슨 사연 싣고 오길래
오는 사람 가는 사람 마음마다 설레게 하나.
부두에 꿈을 두고 떠나는 배야 갈매기 우는 마음 너는 알겠지.
말해다오. 말해다오. 연안부두 떠나는 배야.
바람이 불면 파도가 울고, 배 떠나면 나도 운단다.
안개 속에 가물가물 정든 사람 손 흔드네.
저무는 연안부두 외로운 불빛 홀로 선 이 마음을 달래주는데
말해다오. 말해다오. 연안부두 떠나는 배야.

―김트리오

5월이 지나 6월이 되면서 이제 삼미는 프로야구의 영원한 영양
간식, 프로야구의 영원한 깍두기로 완전히 자리매김을 하고 있었다.
박현식 감독의 후임으로 이덕선 투수코치가 감독대행이 되었지만,
우리는 알고 있었다. 감독이 바뀐다고 해서 우리의 슈퍼스타즈가
라이온즈나 베어스가 될 리 없다는 것을, 또 그 사실을 입증이라도
하듯 삼미는 전보다 더욱 슈퍼한 경기들을 펼쳐 나가기 시작했다.
삼미와 싸우는 다른 팀들의 목표는 이제 더 이상 승리가 아니었다.
승리는 당연한 것이었고, 이 기회에 100년이 지나도 무너지지 않을

---

* 인천 지역의 대표적 응원가. 스포츠와 아무 상관이 없는 가사 내용이지만 인천을 무대로 한
유일한 대중가요여서 어쩔 수 없는 대표 응원가가 되었다.

찬란한 기록들을 수립하는 것이 그들의 궁극적인 목표인 것 같았다. 삼미에 대한 아나운서나 해설자들의 멘트도 많이 달라져 있었다. 처음 한 달은 그래도 여러 견해와 가능성들을(그것은 물론 방송인의 도리라고 생각하지만) 피력하더니 어느새 점점 조롱과 비아냥거림으로(그것은 물론 시청자들을 즐겁게 해주려는 의도였다고도 생각되지만) 바뀌어갔다. 세월이 흐른 지금, 물론 그들이 '이런 말을 한 적 없다'든지 '잘 기억나지 않는다'고 잡아뗄지는 모르지만, 다음은 내 눈에 흙이 들어가기 전까지는 절대 잊을 수 없는—분명 어린 소년의 가슴에 시퍼런 비수로 날아와 팍팍 꽂히던 당시 그들의 멘트이다. 아무리 못하는 팀에게도 여린 마음의 소년 팬들이 있다는 사실을 이들은 몰랐던 걸까. 그리고 그 상처가 소년들의 성장기에 과연 어떤 영향을 미칠 것인가에 대해 한 번이라도 생각해본 적이 있었을까. 아니면, 알면서도 엿 먹으라고 내뱉은 저주의 말들이었을까? 아무튼 누구라고, 꼭 이름은 밝히지 않겠다. 그러나 꼭 유한킴벌리가 없다 해도, 마른 잎은 다시 살아나 언젠가는 기어이 이 강산을 푸르게 푸르게 뒤덮는 법이다.

① 저건 프로야구가 아니라 동네야구입니다.

② 하하, 삼미가 없다면 웃을 일이 없지요.

③ 내일은 해가 서쪽에서 뜨겠군요(9연패 끝에 삼미가 한 게임 이기자).

④ 여전히, 수준 이하의 경기를 펼치고 있습니다.

⑤ 개발에 땀났군요(이 말에 대해선 지금도 믿을 수 없을 정도이다).

⑥ 월요일엔 1위로 올라가겠죠(주말 삼미와 2연전을 앞둔 삼성에
  대해).

⑦ 하하, 눈 감고도 잡을 수 있는 공을!(너 당장 내려와 눈 감고 한번
  잡아봐!)

⑧ 똥줄이 타겠군요.

　그해의 6월 12일은 삼미의 소년 팬들에게 있어 6·25보다 잊을
수 없는 치욕의 날이었다. 어찌 우리가 그날을 잊을 수 있겠는가. 두
주먹 붉은 피로 원수를 막아내던, 아니 막아내지 못했던 그날의 경
기를. 삼성에게 20점이라는 1게임 팀 최다 득점 기록과, 27개라는
1게임 최다 안타 기록과, 9개라는 1이닝 최다 안타 기록을 동시에
안겨준 그날… 3루타와 2루타, 1루타를 친 삼성의 오대석이 설마 했
던 6회 때 투런 홈런을 터트리며 국내 최초의 사이클 히트를 기록
하던 그 순간—나는 실지로 3루타성 눈물과, 2루타성 눈물과, 1루
타성 눈물과, 두 줄기 콧물을 동반한 투런 홈런성 눈물을 차례차례
터트리며 국내 최초의 사이클 눈물을 기록했고, 이미 눈물이 마른
조성훈은 마치 실성한 사람처럼 쭈쭈바를 빨며 하염없이 천장을
쳐다보았고, 다혈질의 다른 친구는 마당으로 뛰어내려가 자신의 눈
에 흙을 뿌려댔다.

　아름다운 것만 생각하고, 아름다운 것만 보며 자라나도 시원찮
을 그 시절, 그렇게 우리는 원망과 분노와 사무친 원한 속에서 자신
을 자학하며 자라나고 있었다. OB의 어린이 회원들이 박철순의 너
클볼을 연습하고, 신경식을 따라 다리 찢기를 연습하던 그 순간, 삼

성의 어린이 회원들이 이만수를 향해 "데끼리!"를 외쳐대던 바로 그 순간, MBC의 어린이 회원들이 "게브랄 티!"를 외쳐대던 그 순간, 해태의 어린이 회원들이 2루에서 3루로 도루한 김일권에게 "홈스틸!"을 목 놓아 외치던 그 순간, 5위인 롯데의 어린이 회원들이 "져도 좋다, 멋진 야구를!"의 플래카드를 하늘 높이 치켜들던 바로 그 순간―우리는 세상을 원망하며 인생을 자포자기하는 법부터 배워나가고 있었던 것이다. "져도 좋다, 멋진 야구를!"과 같은 말도 아무나 할 수 있는 말은 아니었다. 그런 배부른 말은 5위인 롯데의 팬들에게나 가능한 것이지, 우리가 할 수 있는 말은 결코 아니었던 것이다. 그 길고 암울했던 82년의 전기 리그는 22연승의 불사조 박철순의 활약에 힘입어 OB베어스의 우승으로 막을 내렸다. 우승을 확정 짓던 마지막 게임에서, 헹가래를 치는 OB의 선수들과 덩달아 꽥꽥거리던 또래의 리틀 미련곰탱이들을 바라보며―나는 지금 이 순간, 북한이 쳐들어왔으면 좋겠다, 는 생각을 했다. 땅굴은 모두 완성되었겠지?

그리고 여름이 시작되었다.

여름의 시작과 함께, 잘만 했으면―밤하늘을 날아서 멀고 먼 우주의 끝, 슈퍼맨의 고향인 크립톤 은하 근처에 이르러 '리틀 슈퍼스타즈 좌座'라는 이름의 아름다운 별자리가 되었을 우리는―하나둘 흩어지기 시작했다. 나는 야구잠바를 비롯한 모든 물품을 옷장 깊숙이 처박아버렸고, 그간 모아두었던 프로야구 자료들을 몽땅 쓰레기통에 던져버렸다. 친구들도 더 이상 야구에 대한 얘기를 하지 않았다. 오직 조성훈만이 유일하게 글러브를 들고 찾아와 동네의 공터에서 심심한 캐치볼을 하다 가긴 했지만, 그것도 예전처럼 삼미의 모자를 쓰고 프로의 플레이를 상상하면서 하는 것이 아닌, 그냥 하릴없는 공 주고 공 받기에 불과한 것이었다. 예전과 마찬가지로 나는 늘 먹던 밥을 먹고, 일정량의 공부를 하고, 중학생이 볼 만한 TV 프로를 시청하고, 여동생들의 수다에 시달리곤 했다. 했지만, 왠지 뭔가가 달라져 있다는 것을 나는 알 수 있었다. 아무튼 그 '뭔가'란, 길고 길었던 전기 리그의 터널 속에서 생성된 그 '어떤 것'인데, 당시의 나는 그게 무엇인지를 정확히 파악할 수 없었다. 그러나 한 가지 확실한 것은—적어도 지난겨울에 비해 세상이 참 많이 달라졌다는 것. 아니, 그보다는—내가 확실히 말수가 줄고 꽤 어둡고 신경질적인 소년이 되어 있었다는 것이다. 그러던 어느 날, 나는 마치 가위에라도 눌린 듯 식은땀을 흘리며 잠에서 깨어났다. 때는 새벽이었는데 특별히 아픈 것도 아니고, 단지 가슴 속 어딘가에 조금 답답한 것이 뭉쳐 있는 느낌이었다. 소화불량으로 생각되기도 하고, 소화불량이 아니라고도 생각되는 기묘한 느낌이었다. 좀 더 시간이 지나자 부엌에서 물소리가 들리기 시작했다. 가슴을 쓸며 부엌으로 나간 나는 어머니에게 이렇게 말했다.

"엄마… 가슴속에 뭔가 있어."

내가 아프지 않다는 것을 확인한 어머니는 "아마 사춘기가 오려나 보다"라고 말씀하셨지만, 어머니의 그 말을 듣는 순간, 이상하게도 나는 그것의 정체를 알 수 있었다.

그것은 전기 리그 30패의 별, 삼미 슈퍼스타즈였다.

회개하라,
프로의 날이 머지않았다

여름이 진행되면서 팬클럽에도 변화의 바람이 불어왔다. 2명의 회원이 변절을 한 것이다. 그중 한 친구는 방학이 시작될 무렵 부평으로 이사를 갔는데, 어느 날 MBC 청룡의 잠바를 입고 공터에 나타났다. 꽤 무더운 날이었음에도 불구하고, 그는 MBC의 야구모자를 꾸역꾸역 눌러쓰고 있었다. 푸른색의 챙을 끄덕이며, 놈은 이렇게 말했다.

"부평은 거의 서울에 가까우니까."

확실히 부평은, 인천보다 전철 6구간이 더, 서울에 가까운 곳이었다. 하지만 나라면 혀를 자른다고 해도 '거의' 가깝다 따위의 말은 하지 못했을 것이다. 아마도 그랬을 것이다. 또 다른 친구는 OB 베어스의 유니폼을 입고 나타났다. 사실 집안의 본이 대전 근처 청주이기 때문이고, 실제 대부분의 친척들도 청주 근처의 시골에서 살고 있기 때문이라고, 놈은 말했다. 역시 질세라 무더운 날의 일이었다. 많은 생각을 하기에는 너무 무더운 날씨였기 때문에, 나는 '뭐, 그럴 수도'라는—내가 입고 있던 러닝 차림에 버금가는 간편한 생각을 했다. 고등학교에 진학한 후에야, 나는 놈의 집안이 인천 토박이라는 사실을 알게 되었다.

뭐, 그럴 수도 있는 것이다.

그에 반해, 조성훈은 상당히 격앙된 반응을 보였다. 즉시 칼로 무를 썰듯 그 자리에서 두 친구와의 관계를 절단해버렸고, 그 절단된 면이 얼마나 눈부시고 매끄러웠는지, 한석봉의 어머니가 본다 할지라도 절로 고개를 끄덕일 정도였다. 남달리 성격이 예민했던 그는 그 무렵 실로 시니컬한 소년이 되어 있었다. 휭 하니 자전거를 타고 등을 돌리던 그의 뒷모습을 통해, 나는 나와 마찬가지로 그의 마음 속에서도 빛나고 있는 전기 리그 30패의 별—삼미 슈퍼스타즈를 볼 수 있었다.

그랬거나 말거나

변절자들의 표정은 매우 밝아져 있었다. 그들은 다시 야구 얘기에 열을 올리며 볼을 주고받았고, 볼은 부평에 사는 MBC의 글러브와 청주 근처의 시골에서 왔다는 OB의 글러브 사이를 끊임없이 오고 갔다. 나이스 볼, 나이스 캐치, 간간이 터져 나오는 그들의 외침이 볼과 함께 인천의 하늘을 오가고 있었다. 나와 조성훈을 제외한 나머지 셋은 늘 부러운 눈길로 그들을 바라보았다. 그리고 전기 리그가 끝나갈 즈음, 그들 역시 리틀 슈퍼스타즈의 탈퇴를 우리에게 통보해왔다. 변절은 아니었고, 그저 야구가 시들해졌다는 것이 간편

회개하라, 프로의 날이 머지않았다

하고도 담백한 탈퇴의 변이었다. 이제 남은 것은 조성훈과 나, 둘뿐이었다. 둘뿐이라고?

옳거니.

참으로 알다가도 모를 중학생의 심리였다. 비 온 뒤 땅이 더욱 굳어지듯, 조성훈과 나는 더욱 열렬한 삼미 팬이 되어 있었다. 이유는 알 수 없다. 지상의 영장류 중에서 오직 중학생만이 가질 수 있는 그런 종류의 감정이, 섣부른 우리의 몸과 마음을 지배하기 시작했다. 나는 다시 삼미의 잠바를 꺼내 입었고, 꾸역꾸역 조성훈과 함께 그 무더운 여름의 대부분을 삼미의 잠바를 입은 채 돌아다녔다. 지상의 영장류들은

그런 우리를

불쌍하게 바라보았다. 무덥고 무더웠던 그해의 여름. 정말이지 우리는 그 긴팔의 잠바를 입은 채 동정을 받거나, 격려를 받거나, 놀림을 받거나, 외면을 받았고, 그럴수록 우리는 마치 격리된 다른 종의 생물처럼 삼미의 선수들에게 팬레터를 쓰거나, 그 답장을 기다리거나, 캐치볼을 하거나, 방수 돗자리를 널어 말리거나, 스타 카드를 정리하거나, 했다. 그리고,

우리는 외로웠다.

어른들은 이제 아무도 프로야구 얘기를 꺼내지 않았다. 물론 부평이라면 얘기가 다를 수도 있겠지만, 특별히 부평에 나갈 일이 있었던 것도 아니라 잘은 알 수 없다. 아무튼 인천은 다시 차분하고 수수한 도시가 되어 있었다. 사이다는 슈퍼에서 파는 것이지 결코 인천의 앞바다에 떠 있는 게 아니었고, 우리는 부천도 아니고 부평

도 아닌, 바로 인천에서 살고 있었다. 그래서, 우리는 더욱 외로웠다.

그 여름의 어느 날, 삼미의 잠바 차림으로 슈퍼 앞을 지나다 대머리의 반장을 다시 만났다. 이상한 일이었다. 반장이 그토록 반가운 것은 처음이었다. 자장면 속에 박혀 있던 완두콩끼리의 재회처럼, 나는 가슴이 뭉클하고 콧등이 시큰해졌다. "안녕하세요." 나는 공손히 인사를 올렸다. 언제나 인천 야구의 앞날을 걱정해온 반장이라면 뭔가 '야구는 9회 말 2아웃부터'와 같은 멋진 말을 들려줄 테지, 라고 나는 생각했다. 못생긴 완두콩 같은 머리를 끄덕이며 나를 물끄러미 바라보더니, 반장은 한숨을 쉬며 이렇게 얘기했다.

"너 안 덥냐?"

'야구의 종말'은, 그러나 오직 인천의 사정일 뿐이었다. 실제로 그 여름엔—인천을 제외한 전국의 모든 도시가 프로야구의 열기로 들끓고 있었다. OB 베어스의 전기 우승으로 OB맥주의 판매량이 크게 증가했고, TV를 비롯한 각종 매체들을 통해 프로 선수들의 플레이, 프로 선수들의 훈련 모습, 프로 선수들의 습관, 프로 선수들의 취미, 프로 선수들의 옛 모습, 프로 선수들의 출신고, 프로 선수들의 주특기, 프로 선수들의 징크스, 프로 선수들의 스캔들, 프로 선수들의 음주량, 프로 선수들의 영양식, 프로 선수들의 자가용, 프로 선수들의 애완견, 프로 선수들의 좌우명, 프로 선수들의 애창곡, 프로 선수들의 나를 감동시킨 이 한 권의 책과, 그들의 연봉이 사람들의 마음을 들뜨게 만들었다. 그리고 그 열기는 '프로'라는 새로운 세계, 새로운 가치관에 대한 열띤 토론과 찬사를 불러일으켰고 급기야 각계각층, 남녀노소, 신사숙녀, 지위고하를 막론한 모든 이

회개하라, 프로의 날이 머지않았다

들이 '어느 날 아침 눈을 떠보니 프로가 되어 있더라'라는 신앙 간증을 하게끔 만드는—거대한 부흥회와 같은 성격으로 세상을 회개시키기에 이르렀다. 뭐랄까, 마치 지구를 역행시킨 슈퍼맨처럼 그것은 빠른 속도였고, 그래서 시간을 되돌린 슈퍼맨처럼 세상을 눈 깜짝할 사이에 재구성해버린 것이다. 물론, 아무도 죽지 않았고, 아무도 눈치채지 못했으며, 샌 안드레아스 단층도 무사하기는 마찬가지였다.

1982년의 여름은 그렇게 급박한 것이었다. 별생각 없이 세상을 살아오던 사람들의 삶이 어느 한순간 아마추어와 프로의 분명한 기로 위에 서게 되었고, 그것을 느끼건 말건, 혹은 좋건 싫건 간에 분명한 선택을 해야만 했던 것이다. 그리고 과연 슬기로운 데다 신념과 긍지를 지님은 물론, 근면하기까지 한 대다수의 국민들은 이제 아마추어로 분류된 과거의 처지를 약진의 발판으로 삼아 창조의 힘과 개척의 정신으로 아마와 프로 사이의 38선을 넘어서기 시작했다. 결론은 민족의 슬기를 모아, 줄기찬 노력으로 새 역사를 창조하는 것.

아닌 게 아니라 세상에는 속속 '땅끝까지 전하라'의 성격을 띤 프로의 복음들이 출몰하기 시작했다. 예컨대 이런 것들이고, 한결같이 방송인과 지식인, 광고인과 경영인들의 슬기를 모은 것들이었으며, 과연 줄기찬 것이었다.

① 이젠 프로만이 살아남는다: 당시 가장 많이 회자되던 프로복음 1호 되겠다. 프로가 안 되면 아마 죽을 거라는, 최후의 통

첩이 실린 무게 있는 복음이다.

② 난, 프로라구요: 과거의 삶을 회개하고, 앞으로의 잔업이든 휴가 반납이든―아무튼 불꽃 같은 프로의 삶을 살겠다는 자신의 의지를 뚜렷이 공고한 프로복음 2호 되겠다. 한편 당돌해 뵈면서도 목숨의 부지를 위한 비장한 각오와 잔잔한 애수가 서려 있는 복음. 과거 유신복음 중에는 같은 맥락의 '나는 공산당이 싫어요'가 있다.

③ 프로의 세계는 약육강식의 세계 아닙니까?: 주로 비열한 방법으로 목적을 이룬 자들이 내뱉던 프로복음 3호 되겠다. 〈동물의 왕국〉을 인간의 삶에 적용시킨 친親환경주의, 동물애호주의의 복음. 이 복음을 토대로 어쨌든 이기면 된다. 어쨌든 돈만 벌면 된다는 새로운 세계관이 빠르게 형성될 수 있었다.

④ 하루빨리 프로가 되게: 주로 회사의 상사들이 신입사원들에게 쓰던 프로복음 4호 되겠다. 쉽게 말해, 할 일이 태산 같다는 말이다.

⑤ 허허, 이 친구 아마추어구먼: 미전향 아마추어들에게 전도의 목적으로 쓰이던 프로복음 5호 되겠다. 가벼운 멸시와 조롱을 담아서 그들의 전향을 유도했다.

⑥ 맛에도 프로가 있습니다: 요식업계를 통해, 민간에서 처음으로 창출된 프로복음 6호 되겠다. 거창한 문구로 위장해 있으나, 그 어원은 '옆집보다 우리 집이 더 맛있어요'라는 소박한 것이었다.

⑦ 이러고도 프로라고 말할 수 있나?: 주로 실수를 범한 부하직

회개하라, 프로의 날이 머지않았다

원에게 상사가 내뱉던 프로복음 7호 되겠다. 쉽게 말해, 나가 죽으라는 말이다.

⑧ 프로의 정식 명칭은 '프로페셔널'이다: 아직 멀었다. 더 높은 경지의 프로 세계가 있으니 분발하라는 메시지를 담은 프로복음 8호 되겠다. 주로 대학교수나 무슨 연구소의 소장이란 사람들의 입을 통해 개발도상국의 최대 급소인 무식無識의 혈을 찌른 고급 복음이다.

⑨ 프로는 끝까지 책임을 진다: 아마추어 음해와 더불어 야근의 생활화 고착을 목표로 한 프로복음 9호 되겠다. 이후 아마추어는 책임감이 없다는 사회적 무의식과 야근은 당연한 거 아니냐는 기업 풍토가 널리 확산된다.

⑩ 그녀는 프로다, 프로는 아름답다: 한국 경제사에서 여성 고급 인력의 필요성이 대두될 때 나온, 그러나 여성 고급 인력의 필요성과는 아무 상관 없는 프로복음 10호 되겠다. 역시 거창한 문구로 위장해 있으나, 그 원래의 뜻은 '옷 사세요'라는 말이다.

⑪ 프로주부 9단: 자칫 느슨해지기 쉬운 주부들에게 그럴 틈을 주지 않기 위해 만든 프로복음 11호 되겠다. 주부가 앞장서서 살림도 프로로 하고, 애들도 프로로 키우라는 거시적 포석이 깔린 복음. 승단 심사와 발표를 어디서 하는지는 알 수 없다.

그랬다. 불과 4개월 만에, 세상은 프로들로 넘쳐나고 있었다. 왠지 모르게 나도 프로 중학생이 되어야만 할 것 같은 분위기 속에

서, 아버지의 귀가 시간도 눈에 띄게 늦어져만 갔다. 나도 이젠 프로
란다. 지친 표정으로, 그러나 세상의 흐름을 받아들여 안심이란 눈
빛으로, 어느 날 아버지는 그런 말씀을 내뱉으셨다. 누가 묻지도 않
았고 온 식구가 모여 카레라이스를 먹고 있던 저녁 무렵이었다. 그
러니까 카레를 먹다가, 문득 그런 말씀을 하신 걸로 나는 기억하고
있다. 또 그런 말을 듣고도 다들 묵묵히 카레를 먹기만 했다는 사
실 역시 나는 또렷이 기억하고 있다. 생각해보면 무척 이상한 풍경
이 아닐 수 없었다고, 지금의 나는 생각한다.
　생각하는 것이다.

저 별은 나의 별,
저 별은 너의 별

　야구를 좋아하는 이들은 누구나 자신만의 선수와 팀을 가지고 있다. 60년 동안 야구를 사랑해온 늙은이에게도, 바로 어젯밤부터 야구가 좋아진 중학생에게도 그것은 마찬가지가 아닐 수 없다. 대통령을 뽑거나 국회의원을 뽑을 때와는 달리, 적어도 야구에선 '다 똑같은 놈들이야'라거나 '전부 도둑놈들이야'와 같은 태도가 성립되지 않기 때문이다. 굳이 야구에 관심이 없는 이라 해도, 경기를 죽 지켜보다 보면 어쨌든 누군가를 응원하고 있거나 어떤 팀의 선전을 기대하고 있는 자신의 모습을 발견하기 마련이다. 야구란 그런 것이다.

　물론 위의 표현에 대해, 만약 그대가 정치인이라면 심한 반감을 가질 것이 분명하다. 그대는 말한다. "아니, 그럼 대통령과 국회의원이 야구보다 못하다는 얘기야?" 물론이다. 역사상 그 어떤 대통령과 국회의원도 야구보다 위대하지는 못했다. 아니, 애당초 더 위대할 수 없다. 정치와는 달리, 야구에는 원칙과 룰이라는 것이 존재하기 때문이다.

그래서 사람들은, 정치보다는 야구를 사랑한다. 60년 동안 정치를 지켜봐온 늙은이도, 바로 어젯밤부터 정치를 알게 된 중학생도 마찬가지가 아닐 수 없다. 예컨대 원칙과 룰이 있는 쪽을 더 선호하는 것이다. 그것은 당연하고, 아름다운 일이다. 세상에는 별처럼 무수한 야구팀들이 원칙과 룰을 지키며 존재하고 있고, 우리는 그 반짝임 속에서 결국 자신의 별을 발견하고, 응원하게 된다. 즉

저 별은 나의 별이다.

전기 리그의 치욕과 수모, 또 생각지도 못했던 동료들의 배신은 조성훈을 불붙는 승부욕의 화신으로 만들어버렸다. 그리고 그 승부욕은 나름대로 똑똑하고 지혜로웠던 한 소년의 이성을 차례차례 마비시켰다. 그는 점점 삼미에 대한 병적인 집착을 보이기 시작했고, 그 무덥고 외로웠던 여름의 길목에서 간혹 이상한 말들을 지껄이곤 했다.

"후기 리그에선 삼미가 우승할 가능성이 커."

잠시 요양원 같은 곳에서 쉬다 오는 게 어떻겠니, 라는 말이 목젖까지 올라왔지만, 그 별빛에 물든 밤같이 까만 눈동자 앞에서 나는 아무 말도 할 수 없었다. 그래,

저 별은 너의 별이니까.

그는 줄곧 후기 리그가 시작되면 판도가 달라질 거라는 주장을 했고, 주장의 근거로 OB나 삼성 같은 강팀들이 전기 리그에서 선

수들을 너무 혹사시켰다는 말을 덧붙이곤 했다. 확실히, 신문에는 부상에 시달리는 선수들의 근황이 자주 소개되곤 했다. 우선 불사조 박철순이 허리 디스크에 시달리고 있었고, 그 외에도 대다수의 스타플레이어들이 크고 작은 부상에 시달리고 있었다. 즉, 뭔가 무리를 한 것이 사실은 사실이었던 것이다. 그럼 그렇지. 니들은 인간 아니냐?

거기에 비한다면―치기 힘든 공은 절대 치지 않고, 잡기 힘든 공은 절대 잡지 않은―우리의 삼미야말로 겨울잠을 자고 난 오소리처럼 체력이 축적되어 있다는 생각이 들었다. 와호잠룡臥虎潛龍이라 했던가. 그렇다. 전기에서 10승 30패를 거둔 우리야말로, 어쩌면 허리가 휘고 손목이 고장 난 다른 팀들에 일격을 가하며, 후기 리그의 돌풍을 일으키는 다크호스가 될 수도 있을 것이다. 세뇌를 당한 게슈타포처럼 나는 다시 프로야구의 자료들을 모으기 시작했고, 후기 리그에서 '대기만성大器晩成의 야구'라는―실로 슈퍼한 철학야구를 보여줄 우리의 삼미를 생각했다. 그래,

저 별은 나의 별이니까.

그런 생각들에 반가운 소식이 더해졌다. 선수들의 연이은 결혼 발표가 신문의 지상을 화려하게 장식한 것이다. 당시 예비 신부들에 대한 설문 조사에서 검사와 의사를 제치고 인기 신랑감 1위로 도약한 프로야구 선수들의 위용을 과시라도 하듯, 여기저기서 웨딩마치가 줄을 이었다. 척 보기에도 엄청난 미인들이 젊은 선수들의 아내가 되어주었고, 그것이 프로를 향한 사람들의 선망과 부러움을 더욱 부채질해주었다. 물론 그 웨딩마치의 행렬에서도 삼미의 선수

들은 예외였다. 세상의 미인들에겐 신랑감을 꼼꼼히 따져보는 좋지 않은 습관과, 냉정한 판단력이 있었던 것이다.

두고 봐, 이제 저놈은 다리가 후들후들.

조성훈은 은근히 기뻐했다. 놈은 계면쩍은 미소를 지으며 스포츠 선수에게 섹스가 얼마나 치명적인지를 누누이 강조했다. 과연 그럴까 싶기도 했지만, 〈건강 다이제스트〉란 잡지를 토대로 얻은 과학적인 지식이었기 때문에 믿지 않을 도리가 없었다. 말해 무엇하지만, 무렵의 나는 과학을 존중하는 소년이었다. 아무튼 그런 이유로 조성훈은 여타 강팀들의 막대한 전력 손실을 예상했고, 그 예상이 삼미의 우승론에 현실적인 무게를 실어주었다.

오우, 케이.

근근이 나는, 그런 이유로 다시 그 무인도의 창공에 높이 뜬 우리의 별 삼미 슈퍼스타즈를 볼 수 있었다. 그 별을 쳐다보는 우리의 눈동자가 다시금 그 별빛에 물들어갔음을 새삼 노래해서 무엇 하리, 밤같이 까맣게, 저 아침 이슬이 내릴 때까지. 그리고 그 무렵 지상의 영장류들과 담을 쌓은 우리들에게 겉봉이 희면서도 꽤나 지저분한 한 통의 편지가 배달되었다. 그것은 실로, 하얀 겉봉이 지저분해질 만큼이나 먼 곳에서 온 것이었다.

안녕, 성훈아. 성훈이라고 불러도 되겠지. 지금 아저씨는 전지훈련장에서 구슬땀을 흘리고 있단다. 너의 편지 받고 무척 반가웠어. 그리고 얼마나 고마웠던지. 전기 때 부진한 성적을 거뒀는데도 변함없이 나와 삼미를 응원해주는 네가 아저씨는 그저 자랑스러울 뿐이란다. 사나이는 무엇보다 의리가 최고 아니겠니. 너의 성원에 힘입어 후기 때는 정말 멋진 야구 보여줄 것을 약속하마. 나도 의리의 사나이란다. 지금 우리는 최상의 컨디션으로 훈련하고 있단다. 기량도 많이 향상되었고, 분명 후기에선 자랑스러운 우승팀 삼미가 되어 너의 성원에 보답할 것을 약속할게. 그럼 언제나 공부 열심히 하고 부모님 말씀 잘 듣는 학생이 되길 바란다. 멋진 모습으로 후기 리그에서 만나자.

금광옥.

금광옥 선수의 답장을 읽으며 우리는 함께 눈물을 흘렸다. 그 속에는 인생에서 진정 배워야 할 모든 것들이 고스란히 담겨 있었던 것이다. '부진한 성적'이나 '부모님 말씀'은 그렇다 쳐도, 도대체 '구슬땀' '사나이는 무엇보다 의리' '최상의 컨디션' '우승팀 삼미'와 '후기 리그에서 만나자'도 없이, 나는 지금껏, 도대체, 어떻게 인생을 살아올 수 있었단 말인가.

그렇게, 전기 리그 10승 30패의 별 삼미 슈퍼스타즈는—다시금 우리의 가슴 속에서 화려한 가스 폭발을 일으키며 신성新星처럼 불타올랐다. 우리는 즉시 후기의 응원 계획과 우리의 나아갈 바를 논했고, 콧방귀를 뀌는 급우들을 열심히 설득, 제법 많은 숫자의 회원들을 확보하기에 이르렀다. 어엿한 영장류로서 다들 탐탁지 않은 표정을 지었지만, 우리는 급우들의 등을 토닥거리며 열심히 삼미의 후기 우승을 부르짖었다.

그리고 후기 리그가 시작되었다.

후리 리그에서 삼미는 5승 35패를 기록했다.

자세한 이야기는 개인의 건강을 고려해 생략하기로 하겠다. 다만 20년이 지난 지금까지, 그 어떤 팀도 저 불멸의 기록(기별 최저 승률)을 넘어서지 못했다는 사실을 감안한다면, 그 외에 다른 말이 더 필요하다고는 여겨지지 않는다. 후기의 우승은 전기의 2위였던 삼성 라이온즈에게 돌아갔고, 연이어 벌어진 코리안리그에서 OB 베어스가 그 패권을 차지했다. 비로소, 한국 프로야구사에 영원히 남을 프로야구의 원년 챔피언이 탄생한 것이다.

축하의 꽃다발이라고나 할까, 삼미는 그해 시즌 펼쳐진 OB와의 16차례 경기에서 16번 모두 패함으로써, '한 시즌 특정 팀 상대 전승'이라는 또 하나의 금자탑을 미련곰탱이들에게 선사했다. 각본을 짜놓지 않고서는 불가능한, 즉 프로레슬링에서나 가능한 불멸의 기록이 한국 프로야구사에 또 하나 추가된 것이다. 김유동의 만루 홈런으로 전국이 열광의 도가니 속에서 펄펄 끓어올랐던 그날 밤, 나는 집을 나와 아무런 이유 없이 동네를 배회하기 시작했다. 바람은 서늘했고, 평범하기 짝이 없는 동네에는 단 한 마리의 곰도 살고 있지 않았다. 얼마나 걸었을까, 정신을 차려보니 나는 공터에 서 있고, 구름 한 점 없는 공터의 하늘에는 거대한 큰곰자리와 얄미운 작은 곰자리가 김영덕(당시 OB) 감독의 표정을 지으며 나를 내려다보고 있었다. 에잇, 나는 인호봉의 투구 모션을 취한 다음 두 마리의 곰탱이들을 향해 있는 힘을 다해 돌을 던졌다. 그리고 잠시 후, 하마터면 그 돌에 맞을 뻔했다.

저 별은 나의 별, 저 별은 너의 별

후기에 늘어난 5패의 분량만큼, 나는 더 어둡고 말이 없는 소년이 되어 있었다. 물론 조성훈도 마찬가지였다. 어느새 우리의 염세주의는―인천에서 태어난 우리의 팔자 탓에서 세상에 대한 무분별한 원망과 증오로 그 범위가 넓어져 있었다. 나는 인천이 미웠고, 경기도가 미웠고, 부모가 미웠고, 삼미가 미웠다. 하다못해 부평에서만 태어났더라도, 확실히 내 인생은 달라졌을 것이다.

왜 가을 하늘은 저토록 공활하며 높고 구름 없는 것인가.

왜 무궁화 삼천리의 이 강산은 저토록 화려한 것인가.

왜 동해물과 백두산은 마르거나 닳지 않은 것인가.

왜 태양은 저토록 눈부시며

왜 크리스마스에 흰 눈은 쏟아지는가.

누구 좋으라고.

거짓말처럼 흰 눈이 내렸던 그해의 크리스마스 날, 삼미는 27명의 선수 중 11명을 방출했다. 이상한 일이었다. 그렇게도 미워했던 그들의 이름을 보는 순간, 나는 울음을 터트리고 말았다.

그랬거나 말거나,
1983년의 베이스볼

야구는 '인생의 축소판'이라는 말이 있다. 누가 한 말인지는 몰라도, 이 말을 생각해낸 사람은 야구에 대해 꽤 많은 것을 알고 있던 사람임이 틀림없다. 예컨대 야구는—설사 그것이 지구에 존재할 리 없는, 그러나 가봉과 우간다의 국경 사이에 남몰래 자리 잡고 있다 말할 수도 있는 부족국가 '봉간다'의 프로야구라 할지라도—'인생의 축소판'이라 불리기에 하나 부족함이 없는 것이다. 더 부풀려 뻥을 치자면

그 경기에 임한 선수들의 기분은 한결같이 이상한 것이었다. 물론 경기의 내용도 선수들의 기분만큼이나 이상한 것이었고, 그 경기를 지켜본 팬들의 기분도 무척 이상했다고밖에는 달리 표현할 길이 없다. 유달리 실책도 많고, 득점도 많았던 그 경기에 선수들은

사실 가벼운 마음으로 임했다. 당시 팀은 봉간다의 1부 리그 160개 팀 중 33위를 달리고 있었고, 1위와는 1200게임 차, 공동 30위인 세 팀과는 16게임 차, 역시 공동 34위인 두 팀과는 11게임 차를 유지하고 있었으므로, 실제로 4개의 잔여 경기를 모두 이기거나 진다 해도 순위엔 아무런 변동이 없었기 때문이다. 물론 경기 직전 씨족의 무당과 추장을 함께 겸임한 감독이 '오늘도 최선을 다하라'는 말을 했지만, 그것은 그간 4332게임을 치러오면서 늘 듣던 소리였기 때문에, 과연 그런 말을 했던가 해도 좋을 만큼이나 무의미한 것이었다. 즉, 승패와 상관없는 4게임이 남아 있었던 것이다.

그 이상한 조짐은 2회 초 선두로 나선 좌익수이자 5번 타자인 모케레 음베음베가 2루타를 치고 나갔을 때 일어나기 시작했다. 갑자기 타임을 외친 감독이 뒷짐을 진 채 고개를 설레설레 저으며 2루 베이스를 밟고 있는 모케레 음베음베에게 다가온 것이다.

상황이 안 좋아, 모케레….

네?

상황이 너무나 안 좋다는 말일세.

무슨 말씀이십니까?

물론 자네는 파악을 못 하고 있겠지만, 내 말은 지금 우리가 이러고 있을 때가 아니라는 것이야.

안타를 치지 않습니까.

아, 자네를 탓하려는 게 아닐세. 내 말은 총체적인 어려움이 닥쳤다는 얘기야. 설마 안타 하나로 그것을 극복할 수 있다고 생각하는 것은 아니겠지?

그럼 홈런을 쳐야 하나요?

이런, 상황이 너무나 안 좋다고 몇 번을 얘기해야 알아듣겠나. 더군다나 이 어려움은 총·체·적·인 것이란 말일세. 아직도 이해가 안 가나?

전 늘 훈련도 열심히 해왔다고 자부합니다만….

음, 수소의 똥구멍에 입바람을 넣는 격이군.* 아무튼 이번 회에서는 큰 어려움이 닥쳤다는 사실만 인지해두기 바라네.

그럼 도루를 할까요, 감독님?

됐네, 일단은 우리 모두 사태를 관망해보자는 말일세.

감독이 돌아간 후, 모케레 음베음베는 극심한 혼란에 빠지게 되었다. 유격수이자 다음 타자인 움가타 부루부루가 3루타를 치자 그는 2루에서 기다리고 있다 달려오는 움가타 부루부루에게 물었다.

이봐, 도대체 무슨 일이야?

쉿! 아무 일 없다는 듯 달려. 상대가 눈치채면 끝장이야!

모케레는 달렸다. 발이 빠른 그는 큰 어려움 없이 홈을 밟았지만 그의 혼란은 더해져만 갔다. 더그아웃의 분위기는 과연 수소의 똥구멍만큼이나 움츠러들어 있었던 것이다. 모케레 음베음베는 침통한 표정으로 구석에 앉아 있는—가장 절친하면서도 오랜 동료이자, 팀의 포수이며 4번 타자인 고로케 옹고옹고의 곁으로 다가갔다.

이봐, 도대체 무슨 일이야?

---

* 아프리카에서는 암소의 우유를 더 많이 짜내기 위해 암소의 항문에 입을 대고 바람을 불어넣는다. 즉 우이독경牛耳讀經과 마찬가지 뜻의 속담으로 해석할 수 있겠다.

그랬거나 말거나, 1983년의 베이스볼

상황이 안 좋다는군. 그것도 너무나.

그건 아는데… 구체적으로 그게 뭐냔 말이야?

그게 뭐건 간에, 각오부터 단단히 하는 게 좋을 것 같네.

젠장, 돌아버리겠군.

이보게, 총·체·적·인 어려움이란 말일세.

경기는 다시 3루수이자 7번 타자인 낄렐레 낄로레가 포볼을 고르고, 중견수이자 8번 타자인 붕가 웅가웅가가 안타를 쳐 움가타 부루부루도 홈인, 역시 노아웃 2, 3루에 2 : 0으로 앞서가고 있는 상황이 되었다. 이때 감독은 다시 타임을 요청하더니 낄렐레 낄로레와 붕가 웅가웅가에게 다가가 말없이 작은 쪽지를 하나씩 건네주고 돌아왔다. 그 쪽지에는 깨알 같은 글씨로 다음과 같이 적혀 있었다.

'가장 중요한 것은 총체적 위기의 극복이란 사실을 잊어서는 안 되네.'

낄렐레 낄로레와 붕가 웅가웅가는 더할 나위 없이 복잡한 기분이 되었지만, 타석에 들어서면서 또 다른 쪽지를 건네받은―9번 타자이자 투수인 마마 라이 파파 라이의 기분에 비한다면 실로 간편한 것이었다 말할 수 있겠다. 마마 라이 파파 라이가 건네받은 쪽지에는 역시 깨알 같은 글씨로 다음과 같이 적혀 있었던 것이다.

'이 위기를 탄생시킨 주범은 반드시 처단되어야 하네.'

마마 라이 파파 라이는 잠시 눈을 붙였다. 몸에서 힘이 빠져나가고 하늘이 노랬다. 그의 머릿속은 이 쪽지가 과연 자기에게만 전달된 것인지, 아니면 팀의 모두에게 돌려진 한 장에 불과한 것인지에 대해 끝없는 생각을 하게 되었다. 방법은 당장에라도 더그아웃에 돌아가는 길밖에 없었으므로 그는 투수의 2구째 바깥쪽 공을 있는 힘껏 밀어 쳤다. 공은 노란 하늘을 가로질러 홈런이 되었다. 스리런 홈런. 스코어는 5∶0이 되었다.

홈런을 쳐놓고도, 마치 도루를 노리는 주자의 스피드로 홈을 밟은 그는 샛노란 얼굴로 더그아웃으로 돌아왔다. 감독과 몇몇 동료들이 박수를 쳤지만, 그는 침울한 기분으로 가장 절친한 동료이자 사촌동생인—팀의 3번 타자이자 우익수 모툼바 모쳄베의 곁에 털썩 주저앉았다.

동생, 이번 위기의 주범들을 처단할 거란 사실을 알고 있나?

뭐야, 그건 이미 모두가 알고 있는 사실이잖아.

마마 라이 파파 라이는 길고 긴 한숨을 쉬었다. 그리고 잠시, 이번 리그의 자신을 돌이켜보았다. 아무리 생각해도 그는 누구보다 열심히 연습하고, 잘 던지고, 잘 막았다. 이때 삼진을 당하고 더그아웃으로 돌아온, 팀의 1번 타자이며 1루수인 무마카타 나무가 그의 곁으로 다가왔다. 그는 고개를 갸우뚱하며 자신이 받은 쪽지를 마마 라이 파파 라이에게 내밀었다. 그 쪽지에는 역시 깨알 같은 글씨로 다음과 같이 적혀 있었다.

'우리 모두의 단결만이 위기 극복의 열쇠.'

셋은 아무튼 큰일이군, 하는 생각을 동시에, 하게 되었다. 그리고 차례차례로—타석에 들어서던 2번 타자이자 2루수인 무루파 앙그 앙그와, 3번 타자이자 우익수인 모툼바 모쳄베, 4번 타자이자 포수인 고로케 응고응고에게 다음과 같은 쪽지들이 전달되었다. 역시 깨알 같은 글씨들이었다.

'지금은 코칭스태프, 선수 간의 단결이 최우선의 과제.'

'고통을 분담하고, 협력을 아끼지 않는 자세가 필요.'

'팀의 구조조정만이 우리의 살길.'

2번 타자인 무루파 앙그앙그의 타구는 잘 맞은 것이었지만, 운이 없게도 상대팀의 2루수인 앙골라 봉고봉고의 글러브에 그대로 빨려 들어가는 직선 타구였다. 그는 타격코치에게 "쫓겨난 원숭이 같은 놈"이란 말을 들었지만 지금은 무엇보다 코칭스태프와 선수 간의 단결이 최우선이었기 때문에 아무 말 없이 더그아웃으로 돌아왔다. 그를 기다리고 있던 것은 호시탐탐 그의 항문을 노리고 있던 남색가男色家이자 팀의 투수코치인 무앙카 밀래밀래였다. 무앙카 밀래밀래는 조용히 그를 화장실로 데려갔고, 화장실 문을 잠근 다음 그의 바지를 벗겼다. 그리고 잘 발달된 그의 엉덩이를 쓰다듬으며 한없이 발기된 자기의 물건을 그의 항문 속에 힘차게 찔러 넣었다.

윽.

아픈가?

참아야죠. 지금은 무엇보다 코칭스태프와 선수 간의 단결이 최우선이니까요.

나도 그렇게 생각하네.

제가 도움이 된 건가요?

아아… 모두가 자네 같기만 하다면야.

저도 기쁘군요.

아아, 그런데 냄새가 지독하군 이거.

모툼바 모켐베와, 고로케 응고응고가 차례차례 안타를 쳤기 때문에 2아웃이었지만 찬스는 계속 이어지고 있었다. 다시 타순은 5번 타자인 모케레 음베음베에게 돌아왔다. 타석에 들어선 모케레 음베음베는 '고통을 분담하고 협력해야' 한다는 모툼바 모켐베의 사인과 '팀의 구조조정만이 우리의 살길'이라는 고로케 응고응고의 눈짓을 보았지만, 달리 어떻게 해야 할지를 알 수 없었다. 깨알 글씨가 담긴 그 쪽지를 아직 전달받지 못했기 때문이다. 그때 경기가 중단되었다. 음발레 지역으로 이동하는 대규모의 코끼리 떼 행렬이 그라운드를 통과해야 했던 것이다.

분명 5:0으로 크게 리드하고 있는 상황인데도 선수들은 모두 기진맥진해 있었다. 코끼리들의 웅장한 울부짖음에 비해, 더그아웃의 분위기는 너무나 의기소침한 것이었다. 감독은 선수들을 모두 불러 앉힌 다음 심각한 표정으로 말문을 열기 시작했다.

우리 아프리칸 담발라스 팀에 닥쳐온 위기에 대해서는 이제 자네들도 모두 공감하고 있으리라 믿고 있네. 나 역시 이런 상황이 오게 된 것에 대해 심히 유감을 표하는 바이지만, 우리 모두가 알고 있듯 지금은 우리의 단합된 힘, 고통을 분담하겠다는 의지, 불굴의 노력만이 사태 해결의 유일한 방책이네. 우리 모두가 알고 있듯이… 그런데 무루파, 자넨 왜 자꾸 다리를 이리 꼬고 저리 꼬는 것인가?

감독님, 거기에 대해선 투수코치인 저 무앙카 밀래밀래가 말씀드리겠습니다. 조금 전 화장실에서 코칭스태프와 선수 간의 감동적인 단결이 있었습니다. 물론 많은 어려움이 있었고, 저 역시 지독한 냄새에 시달렸지만 결국 한마음 한뜻으로 일치점을 찾게 되었습니다. 물론 각자의 양보와 희생이 없었다면 불가능한 일이었죠. 만약 오늘의 위기를 우리가 극복하는 날이 온다면, 저는 오늘 무루파 선수의 항문이 찢어지면서 나온 피가 위기 극복의 원동력이 되었다고 자랑스레 외칠 것입니다.

음, 장하군. 그런데 우리 모두가 알고 있듯이….

감독님, 모케레 음베음베입니다. 그런데 저는 아직도 이 위기가 무엇인지, 어떻게 온 것인지 도무지 감을 잡을 수 없군요. 도대체 이 위기란 무엇입니까?

뭐야? 우리 모두가 알고 있듯이, 총체적 위기라는 사실을 몇 번 말해야 알아듣겠는가? 자네가 진정한 프로라면 이미 그 사실을 인지하고, 이미 이때쯤이면 우리 모두가 알고 있는 이 위기의 극복 방안이라도 마련하고 있었어야지. 안 그런가? 지금 자네의 질문이 프로의 입에서 나올 수 있는 것이라 생각하나? 자넨 지금 무루파 앙 그앙그가 흘린 피를 욕되게 할 생각인가, 앙?

감독님, 낄렐레 낄로레입니다. 우리 모두가 알고 있듯이, 이 총체적 위기의 극복을 위해서는 우리 모두의 단결만이 그 열쇠라고 생각합니다. 우리는 모두 거기에 인식을 같이하고 있습니다만 그 방법에 대해서는 정확한 지침을 마련하지 못하고 있습니다. 우리 모두가, 무엇을, 어떻게 해야 좋을는지요?

좋은 질문이네, 큰 물꼬를 트는 일은 내가 직접 나서볼 테니 자네들은 일단 허리띠를 더 단단히 졸라매기 바라네.

허리띠를요?

그렇지. 허리띠를 졸라매면 옛날 생각이 날 것일세. 허리띠가 가진 가장 큰 기능은 사실 그것이니까. 좀 힘들더라도 각자 고통을 분담한다는 생각으로 확실히 졸라매기 바라네. 그리고 각자의 연봉에서도 이번 위기의 극복을 위한 극복 자금이 대폭 갹출될 것일세. 물론 나와 스태프들도 마찬가지지.

감독님, 숨 쉬기가 힘듭니다.

당분간은 그럴 걸세. 하지만 곧 익숙해지겠지. 거기에는 고로케 응고응고 자네의 책임도 있는 것이야. 프로는 늘 자신을 관리해야 한다는 걸 자네는 잊고 있었나?

자, 이제 코끼리들의 행진도 서서히 끝나가는군. 모두 준비를 서두르게나. 타석에 서 있던 건 모케레 음베음베였나? 복잡한 생각보다는 공에 집중해야 하네. 그것이 프로니까. 자, 허리띠를 더 졸라매고, 다들 각오는 단단히 하고 있겠지? 우리는 반드시 해낼 수 있다네.

여기저기 퍼질러진 코끼리 똥들이 말끔히 치워지고, 그라운드가 완전히 정비되자 주심은 플레이 속개를 선언했다. 모툼바 모켐베와 고로케 응고응고가 다시 3루와 2루로 돌아갔고, 타석을 향해 걸어가던 모케레 음베음베는 감독이 그제야 건네준 쪽지를 조심스레 펼쳐보았다. 쪽지에는 아무것도 적혀 있지 않았고, 정말이지 깨알처럼 작은 점 하나가 찍혀 있었다.

그는 다시 더그아웃 쪽으로 돌아와 감독을 찾았다. "감독님, 이게 뭡니까?" 감독은 보이지 않았고, 대신 불펜에 있던 투수코치 무앙카 밀래밀래가 대답했다. "아, 감독님은 골프 치러 가셨네."

왠지 마음이 더 불안해진 모케레 음베음베는 타석에서 2루타를 날렸고, 연이어 들어선 6번 움가타 부루부루도, 낄렐레 낄로레도,

붕가 웅가웅가도, 마이 라이 파파 라이도 안타를 날렸다. 허리띠 맨 안쪽 구멍 옆에 또 새로운 구멍을 뚫기까지 해서, 그야말로 허리띠를 졸라맨 붕가 웅가웅가가 2루에 나갔을 때 2루 주심 압둘라 알라 알라가 자못 걱정이라는 표정으로 물어보았다.

자네 숨 쉴 수 있나?

붕가 웅가웅가는 전혀 뜻밖의 대답을 했다.

난, 프로라구요.

길고 길었던 아프리칸 담발라스의 2회 초 공격은 결국 24:0이라는 큰 점수 차를 기록한 채 끝이 났다. 리그의 1위 팀 더 그레이트 앙골라 부두스의 감독과 골프를 치던 감독은 8회 말쯤 더그아웃으로 돌아왔고, 그는 역시 구조조정만이 우리의 살길이라며 코칭스태프 한 명과 11명의 선수를 방출했다. 한 명의 선수가 모자랐음에도 불구하고, 8회까지 아프리칸 담발라스가 73:4로 앞서갔던 그 경기는 결국 92:8로 아프리칸 담발라스가 승리했다. 상대팀의 감독조차 "이럴 필요까지야"라며 실소를 금치 못했지만, 아프리칸 담발라스의 총체적 위기를 몰랐던 그가 무엇을 알 수 있었겠는가. 아무튼 감독은 기뻐하는 선수들 앞에서 "우리 모두가 알고 있듯 총체적 위기에 빠져 있던 우리 팀이 조금씩 안정을 되찾고 있으며, 이는 모두 여러분의 덕분이었다. 더불어 이런 우리의 노력으로 리그 33위의 순위가 지금 막 확정되었다"라는 열변을 토했다. 선수들은 눈물을 흘리며 기뻐했고, 다 같이 입을 모아 담발라스 응원가를 제창했다.

응게응게 라굼바야*

모쿰바 콩고콩고

오 담발라 오 담발라

SINCE 1971

경기가 끝나고, 선수와 관중들도 모두 집으로 돌아갔지만, 외야의 구석진 자리에는 여전히 자리를 지키고 앉아 있는 세 사람의 팬이 남아 있었다. 지구촌의 숨은 야구를 찾아 세상을 헤매던 이들은 소문에 소문을 따라 결국 여기까지 오게 된 것이다. 이들이야말로 진실로 야구가 무엇인지를 아는, 즉 야구에 관한 한 순수 절정의 고갱이라 불리기에 전혀 부족함이 없는 자들이다. 왜? 이들은 야구가―다른 무엇도 아닌 '인생의 축소판'이라는 것을 그 누구보다 잘 알고 있기 때문이다. 그들의 대화를 들어보자.

순수: 뭐야, 이거 흡사… 한국이 아닌가?

절정: 눈물이 나와, 마치 내 인생을 보는 것 같아.

고갱이: 놀랄 필요는 없다고 보네. 다른 무엇보다 야구는 '인생의 축소판'이니까. 물론 오늘 게임의 포인트는 그것을 다시 한 번 확인할 수 있었다는 것이지. 자 그만 돌아가세.

라는 뻥을 쳐도 좋을 만큼, 실로 야구는 '인생의 축소판'인 것이다. 실제로 1983년의 프로야구는, 오랫동안 회자되었을 뿐 결코 학문적으로 그 가치를 인정받지 못하던 '사람 팔자 시간문제' '빙글빙글 돌아가는 회전의자에 임자가 따로 있나 앉으면 임자지' 등의 철학적 명제가 한꺼번에 성립된 중요한 철학적 실험장이었다. 스포츠와 철

---

* 담발라스 응원가. 특별한 뜻이 담긴 가사는 아니다.

그랬거나 말거나, 1983년의 베이스볼

학의 경계를 허문 그 놀라운 변화의 징조는 그해 이른 봄에 있었던 프로야구의 시범 경기에서부터 나타나기 시작했다. 시범 경기 2차전이 거행된 2월 22일. 인천 홈구장에서 벌어진 MBC와의 경기에서 삼미의 새로운 클린업 트리오 정구선-김진우-이영구가 한국 최초의 3타자 연속 홈런을 기록한 것이다. 그날의 기쁨을 어떻게 표현해야 할까. 나는 당시 친구들의 집에 갈 때마다, 꼭 그들의 책상 서랍을 뒤져 일기장이나 수첩, 연습장 등을 훔쳐보는 나쁜 버릇이 있었는데 다음은 당시 조성훈의 일기장에서 발견한 그의 시(아마 그렇게 봐야 할 것이다)다. 긴 세월이 흘렀어도 나는 어렵지 않게 그 시의 전문을 기억해낼 수 있었다. 누구에게나 좀처럼 잊히지 않는 시가 있기 마련인 것이다.

3타자 연속 홈런

아아, 들어나 봤나 3타자 연속 홈런
나는 못 들어봤다네.
자네는 들어봤나 3타자 연속 홈런.
못 들어봤다네.
못 들어봤다네.
나는 못 들어봤다네. 자네는?
하하 나는 봤다네.
모래에 새긴 사랑 파도에 쓸려가고
나무에 새긴 맹세 바람에 씻겨도

가슴에 새긴 우정,
그리고 3타자 연속 홈런
영원하여라.

그것은 83년 삼미의 반란을 예고한 첫 신호탄이었다. 그리고 그 반란은 이미 그해 겨울부터 시작되고 있었다. 당시 스크랩한 신문의 표현을 빌리자면—삼미는 27명의 선수들 중 '분별없이' 뽑았던 11명의 선수를 방출하고, 임호균(그렇다. 바로 그 임호균이다)·김상기·유종천으로 가장 큰 약점이었던 마운드를 보완했으며, 김진우(물론, 그 김진우다)를 비롯 삼성이 외면한 정구선·최홍석·정구왕·김대진·이선웅 등으로 수비를 보완했다. 그리고 작년 무명의 인하대를 전국 우승으로 이끌며 인천 야구의 미래를 '일약' 밝혀놓은 맹장 김진영 감독을 영입, 이미 최고의 사령탑을 구축한 셈이다. 비록 작년에는 최하위의 치욕과 수모를 겪은 삼미였지만, 올해 각 팀이 가장 경계해야 할 팀은 바로 삼미 슈퍼스타즈가 아닐까 싶다—두말하면 잔소리였다. 그리고 그해의 1월 17일 현해탄을 건너오는 대한항공 747기 속에는 언뜻 보기에는 결코 비범해 뵈지 않는 2명의 남자가 타고 있었다.

바로 장명부와 이영구였다.

프로야구의 원년은 그랜드슬램(만루 홈런)에서 시작해 그랜드슬램으로 끝을 맺었다 해도 과언이 아니다. 혹은 프로야구의 원년은 '굿바이'에서 시작해 '굿바이'로 끝을 맺었다 해도 별 무리는 없을 것이다. 실제로 원년의 프로야구는 개막전을 장식한 이종도의 굿바이

만루 홈런에서 시작해, 코리안리그의 끝을 장식한 김유동의 굿바이 만루 홈런으로 끝을 맺었기 때문이다. 그러나 프로야구의 두 번째 해인 1983년이라면 얘기는 달라진다.

너구리…

철완鐵腕 너구리 장명부. 홀연히 현해탄을 건너와 고요한 한국의 강호에 '라면은 농심 너구리, 오락은 폼포코 너구리, 야구는 철완 너구리'라는 풍문을 흩뿌리며 숱한 야구해설가들을 아연실색게 했던 그는—한국 프로야구사에 길이 남을 진정한 초인超人이요, 마인魔人이었다. 아아, 그 무렵 한국의 강호를 나름대로 점령하고 있던 고수들을 비웃기라도 하듯, 그는 1983년의 프로야구를 혈겁으로 물들였으니 그 기록을 살펴보면 다음과 같다.

만수무강萬壽無疆 삼미 슈퍼스타즈 기록 박물지記錄博物紙 part 2

시즌 최다 완투 경기

56게임 삼미 83년

시즌 최고 수비율

0.979 삼미 83년

시즌 최다 출장 투수

장명부(60게임) 83년

시즌 최다 승리 투수

장명부(30승) 83년

시즌 최다 패전 투수

장명부(20패) 83년

시즌 최다 선발 투수

장명부(44게임) 83년

시즌 최다 완투 투수

장명부(36게임) 83년

시즌 최다 완봉승

장명부(5게임) 83년

시즌 최다 투구 횟수

장명부(427 1/3이닝) 83년

시즌 최다 피안타 투수

장명부(388개) 83년

시즌 최다 투구 수

장명부(5886) 83년

팀 최소 투구 수

80개 삼미 83년 8월 29일(대 해태)

전원 득점

삼미 83년 7월 31일(대 롯데)

연장전 최다 득점

6점 삼미 83년 4월 12일(대 OB, 13회)

최단 경기 시간

1시간 47분 삼미 83년 9월 26일(대 해태)

연속 경기 무실책

정구선(58게임) 83년 8월 11일~84년 5월 14일

끝내기 만루 홈런

그랬거나 말거나, 1983년의 베이스볼

김진우 83년 5월 14일(대 해태)

83년 성적

전기 27승 23패 승률 0.540 2위

후기 25승 24패 1무 승률 0.510 공동 2위

그렇다. 세상엔 가끔 설명할 수 없는 일들이 일어난다. 그리고 우리는 그것을 '불가사의'라고 부른다. 시범 경기에서 1위를 기록, 충격을 던져준 삼미는, 83년 전기 리그의 시작과 함께 줄곧 선두를 질주하기 시작했다. 특히 장명부는 3주라는 짧은 기간 동안 '8연속 게임 완투승'이라는 ─ 눈으로 직접 보고도 믿지 못할 대기록을 작성했다. 여론은 앞을 다투어 '삼미의 반란'을 보도했고, 이와 더불어 지난해 삼미에게 '시즌 전패'의 치욕을 안겨줬던 우승팀 ─ OB의 하위권 추락을 비교해 보도했다. OB의 추락… 그렇다. 지난해 24승 4패라는 불멸의 기록으로 팀을 원년의 정상에 등극시켰던 박철순은, 그 후유증으로 심각한 허리 부상에 시달리고 있었다. 불사조의 추락은 OB에게 다시 일어서기 힘든 좌절을 안겨주었고, 우리는 그해의 시즌이 끝날 때까지─그 아름답고, 황홀하며, 장렬하기까지 했던 그의 투구를 반도패션 남성복의 CF 속에서만 볼 수 있었다.

인천 출신의 김진영 감독은 OB에 대한 인천 팬들의 한과 설움을 누구보다 잘 알고 있었다. 그는 특히 OB와의 경기에 최선을 다하는 모습을 보여주었는데, 그 집착은 실로 대단한 것이었다. 시즌의 첫 주말. 그는 광주 그라운드의 컨디션을 빌미로 해태와의 2연전을 일부러 기피했고, 덕분에 완벽한 상태의 컨디션을 유지할 수 있었던 장명부와 임호균을 OB와의 2연전에 투입, 통쾌한 2연승을 팬들에게 선사했다. 아아, 그날의 감격은 인도와 셰익스피어를 다 준다 해도 바꿀 수 없는 것이었다. 물론 당시의 나에게 인도와 셰익스피어가 필요할 리도 없었지만, 설사 필요했다 하더라도 나는 결코 바꾸지 않았을 것이다. 나와 조성훈은 서로를 부둥켜안고 울었다. 아무리 울고 울어도 우리의 눈물은 그치지 않았다. 아아, 이것이 승리의 기쁨이구나—어깨를 축 늘어뜨리고 그라운드를 내려오던 OB의 선수들과, 망연자실 하늘을 올려다보거나 땅바닥에 엎어져 있던 리틀 미련곰탱이들을 보면서, 우리는 또 울었다. 그날의 기쁨을, 도대체 어떻게 표현해야 할까. 나는 당시, 마치 연재만화를 보듯 한 번 본 친구의 일기장을 계속 훔쳐보는 나쁜 버릇이 있었는데, 다음은 또다시 조성훈의 일기장에서 훔쳐본 그의 시(역시 그렇게 봐야 하겠지)다. 〈3타자 연속 홈런〉과 마찬가지로, 나는 어렵지 않게 그 시의 전문을 기억해낼 수 있었다. 좋은 시는 정말이지 좀처럼 잊히지 않는 것이다.

OB에게 2연승

원수를 사랑하라.
주님은 말씀하셨네.
거룩하신 말씀
우리 주 예스 그리스도.
할렐루야 할렐루야

우리는 이겼네.

패배의 설움을 누구보다 잘 알기에

그래서 우는 아이들에게 미안했습니다.

하지만 사랑은

미안하다고 말하는 것이 아니에요.

아멘.

전기 리그가 무르익어가면서, 장명부의 투구는 점점 더 지구의 물리법칙을 무시해가고 있었다. 상식적인 투수 등판의 기준이나 사이클과는 상관없이, 그는 선발과 마무리를 가리지 않고 닥치는 대로 마운드에 올랐다. 오늘 완투 후에 내일 마무리, 다시 선발… 아아 그해 삼미 슈퍼스타즈 경기의 70% 이상을 등판했던 그는 진정한 초인이었다. 정녕 슈퍼맨이 삼미의 투수로 왔다 해도, 그렇게 많은 경기에 선발로 나서지는 못했을 것이다. 예컨대 슈퍼맨에게도 '손가락에 물집이 자주 맺히는 체질'이라든가, '알게 모르게 발가락에 티눈'이라든가, '이것 참, 알고 보니 귀두표피염龜頭表皮厭'과 같은— 사소해 뵈지만 선발 투수로서는 치명적인 결함이 있을 수 있는 것이다. 아무튼 그해 60게임에 출장해 44게임을 선발로 뛰고, 그중 36게임을 완투하고, 30승을 올린—심지어는 홈구장의 팬들조차 고개를 젓게 만들던 그의 초능력에 대해 항간에선 '히로뽕'을 맞는다는 악성 루머가 퍼지기도 했다. 도무지 그 외에는 이해할 방법이 없었던 것이다. 장명부… 그는 진정 범인의 시각을 온몸으로 거부한 한국 프로야구의 마인이었다.

장명부는 정말 특이한 스타일의 투수였다. 그는 특히 원년의 불사조 박철순과 자주 비교되었는데 미국 프로야구 출신의 박철순이 핸섬한 외모와 젠틀한 매너로 타자들을 압도했다면, 장명부는 우랄 알타이한 외모와 너굴틱한 매너로 타자들을 농락하는 스타일이었다. 그는 아직 빈볼이 무엇인지 모르던 국내 팬들에게 진정한 빈볼의 의미를 일깨워주었고, 어디 그뿐인가. 빈볼에 놀라 넘어진 타자에게 그의 전매특허인 너구리 미소—그것은 정말 '실실 쪼갠다'라는 말 이 외에는 달리 표현할 길이 없다—를 던져주곤 했다. 물론 왜냐고 물으면 그냥 웃지요, 다. 웃지 마 기분 나빠, 라 한다면 내 맘이지요, 다. 그만하면 당할 재간이 없는 것이다.

시즌 내내 상대팀의 타자들을 주화입마注火入魔에 들게 했던 그의 엽기적 투구 행각은, 결국 전기 리그가 막바지를 향해 치닫던 5월 31일—프로야구 사상 유례가 없던 대난투극의 불씨를 댕기게 된다. 그리고 그날의 사건은, 선두를 질주해오며 우승을 눈앞에 두고 있던 삼미에게 '김진영 감독 형사 입건'이라는 결정적 치명타를 가하게 된다.

그 여파로 인해, 비록 1승 차이로 전기 리그의 우승을 놓치긴 했으나 삼미는 분명 프로야구의 새로운 강자로 급부상해 있었다. 그 누구도 예상치 못한 철완 너구리 장명부의 천하 평정과 컴퓨터 투구의 임호균, 또 정구선과 김진우, 이영구로 이어지는 막강 트리오의 도깨비 타선… 진정 장명부라는 초인의 등장은 팀의 타격에까지 상승효과를 가져왔고, 그해의 프로야구에 거대한 지각변동을 일으켰으며, 모기업 삼미의 주식을 오르게 하고, 인천 시민들의 삶을 변화시키고, 동네 어른들의 모임을 다시 활성화시키고, 〈동물의 왕국〉과 같은 프로에서 늘 비주류, 비인기 동물일 수밖에 없었던 너구리의 위상을 '곰' 이상으로 높여놓았다. 그리고 다른 무엇보다―

자살을 꿈꾸고 있던 2명의 소년에게 꿈과, 낭만을 되찾아주었다.

1982년에 비해, 나는 확실히 달라져 있었다. 밝은 표정과 단정한 옷매무시, 그리고 새하얀 치아, 세상은 확실히 살 만한 가치가 있는 것이었고, 알고 보니 나는―푸른 하늘과 은빛 바다, 새하얀 갈매기와 그의 동반자인 도다리, 더불어 인천여중과 서여중의 미소녀들이 넘쳐나는 아름다운 도시 인천에 살고 있었다. 그리고 마음속에는― 멸종되어가는 세상의 곰들을 보호하고, 밀렵꾼들의 덫에 걸린 그들을 보살피며 평생을 살아도 될 만큼이나―많은 사랑이 넘쳐나고 있었다. 나이가 들어 애인이 생긴다면, 나는 아름답기 그지없는 그녀를 동네의 공터로 데리고 가, 가을 밤하늘의 별자리들을 보여주리라. 저건 큰곰자리, 저건 작은곰자리… 저 별은 나의 별, 저 별은 너의 별.

1984년의 부메랑과
그해의 노히트 노런

잘 관찰해보면

세상의 모든 것은 본래 위치로 돌아온다. 아니, 어쩌면 세상은—결코 사라지거나, 떠나거나, 달라질 리 없는 것들로 구성되어 있는 건지도 모른다. 그것은 마치 질량보존의법칙과도 같은 것이다. 물론 '운명'과 같은 것에도 질량이 있으며, 그것은 결코 달라지지 않는다. 진정코?

진정코!

1984년, 삼미는 다시 최하위 팀으로 전락했다. 그해의 전기와 후기에서 최하위를 기록한 삼미는 다음 해인 85년 전기 리그까지 자신의 타고난 역사적 사명—최하위의 위치를 굳건히 고수했다. 마치 '획' 300m를 날아간 부메랑이 거짓말처럼 돌아와 '착' 손에 감길 때의 그 느낌처럼, 더불어 나는, 300m를 여행하고 돌아온 부메랑처럼 다시 우울한 소년이 되어 있었다. 어두운 표정과 흐트러진 옷매무시, 그리고 누런 치아. 그랬다. 돌아와보니

세상은 역시 살 만한 가치가 없는 것이었고, 역시나 나는―칙칙한 하늘과 오염된 바다, 더러운 갈매기와 질척대는 도다리, 더불어 인천여중과 서여중의 추녀들이 넘쳐나는 부끄러운 도시 인천에서 살고 있었다. 더불어 마음속에는―밀렵꾼이 되어 세상의 곰과, 사자와, 호랑이와, 190cm 이상의 거인들과, 있다면 용까지도 모조리 씨를 말리고 싶을 만큼이나―불타는 증오가 넘쳐나고 있었다. 애인? 호강에 겨운 소리는 꺼내지도 마라.

도대체 이런 질량을 가지고 나는 왜 세상에 태어난 것일까.

도대체 그런 질량을 가지고 삼미 슈퍼스타즈는 왜 세상에 태어난 것일까.

진정코!

최다 승리 투수였던 장명부는 최다 패전 투수가 되어 있었다. 임호균은 난조를 보였고, 김진우와 금광옥은 부상에 시달리고, 타선은 침묵했고, 이영구는 최다 병살 타자가 되어 진짜 '영구'로 거듭나기 시작했다. 삼미는 다시 패敗에 관한 모든 기록(물론 자신이 수립했던)들을 하나하나 갈아엎기 시작했다. 84년에는 팀 타율 2할 3푼 7리로 82년 자신이 세웠던 시즌 팀 최저 타율을 갱신했고, 85년에는 바로 1년 전 자신이 수립한 16연패(시즌 팀 최다 연패)의 기록(그 누구도 깰 수 없다 믿었던)을 역시 자신의 손으로 갈아엎어버린다(전설의 18연패를 기록했다). 심지어 항간에선 이를 '믿어지지 않는 재치와 폭소의 패전敗戰 퍼레이드'라는 이름의 패키지 상품으로 개발, 수많

은 외국인 관광객을 유치해보자는 의견까지 나오기 시작했다. 하지만 역시 최고의 하이라이트는, 84년의 어린이날—멀리 광주구장에서 인천의 어린이 팬들을 위해 등기 속달로 부쳐왔던 국내 최초의 '노히트 노런' 소식이었다.

"정면 승부가 적중했습니다." 한국 프로야구 사상 첫 노히트 노런의 대기록을 세운 해태의 방수원(24)은 그렇게 대답했다. "오늘은 타자를 피하는 피칭을 하지 않고 대담하게 상대 선수들의 허를 찔러, 주로 직구에 의한 정면 승부를 걸었습니다. 애초에는 4회 정도 막아낸다는 생각으로 마운드에 올랐으나 오늘 유달리 몸쪽 슈트, 바깥쪽 슬라이더, 커브볼이 잘 던져졌지요. 전에는 코너워크를 지나치게 의식, 컨트롤이 자주 흐트러지곤 했는데 덕분에 오늘은 부담감 없이 마음먹은 대로 던져봤던 겁니다." 그는 이날 직구 60% 변화구 40%의 비율로 투구를 했다. 30명의 삼미 타자들을 맞아 투구 횟수 101개를 기록했고, 삼진 6개, 포볼 3개, 외야 플라이 4개, 내야 땅볼 14개, 내야 플라이 3개로 처리했다. 주심 김동곤 씨는 "오늘 방수원의 투구는 유달리 컨트롤이 뛰어났으며 시종 쾌투였다"고 말했다.

유달리… 그래서 그랬단 말인가?

그 소식에 대부분의 인천 팬들은 땅이 꺼져라 한숨을 쉬었지만, 나는 오히려 안도의 한숨을 내쉬었다. 퍼펙트가 아닌 게 얼마나 다행스러운 일인가. 그랬다. 패배를 받아들이는 나 자신의 감정이 이 정도로 성숙하고 의젓해졌다는 사실에, 그저 스스로 대견해하며 그날의 충격을 견뎌냈다. 어린이날이었다. 5월은 푸르고, 우리들은 자란다.

좀 쉬었다 하지? 격려의 편지라도 전하고 싶었지만, 투지와 열정의 팀 나의 삼미는 도대체 쉬거나 멈추는 법이 없었다. 노히트 노런을 약진의 발판으로 삼아 그해 16연패의 찬란한 위업을 달성하더니, 나아가 그다음 해에는 인류 공영에 길이 이바지할 18연패의 빛나는 금자탑을 쌓아 올려버렸다. 불멸의 기록이었다. 그 불멸의 기록 앞에서 전문가들은 입을 모아 "삼미의 라이벌은 삼미뿐"이라는 찬사를 퍼부어주었다. 과연

내가 생각하기에도 그 기록은─어떤 축구팀이나 핸드볼팀이 어느 날 갑자기 프로야구로 전향을 해오지 않는 이상은 절대 깨어질 수 없는 대기록이었다. 16연패나 18연패의 고통은 직접 그것을 겪어보지 않은 사람으로선 짐작조차 하기 힘든 것이다. 간단해 뵈는 두 자리의 수치와는 달리, 그것은 마치 콘크리트에 완벽 포장된 상태로 16광년이나 18광년을 여행하는 기분이기 때문이다. 물론 우주선이 아니라, 리어카로.

덜컹덜컹*, 내가 실린 리어카가 해왕성이나 명왕성의 근처를 지날 무렵이었다. 눈물이 날 만큼 머나먼 지구에서, 어느 날 장명부가 '못 던지는' 것이 아니라 '안 던지는 것'이라는 괴소문이 희미하게 전해져왔다. 소문의 내용은 다음과 같았다. 83년 장명부가 계약을 맺던 당시, 30승을 올리면 얼마를 줄 거냐고 구단주에게 물었다. 30승? 구단주는 생각했다. 이런 농담이 있나. 24승을 올린 박철순이 신화로 불리는데… 구단주는 하늘이 무너져도 우랄알타이한 마스크의 장명부가 앵글로색슨한 마스크의 박철순보다 6승을 더 올릴 수는

---

*카오스 이론. 그리고 우주는 넓고 거칠다─의 천자문 해석을 토대로 한 의성어.

없다고 생각했다. 그래서

"1억!"

이라고 대답해버렸다. 물론 장명부는 그 말을 진지하게 해석했고, 문제는 이를 악문 장명부가 실제로 30승을 올린 데서 비롯되었다. 약속대로 1억을 달라는 그에게, 구단주는 땀을 흘리며 이런 말을 했다고 한다. "하하, 전 농담인 줄 알았는데. 저, 돈 없어요." 그 소문은 얼마 안 있어 모 스포츠 일간지를 통해 정식으로 보도되었고, 그 신문은 명왕성의 언저리를 돌고 있는 나의 리어카 위에도 툭, 정확하게 배달되었다. 놀랍게도, 소문은 사실이었다.

농담인 줄 알고… 그래서 그랬단 말인가?

캄캄한 우주의 한복판에서 나는 눈을 감았다. 우주는 그 넓은 품으로 나를 따뜻하게 안아주었고, 나는 안드로메다 좌座였던가, 카시오페이아 좌였던가, 그것도 아니면 처녀자리 근처의 어딘가에서 들려오는 거룩한 여신의 목소리를 들었다.

"불쌍한 것."

덜컹덜컹, 이제 리어카는 은하계를 완전히 벗어나 있었고, '안녕히 가십시오'가 적힌 계界 경계선의 팻말과 해태상象들이 완전히 보이지 않게 되자─나는 비로소 그런 뉴스들에 무신경해져가고 있는 나 자신을 발견할 수 있었다. 성격이 원활하고 낙천적이어서가 아니라, 이 넓고 넓은 우주를 유랑하다 보니 우주의 운명이란 것은 이미 정해져 있고, 그것은 절대 바뀌지 않는다는 나름대로의 철학이 생겨났기 때문이다. 삼미와 나는─분명 변하지 않는 질량의 '노히트 노런'의 운명을 함께 타고났으며, 이 우주가 알아주는 '불쌍한 것'이었다. 눈을 감았다.

어차피 인생은, 눈을 감으면 꿈이다.

조성훈은 다시 신경질적인 소년이 되어 있었다. 84년의 그는 정말이지 '한 마디도 하지 않는 조성훈'으로 학교에서 유명했고, 주말이 와도 자신의 방에만 틀어박혀 있는, 동굴 속의 너구리와 같은 삶을 살고 있었다. 가끔 나는 우울한 너구리를 위로하러 그의 방을 찾았지만, 그는 특별히 반기는 기색도 없이 '쇼펜하우어' 따위의 책들만 열심히 뒤적이고 있었다. 우리는 어느새 중3이 되었고, 85년의 시즌이 시작될 무렵에는 나란히 고등학생이 되어 있었다. 나는 가끔 그의 시가 보고 싶었지만, 쇼펜하우어의 책상을 뒤질 기회는 좀처럼 오지 않았다. 아마도 이 무렵부터, 시보다는—프라모델을 조립하는 일에 그는 빠져 있었던 듯하다. 아마도 그랬다는 생각이다. 물론 별 볼 일 없는 취미였지만, 나는 늘 그의 취미를 칭찬해주었다. 만약 이런 쥐똥 같은 취미라도 없다면, 그가 죽을지도 모른다는 생각이 언제나 들곤 했기 때문이다. 세월은 그렇게 흘러갔다. 더불어, 이제 나와는 상관없는 그들만의 리그—프로야구 역시 물이 흐르듯 계속 이어지고 있었다. 어느 놈이 야구를 하건 말건. 어느 놈이 야구를 하다 죽건 말건—

나와는 상관없는 일이다.

아주 조금은, 마음이 편해졌다. 나는 토끼 그림이 그려진—여동생의 스킬 자수 숙제를 도와주기도 하고, 어머니의 설거지를 거들기도 하고, 종종 아버지의 등이나 다리를 주물러드리기도 했다.

사는 게 별건가?

그러나 가끔은, 아주 가끔은—거실 복판에 펼쳐진 신문을 통해, 혹은 하굣길의 버스에서 흘러나오는 라디오를 통해, 나는 그들의 소식을 우연히, 혹은 어쩔 수 없이 접하게 되었다. 불과 2년 전까지만 해도 삼미 잠바와 모자 차림의 나를 인천야구장으로 실어주던 버스였다. 삶이 바뀌면 사물의 용도도 달라진다.

듣자 하니, 실제로 이런 일들이 있었다고 한다.

'나 홀로 슈퍼스타 정구선. 삼미의 정구선이 작년 말부터 올해 5월 14일까지 58게임 연속 무실책의 호수비를 펼쳐 2루수 최다 연속 게임 무실책의 빛나는 기록을 세웠다. 비록 팀의 저조한 성적으로 그 빛은 바랬지만, 한편으로는 팀이 어려울 때 일궈낸 대기록이어서 더욱 값진 것이라 말할 수 있다.'

'팬들 우롱한 삼성—후기 막판서 져주기 극劇 연출. 코리안리그의 상대로는 롯데가 더 수월하다? 어제 벌어졌던 삼성과 롯데의 대전을 보고 팬들과 TV 시청자들은 일제히 분통을 터트렸다. 초반 대량 득점을 올린 삼성의 선수들이 능히 잡을 수 있는 내야 땅볼들을 공공연히 외야로 빠트리며 11:9라는 드라마 같은 역전패를 당해주자(?) 그 원성은 극에 달해 있었다. 누가 보기에도 그것은 고의적인 져주기였던 것이다. 물론 전기 우승팀 삼성 라이온즈로서는 현재 치열한 1, 2위 다툼을 벌이고 있는 OB와 롯데 중 가급적이면 부담감이 덜한 롯데와 결전을 치르고 싶겠지만 이날의 경기는 그 도를 지나쳤다고 밖에는 설명할 방법이 없다. 아무리 프로라 해도 스포츠 정신을 망각한 승부는 지탄을 받아야 마땅하다. 실제로 이날 경기 시작 전 김영덕 삼성 감독은 "끈기의 OB에는 승산이 별로 없다.

따라서 롯데 쪽을 택하려 한다"고 밝혔으며, 경기가 끝난 후 강병철 롯데 감독은 기자들의 질문에 대해 "서로 질문하지 않는 것이 좋지 않으냐"고 웃으며 경기장을 빠져나갔다.'

'한때 구단 매각설까지 나돌았던 삼미는 허연 구단사장을 퇴진시키고, 김진영 감독의 단일 체제 구축 작업을 벌이고 있다. 구단은 금년도 성적이 부진한 이유를 코칭스태프와의 불화로 판단, 대부분의 코치진을 퇴진시키고 재일동포 선수로 63년도 아시아야구선수권대회에서 한국을 최초로 우승시킨 우승 주역 신용균 씨를 신임 코치로 교섭 중이다. 퇴진될 것으로 알려진 코치들은 백인천, 배수만, 오춘삼, 김금현 씨 등.'

'은둔 중인 백인천이 소속팀 삼미 구단을 상대로 한국야구위원회(KBO)에 제소했다. 슈퍼스타즈 코치 겸 선수인 백인천은 지난 2월 29일 KBO 사무국에 삼미 구단이 나를 임의 탈퇴 선수로 공시했는데 부당하다, 또 계약금을 반납하라고 하는데 못 하겠다, 보류 수당은 지급되어야 한다는 요지의 소장을 직접 제출했다. KBO 관계자들은 이번 사건에 대해 양측 모두 잘못이 있음을 지적하고 있다. 경위야 어찌 됐든 삼미의 백인천 해임은 법적으로 아무 잘못이 없으며 계약금 반환은 타당하다는 것. 그러나 삼미가 작년 11월에 사표를 받고도 미적미적한 채 백을 보류 선수로 공시까지 했다가 이제 와서 임의 탈퇴 선수로 바꾸어 공시하면서 1월 9일부터 2월 22일까지의 보류 수당(작년 연봉의 25%)을 지급하지 않은 것은 잘못이라는 것이다. 또 이번 과정에서 지난해 백이 자유 계약 선수로 MBC를 떠났음에도 MBC가 삼미로부터 800만 원의 트레이드 머니를 받은 게

밝혀져 문제가 되고 있다.'

'패전 1위, 너구리는 고달프다. 지난 11일 삼성의 김시진이 한국 프로야구 사상 최초로 투수 개인 통산 50승을 달성했다. 이날은 마침 소속팀 삼성의 전기 리그 우승이 확정된 순간이어서 그의 50승은 더욱 값진 것이었다. 반면 83년 투수 부문의 기록들을 휩쓸었던 장명부는 프로야구 사상 최초로 투수 개인 통산 50패를 마크, 김시진과 대비를 보였다. 패전 기록이 많다는 것은 물론 기분 나쁜 일. 그러나 야구 기록의 특성상 패전이 많다고 해서 반드시 나쁜 투수라 단정 짓기는 어렵다. 그래서 투수에게 중요한 것은 승패 기록보다는 방어율과 승률, 확실히 50승의 김시진은 방어율도 2.50으로 최고 성적이고, 50패의 장명부도 방어율은 3.23으로 결코 나쁜 성적은 아니다.'

'OB냐 MBC냐, 서울 팬들 골라 골라. OB가 연고지를 서울로 옮김에 따라 서울 지역 팬들을 둘러싼 MBC와 OB 간의 유치 경쟁이 본격화되고 있다. OB는 주차 시설이 없는 본거지 서울운동장의 약점을 감안, 지하철과 버스를 이용하는 팬들을 상대로 '서민과 함께 호흡하는 구단'이란 캐치프레이즈를 내건 상태. 이에 MBC는 본거지 잠실구장의 지리적 여건상 2~3년은 관중 유치에서 뒤지겠지만 현재의 마이카 붐으로 볼 때 그 후 완벽한 주차 시설의 잠실구장 쪽에 훨씬 많은 팬들이 몰릴 것이라 예측하며 느긋한 반응을 보이고 있다. 한편 두 구단의 팬 유치 경쟁은 각종 팬 서비스에 이어 식당과 매점의 신메뉴 개발에까지 이어져 관심. OB는 구내식당의 메뉴를 개선, 명동칼국수와 만두 등 팬들이 싸고 맛있게 먹을 수 있는 메뉴들을 개

1984년의 부메랑과 그해의 노히트 노런

발했고, MBC는 이에 맞서 따끈한 오뎅을 새 품목으로 내놓았다.'

'볼보이의 시대는 갔다. 이제는 볼걸의 시대. 프로야구장에 핫팬츠 차림의 아리따운 아가씨들이 등장해 눈길을 끌고 있다. 그녀들의 정체는 금년부터 최초로 프로야구장에 첫 선을 보이게 된 볼걸. 종전까지 소년들이 하던 타자들의 타격 후 배트 치우기, 주심에게 볼 갖다 주기 등의 작업을 이제는 핫팬츠 차림의 아리따운 아가씨들이 대신하게 된 것이다. 삼성 라이온즈는 김숙희金淑姬 양을 비롯한 6명의 볼걸을 이번 시험 경기 때부터 이미 가동한 상태고, 나머지 구단들도 본 시즌에 들어가면 볼걸을 기용, 각 구장의 분위기를 쇄신할 방침이다.'

그리고 어느 날

'흐르는 별 슈퍼스타즈가 사라진다. 5월 1일 하오 7시. 신라호텔에서 열린 삼미 슈퍼스타즈의 구단주 회의에서 삼미는 프로야구팀 삼미 슈퍼스타즈를 풍한방직 계열사인 청보青寶식품에 70억에 매각기로 합의했다는 매각 경위 보고서를 발표했다. 이에 따라 말도 많고 탈도 많았던 삼미 슈퍼스타즈는 올 전기 리그를 끝으로 영원히 사라지게 되었다'

라는 기사를, 나는 보았다.

눈부신 5월의 일요일 아침이었고, 창을 건너온 봄볕이 — 따끔따끔, 내 등에 스킬 자수를 놓듯 두 가닥의 햇살을 피부 속에 심었다 매듭을 지어 뽑아 올리고 있었다. 봄볕이 하나의 훌륭한 토끼 그림을 완성할 때까지, 나는 미동도 하지 않고 그 자리에 앉아 있었다.

무릎과 무릎 사이,
바이바이 슈퍼스타

1985년 6월 21일은 금요일이었다. 무렵 나는 고등학교 생활에 어느 정도 적응해가고 있었고, 이상한 일이지만 공부에 몰두해 있었다. 조성훈과는 학교가 갈려 가끔 주말에나 얼굴을 보고, 그간 자신이 읽은 책—대부분 조성훈이 빌려준 염세주의에 관한 책들이었다—들을 교환하거나 거기에 관한 얘기들을 나누곤 했다. 주로 조성훈이 열변을 토하고, 나는 듣는 편이었다. 사실 나는 그가 빌려준 책을 거의 읽지 않은 상태에서 그를 만나곤 했다. 읽지도 않은 책을 새로운 책과 교환하고, 또 그 책을 읽지도 않은 채 들고 간다—말하자면 그런 식이었다. 이상한 일이지만 그 무렵엔 정말 학교 공부가 재밌어지기 시작했고, 나는 굳이 그런 책을 읽지 않아도 좋을 만큼이나 '염세' 그 자체였다. 야구에 관해선—이제 아무도 입을 열지 않았다. 야구? 야구가 뭐지?

아침에 집을 나서는데 조성훈이 서 있었다. 아니, 더 정확하게 말하자면 나를 기다리고 있었다. 대문 옆으로 꺾어진 골목의 전신주 뒤에서, 놈은 시시한 숨은그림찾기의 숨은 그림처럼 담배를 피우며 숨어 있었다.

"어, 웬일이냐?"

"저기… 오늘이 마지막인데… 같이 보러 갔으면 해서."

처음에 나는—그것이 이보희 주연의 〈무릎과 무릎 사이〉를 보러 가자는 말인 줄 알았다. "좋지." 과연 평일이라면, 단속이나 지도 따위와 만날 일도 없고, 결석을 하고 성인영화를 관람하는 것도 나름대로 의미 있는 일이란 생각이 들었다. 철학 서적에서 성인영화에 이르기까지—좋은 것이 있으면 늘 나와 공유하고 싶어 하는 그의 우정에 나는 그만 가슴이 뭉클해졌다. 그러나 나의 예측은 1루수의 무릎과 무릎 사이를 빠진 3루타성 타구만큼이나 멀리 벗어난 것이었다. 담벼락에 꽁초를 비비며 그가 말했다.

"어쨌든 오늘이 고별전이니까…."

동네의 만화방에서 오전을 보내고, 그곳에서 라면과 도시락을 먹고, 가방을 만화방 주인에게 전적으로 일임한 후, 우리는 인천야구장으로 가는 버스에 올랐다. 시간은 정오를 갓 넘어 있었고, 시내버스에는 한두 명의 아저씨와 한 명의 아줌마, 그리고 한 마리의 강아지가 타고 있었다. 아니, 한 명의 아저씨와 한두 명의 아줌마였나? 어쨌거나 그런 게 중요할 리 없겠지만 그러면서도 또—앗, 그러고 보니 한두 명의 할아범과 한 명의 할멈이었던 듯한—이라는 생각

을 지금에 와서 해대는 내 마음처럼, 버스는 1차선과 2차선을 갈팡
질팡하며 삼미의 고별전이 열리게 될 인천야구장을 향해 달리고 있
었다. 버스에는 한두 명의 아저씨와 한 명의 아줌마가 타고 있었다.

인천야구장은 예상과는 달리 한산했고, 예상했던 만큼 붐비고
있었다. 뭐랄까, 한산하다면 한산하다고도 말할 수 있고, 붐빈다면
붐빈다고도 말할 수 있는 인파였던 것이다. 요컨대 올 사람들만 왔
다는 얘기다. 실지로 그날의 인파는 대부분 삼미의 고별전을 보기
위해 '고의로' 야구장을 찾은 인천의 팬들이었고, 그 속에 마지막 남
은 원년의 리틀 슈퍼스타즈—조성훈과 내가 끼어 있었다. 나는 인
천야구장의 길고 긴 벽돌담에 등을 기댄 채, 조성훈이 사 온 박카
스를 마시며 설레는 맘으로 이곳을 찾았던 82년의 봄날을 생각했
다. 어느새 그로부터 3년의 세월이 지나 있었다. 예상과는 달리 짧
은 세월이었고, 예상했던 만큼이나 길고 지루한 세월이었다.

입장이 시작되었다. 예상치 못한 일은 정문을 들어설 때 일어났
다. 정문 좌우로, 삼미 슈퍼스타즈 선수들이 길게 열을 지어 문을
들어서는 인천 팬들을 맞이하고 있었던 것이다. 선수들은 "고맙습
니다" "끝까지 최선을 다하겠습니다" "보내주신 격려와 성원 잊지
않겠습니다"라는 평범한 인사말과 함께, 입장객 한 사람 한 사람의
손을 꼭 잡고 삼미 슈퍼스타즈 티셔츠와 야구모자, 그리고 수건을
안겨주었다. 왜 그랬을까. 나는 갑자기 눈시울이 붉어져왔다. 그리
고 내게 악수를 청하며 기념품을 내밀던 김바위 선수에게 "모자는
집에도 있는데…"라는 기도 안 차는 말을 하고 말았다.

우리는 사람들이 많은 내야석을 벗어나, 아무도 없는, 정말이지

무릎과 무릎 사이, 바이바이 슈퍼스타

아무도 없는 중견수 뒤편의 외야석에 자리를 잡고 앉았다. 아마도 북태평양 고기압의 영향을 받았을 것 같은(늘 그런 식이니까) 미적지근한 초여름의 바람이 불어왔고, 그 바다처럼 넓은 외야의 한복판에서 우리는 삼미의 야구모자를 쓰고 앉아 있었다. 굳이 삼미를 추억해서가 아니라, 그날의 햇살이 워낙 눈부셨기 때문이었다. 삼미의 마지막 상대팀은 롯데 자이언츠였고, 삼미의 선발은 장명부였다.

물론 롯데의 대승리였다는 것 외에는, 이상하게도 그날의 경기 내용은 도무지 기억에 남아 있지 않다. 지구의 모든 것들을 대표해―삼미는 최후까지 자신의 질량을 보존해주었고, 경기가 끝날 때까지 우리는 아무 말도 하지 않았다. 경기가 종료된 후 삼미의 선수 전원이 그라운드로 올라왔다. 고별의 안내 방송과 함께 슈퍼스타즈가 연고지의 팬들을 향한 마지막 인사를 올렸고, 떡 떡 떡, 미운자식 떡 하나 더 주는 심정으로 팬들은 뜨끈뜨끈한 박수와 환호를 그들에게 던져주었다. 82년 2월 5일 창단에서 85년 6월 21일의 마지막 경기까지―3년 6개월이라는 짧은 세월 동안 통산 120승 4무 211패의 전적을 기록하고,

흐르는 별 삼미 슈퍼스타즈가 역사의 저편으로 사라지는 순간이었다.

나는 무릎과 무릎 사이에 얼굴을 묻고, 흐르는 별의 마지막 뒷모습을 끝까지 지켜보았다. 여전히 6월의 햇살이 뜨거웠던 것은 기억나지만, 내가 그 별의 뒷모습을 향해 '안녕, 슈퍼스타여'라는 말을 했는지 안 했는지는 정확히 알 수 없다.

단지, 아주 멀리서,

분명 북대서양 고기압의 영향을 받았을 것 같은(북태평양이라 생각하기에 그것은 너무나 먼 곳으로부터 온 것이었기에) 서늘한 한 줄기 바람이 불어오고 있었다.

그날의 기억은 선명하다. 경기가 끝난 후에도 우리는 한참이나 그 외야의 무인도에 앉아 있었고, 이제 다시는 우리 곁에 돌아오지 않을―그 가볍고 초라한 부메랑의 '휙' 하는 소리를 오랫동안 듣고 있었다. 얼마나 시간이 지났을까. 이윽고 그 소리마저도 작고 까만 하나의 점이 되어 멀어져가는 기분이 들었을 때 '착' 나는 조성훈의 어깨에 손을 얹었다. 그 가볍고 초라한 어깨는 공기의 저항을 가르는 부메랑의 날개처럼―가늘게, 아주 가늘게 진동하고 있었다. 맙소사.
"너 우냐?"
"몰라… 그냥."
놈은 울고 있었다. 뭔가 말을 건네려 했지만, 하염없이 뺨을 흘러내리는 눈물을 보자 나는 그만 말문이 막혀버렸다. 결국 실컷 울도록 내버려두었고, '착' 하고 얹었던 어깨 위의 손을 거둬들였고, '휙' 하며 증발하는 놈의 눈물을 그저 바라만 보았다. 그날의 오후는 그 눈물과 함께 증발하고 있었다. 구장의 청소원이 우리를 내보낼 때까지, 세상은 오후가 증발하는 소리를 들을 수 있을 만큼이나 고요하고, 고요하고, 고요한 것이었다.
운동장을 나오니 배가 고팠다. 나는 눈시울이 붉어진 조성훈을 데리고 근처의 중국집을 찾았고, 가엾은 친구를 위해 평소보다 호탕한 목소리로 자장면 곱빼기를 주문했다. 이상하게도 완두콩이

　　　　　　　무릎과 무릎 사이, 바이바이 슈퍼스타

박혀 있지 않고, 대신 딱 그만큼의 채로 썬 오이가 한 줌 얹혀 있던 그날의 자장면에는 과거를 돌이켜보게 만드는 불가사의한 힘이 있었다. 돌이켜보니 과연 우리의 과거는 자장처럼 깜깜한 것이었고, 마치 입속 한가득 자장면을 물었을 때처럼―씹으면 씹을수록 자꾸만 목이 메어오는 것이었다. 누군가 이 면을 잘라주지 않으면 안 된다는 생각에, 나는 자장면의 내부처럼 어두운 표정의 친구를 위해 한 가지 제안을 했다. 그것은 이보희 주연의 "〈무릎과 무릎 사이〉를 보러 가지 않을래?"였다.

조성훈은 말없이 동의했다. 머리를 끄덕인 것은 아니었지만, 또 그것은 자장면 위에 얹힌 오이채끼리의 교신과도 같은 것이어서, 나는 친구의 동의를 흔쾌히 받아들였다. 해가 뉘엿뉘엿할 때쯤 우리는 시내로 가는 버스에 몸을 실었고, 뉘엿뉘엿 늑장을 부리며 손님을 싣던 그 버스는 몇 명의 아저씨와 몇 명의 아줌마로 구분할 수 없을 만큼이나 많은 사람들로 붐비고 있었다. 그 수많은 무릎과 무릎 사이에서, 우리의 마음은 오이채처럼 가늘고 촉촉하게 떨리고 있었다.

우리가 찾은 곳은 축축하고 지저분한 2본 동시상영관이었다. 즉 2개의 프로를 번갈아가며 상영하는 그런 곳인데―관객에게는 한 편의 요금으로 두 편의 영화를 관람하는 기쁨을, 영화진흥공사에 겐 한국 영화의 저변 확대를 제공한다―라기보다는, 그저 열악한 시설로 옷 벗는 영화 한 편에 아무도 안 볼 영화 한 편을 끼워 근근이 먹고 사는 그런 곳이었다. 아니나 다를까 간판에는 크게 〈무릎과 무릎 사이〉의 포스터가 붙어 있었고, 그 귀퉁이 한쪽에 작은 글씨로 '동시상영' 〈지구괴수대전〉이라는 문구가 쓰여 있었다. 두 편을 다 보고 나오면 막차를 놓칠 게 뻔했으므로, 나는 입구에서 "지금 어떤 거 상영합니까?"라고 물어보았다. 담담한 표정으로 판매원이 대답했다. "〈무릎과 무릎 사이〉요." 표를 끊고, 입장을 하고, 화장실을 다녀온 후 콜라와 팝콘을 사 들고 자리에 앉자 참으로 담담하게 〈지구괴수대전〉이 시작되었다.

평화로운 남해 해상. 갑자기 바닷속에서 괴수가 출현한다. 이유는 알 수 없다. 그것은 바닷속에 잠들어 있던 공룡의 후예일 수도 있고, 방사능 오염으로 거대화된 미지의 바다 생물일 수도 있다. 하여간에, 괴수가 출현한다면 하는 것이다. 그것은 하나의 약속, 괴수는 선박을 파괴하고 육지로 올라온다. 마침 그곳에는 국가의 중요한 동력 자원인 발전소가 있고, 괴수는 발전소를 파괴하기 시작한다. 전력의 공급이 끊어지고 순식간에 아수라장으로 변하는 한국. 즉각 군이 출동해 괴수를 막아보려 하지만 탱크와 전투기의 합동 공격에도 괴수는 꿈쩍하지 않는다. 괴수의 앞에는 오로지 파괴만이 있을 뿐이다. 이때 갑자기 서해와 동해에서도 괴수가 출현한다. 왜 그런지는 알 수 없지만, 그것도 하나의 약속. 괴수들은 불을 뿜고, 도시를 파괴하며 서울을 향해 모여든다. 그 와중에 괴수가 알을 깐다. 괴수의 알을 발견한 군은 즉각 전투기를 출격시켜 괴수의 알을 폭격한다. 한국연구소의 김 박사는 "안 돼, 그러면 안 돼!"라며 말리지만 결국 괴수의 알은 모두 파괴된다. 파괴된 자신의 알들을 보며 괴수는 눈물을 흘리고, 우워어어~ 복수의 집념이 가득한 괴성을 지르며 인간과 도시를 철저히 파괴하기 시작한다. 그리고… 그리고 잠깐 졸다가 화장실을 다녀오니 영화는 끝나 있었다. 작은 목소

무릎과 무릎 사이, 바이바이 슈퍼스타

리로 조성훈이 속삭였다.

"가자."

덕분에 겨우 막차를 탈 수 있었다. 버스에는 단 한 명의 아줌마나 아저씨도, 단 한 마리의 괴수도 타고 있지 않았다. 〈지구괴수대전〉 때문에 분통을 터뜨렸던 나와는 달리, 의외로 조성훈은 기분이 좋아져 있었다. 조성훈은 끊임없이 실소를 터뜨렸고, 급기야는 배를 부여잡고 웃기 시작했다. 숨이 넘어갈 듯한 웃음이었다. 설사 이보희가 코앞에 앉아 있다 해도, 내 소중한 친구의 기분을 이토록 풀어주지는 못했으리라. 나는 아직도—괴수가 코앞에 서 있고, 본사에선 "빨리 대피하게, 빨리!"를 외치는데도 혼자 숙직실에 남아 "흑흑~ 사장님, 저는 최후의 순간까지 회사를 사수하겠습니다! 으악!" 하고 괴수에게 밟혀 죽은 공장장과, 제작비 절감을 위해—괴수의 알이 터진 장면을 실제 프라이팬 위의 계란프라이 클로즈업으로 깔끔하게 처리해준 그 영화의 감독에게 늘 감사하는 마음으로 살고 있다. 영화는, 그런 사람이 만들어야 한다.

가방을 건네주면서 만화방 주인이 내일도 오라는 만화 같은 소리를 했지만, 나는 귀담아듣지 않았다. 말도 안 되게 길고 긴 금요일이었다. 집에선 난리가 났겠지. 심야의 동네는 어둡고 한산했고, 이젠 집으로 돌아가는 일만이 남아 있었다. 증거를 없앤다는 생각에 무심코 티셔츠와 모자와 수건을 정류장의 쓰레기통에 버리려는데 조성훈이 정색을 했다. "뭐 하는 짓이야!" 요컨대 고별전의 티셔츠와 모자와 수건만큼은 평생을 간직해야 한다는 것이었다. 알을 폭파하려다 괴수에게 들킨 전투기 조종사의 심정으로, 나는 황급히 그것

131

들을 주워 담았다. 가방은 좀처럼 채워지지 않았다.

"바이바이."

집으로 들어서는 골목의 초입에서 우리는 헤어졌다. 늙은 가로등 불빛을 등진 채 그는 너클볼처럼 큰 낙차를 그리며 천천히 언덕 아래로 사라져갔다. 어딘지 모르게 쓸쓸한 뒷모습이었고, 어딘가 모르게 삼미 슈퍼스타즈를 닮은 뒷모습이었다. 조금이라도 유쾌한 기분을 유지하기 위해, 나는—아마도 오늘 밤, 놈은 〈티셔츠, 모자, 그리고 수건〉이라는 시를 쓰겠지, 라고 제멋대로 상상해버렸다. 그날따라 세상은 캄캄했고, 그날따라 아들이 등교를 하지 않은 우리 집만이, 세상에서 유일하게 환한 빛을 발하고 있었다.

대문은 열려 있었다. 문을 열었다. 현관도 열려 있었다. 문을 열었다. 학교에선 연락이 왔을 것이고, 어머니는 하루 종일 일이 손에 안 잡혔을 것이고, 눈치 빠른 여동생들은 약속이라도 한 듯 방에 틀어박혀 숙제를 했을 것이고, 아버지는 평소와 달리 일찍 귀가하셨을 테지. 물론이었다. 그리고 학교를 안 갔다는 그 집의 아들은—오히려 당당하고 한결 어른이 된 듯한 표정으로 현관을 들어섰겠지. 물론이었다.

거실에서 마주친 어머니에게 나는 깍듯이 인사를 올리고, 무어라 어머니가 말씀을 하시기도 전에 정중한 자세로 안방의 문을 두드렸다. "접니다 아버님." 아버지는 말없이 앉아 신문을 읽고 계셨다. 방 안에는 담배 연기가 자욱했다.

"알고 계시겠지만 오늘 학교를 안 갔습니다."

무릎을 꿇고 앉아 나는 그렇게 말문을 열었다. 파괴된 알을 확인한 괴수처럼, 돌아앉는 아버지의 눈에는 분노가 서려 있었다. 막아야 한다. 괴성을 지르기 전에 막아야 한다.

"죄송하지만 다른 건 묻지 말아 주십시오. 오늘, 제 인생에 대해 많은 생각을 했습니다."

끝까지 회사를 사수하겠다는 공장장의 표정으로 그런 얘기를 늘어놓자, 아버지의 표정이 약간은 주춤하는 것을 느낄 수 있었다.

"오늘 결심했습니다. 죽는 한이 있어도 반드시 좋은 대학에 가겠노라고."

한국연구소의 김 박사처럼 차분하고 냉정한 어조로, 그러나 힘이 실린 목소리로 나는 '좋은 대학'을 발음했다. 세상의 모든 빌딩을 파괴해도 좋은 대학의 건물만은 파괴하지 않는 특이한 성격의 괴수가 그 앞에서 멈칫했다.

"아버님, 부탁이 있습니다."

"뭐, 뭐냐."

"많이 힘드시겠지만… 그때까지만 저를 뒷바라지해주십시오."

쿵, 마침내 괴수가 그 거대한 몸을 땅에 뉘며 쓰러지는 소리가 들려왔다. 고개를 들진 않았지만―방 안의 공기는 평소와 달랐을 테고, 어머니는 기쁨의 눈물을 흘리셨을 테고, 건넌방의 여동생들은 간을 잔뜩 졸였을 테고, 아버지는 담배를 피우며 연신 눈시울을 붉히셨을 테지. 물론이었다. 그리고 죽어도 좋은 대학을 가기로 결심했다는 그 집의 아들은―터질 듯한 가방을 옆구리에 낀 채 유유히 자신의 방으로 들어갔을 테지. 물론이었다.

화목한 가정은 이처럼 구성원 개개인의 자그마한 노력에 의해 이루어진다.

방으로 돌아온 나는 제일 먼저 가방을 비우고, 문제의 티셔츠와 모자와 수건을 옷장 안에 쑤셔 넣고, 옷을 갈아입었다. 옷장이 미어터지는 기분이었지만, 터지거나 말거나 샤워를 하고, 이를 닦고, 어머니가 끓여주시는 꿀차를 마신 후 방으로 돌아왔다.

자정이 넘어 있었다. 이불을 펴고 FM을 켠 다음 나는 자리에 누웠다. 길고 긴 하루였다. 그 긴 하루를—내내 햇볕을 쬐며 보냈을 솜이불은 병아리의 앞가슴처럼 보송보송했고, 라디오에선 끊임없이 이지 리스닝 계의 음악이 흘러나오고 있었다. 이 정도의 여건이라면 불을 뿜던 괴수라도 잠들 수밖에 없다.

하지만 잠이 오지 않았다. 일어나 불을 켜니 시계는 새벽 2시를 가리키고 있었다. 나는 지칠 때까지 팔굽혀펴기를 하고, 아직도 북한의 실상을 낱낱이 공개하고 있는 라디오를 끈 후, 카세트테이프를 고르기 시작했다. 그렇지. 한밤의 경음악이 있었다. 나는 플레이 버튼을 누르고 불을 끈 후, 이제 중닭은 되었을 법한 이불의 품속으로 기어들어가 다시 눈을 감았다. 〈아드린느를 위한 발라드〉가 나를 위해 흘러나왔다.

아드린느는 곧 잠들었지만 나는 잠들지 않았다. 일어나 불을 켜니 시계는 새벽 3시를 가리키고 있었고, 테이프는 끝이 났고, 이불은 어느새 어엿한 암탉으로 성장해 있었다. 부화를 기다리는 알처럼 잠이 들었어야 마땅한 일인데, 이상하게도 이상하게도 프라이팬 위에 떨어진 계란만큼이나 잠이 오지 않았다. 나는 상념에 빠지기

무릎과 무릎 사이, 바이바이 슈퍼스타

시작했다. '왜 잠이 안 오는 거지?' 책상다리를 하고 앉아 이런저런 궁리를 하는 사이, 상념은 마치 병아리가 자라 암탉이 되듯 '왜 사는 거지?' 쪽으로 커나갔다.

이상한 일이었다. 아버지에게 말했던 그대로, 그날 새벽—나는 나 자신의 인생에 대해 실제로 많은 생각을 하게 되었다. 많은 날들을 살아왔지만, 나는 그날처럼 진지하게 자신의 인생에 대해 심사숙고해본 적이 없다. FM을 듣다 AM을 듣고, 인생에서 마지막으로 리처드 클레이더만을 들었던 16살의 여름밤이었다.

생각해보니, 내 인생은 과연 별 볼 일 없는 것이었다. 평범하고 평범한 가문의 외동아들이었고, 거의 이대로 평범하고 평범한 가문의 아버지가 될 확률이 높은 인생이었다. 타율로 치면 2할 2푼 7리 정도이고, 뚜렷한 안타를 친 적도, 그렇다고 모두의 기억에 남을 만한 홈런을 친 적도 없다. 발이 빠른 것도 아니다. 도루를 하거나 심판을 폭행해 퇴장을 당할 만큼의 배짱도 없다. 이대로 간다면… 맙소사, 이건 흡사 삼미 슈퍼스타즈가 아닌가.

그 사실이 나에게 큰 충격을 주었다. 당장 마당으로 달려가 눈에 흙이라도 뿌려야 마음이 진정될 것 같았으나, 흙을 뿌린다고 삼미가 삼성이 되지 않는다는 사실을 나는 누구보다 잘 알고 있었다. '휙' 갑자기 주위의 세계가 고요해졌고, 그 고요함 속에서—'착' 나는 다시금 돌아와 내 손에 잡히는 낯익은 부메랑의 질감을 확인할 수 있었다.

그것은, 이제는 세상에서 사라진 별 삼미 슈퍼스타즈였다.

그날 밤 나는 새로운 사실 한 가지를 알게 되었다. 그것은—그저 평범하다고 생각해온 내 인생이 알게 모르게 삼미 슈퍼스타즈와 흡사했던 것처럼, 삼미의 야구 역시 평범하다면 평범하다고 할 수 있는 야구였단 사실이다. 분명 연습도 할 만큼 했고, 안타도 칠 만큼 쳤다. 가끔 홈런도 치고, 삼진도 잡을 만큼 잡았던 야구였다. 즉 지지리도 못하는 야구라기보다는, 그저 평범한 야구를 했다는 쪽이 확실히 더 정확한 표현이다. 다시 말해

평범한 야구를 했던 삼미 슈퍼스타즈.

이 얼마나 적확한 표현이란 말인가. 그러나 거기서 파생하는 또 하나의 의문. 확실히 평범한 야구를 했는데도 불구하고, 왜 삼미는 그토록 수치스럽고 치욕적인 팀으로 모두의 기억 속에 남아 있는 걸까. 그것은 아마 기록과 순위의 문제 때문이겠지, 라고 나는 생각했으나, 곧 평범한 야구라면 최하위를 기록할 이유가 없다는 쪽으로 다시 생각의 흐름이 바뀌어갔다. 평범한 야구란 6개의 팀 중에서 3위나 4위를 달리는 팀의 야구를 일컫는 말일 테지. 그럼 왜?

결론은 프로였다.

평범한 야구팀 삼미의 가장 큰 실수는 프로의 세계에 뛰어든 것이었다. 고교야구나 아마야구에 있었더라면 아무 문제가 없었을 팀이 프로야구라는—실로 냉엄하고, 강자만이 살아남고, 끝까지 책임을 다해야 하고, 그래서 아름답다고 하며, 물론 정식 명칭은 '프로페셔널'인 세계에 무턱대고 발을 들여놓았던 것이다. 마찬가지로 한 인간이 평범한 인생을 산다면, 그것이 비록 더할 나위 없이 평범한 인생이라 해도 프로의 세계에서는 수치스럽고 치욕적인 삶이 될 것

이라 나는 생각했다.

 큰일이었다. 세상은 이미 프로였고, 프로의 꼴찌는 확실히 평범한 삶을 사는 것이었다. 예를 들어, 프로야구 원년의 종합 팀 순위로 그것을 표현하자면 다음과 같다.

 6위 삼미 슈퍼스타즈: 평범한 삶
 5위 롯데 자이언츠: 꽤 노력한 삶
 4위 해태 타이거즈: 무진장 노력한 삶
 3위 MBC 청룡: 눈코 뜰 새 없이 노력한 삶
 2위 삼성 라이온즈: 지랄에 가까울 정도로 노력한 삶
 1위 OB 베어스: 결국 허리가 부러져 못 일어날 만큼 노력한 삶

 아아, 실로 무서운 프로의 세계가 아닐 수 없다고 16살의 나는 생각했다. 그저 평범한 삶보다 조금 못하거나 더 떨어지는 삶은 몇 위를 기록할 것인가? 몇 위라니? 그것은 야구로 치자면 방출이고, 삶으로 치자면 철거나 죽음이다. 그런 삶은 순위에 낄 자리가 없다. 평범한 삶을 살아도 눈에 흙을 뿌려야 할 만큼 치욕을 당하는 것이 프로의 세계니까.

 찬찬히, 나는 다시 한 번 생각을 정리해보았다. 위의 순위는―그 래서 우리 모두에게 일종의 최면처럼 거대한 오해와 착시錯視를 유발한다. 위의 순위를 다시 성적순으로 나열해보자면―

 1위 OB 베어스

2위 삼성 라이온즈
3위 MBC 청룡
4위 해태 타이거즈
5위 롯데 자이언츠
6위 삼미 슈퍼스타즈

아무리 봐도 3위와 4위가 그럭저럭 평범한 삶처럼 보이고 6위는 변명의 여지가 없는 최하위의 삶처럼 보이는 것이다. 이것이 프로의 세계다. 평범하게 살면 치욕을 겪고, 꽤 노력을 해도 부끄럽긴 마찬가지고, 무진장, 눈코 뜰 새 없이 노력해봐야 할 만큼 한 거고, 지랄에 가까운 노력을 해야 '좀 하는데'라는 소리를 듣고, 결국 허리가 부러져 못 일어날 만큼의 노력을 해야 '잘하는데'라는 소리를 들을 수 있다. 꽤 이상한 일이긴 해도 원래 프로의 세계는 이런 것이라고 하니까.

결국 문제는 '평범'의 기준에 관한 것이다. 과연 어떤 것이 평범인가? 거기에 대한 논란이 일어나기도 전에, 1980년대의 세상은 3위 MBC 청룡과 4위 해태 타이거즈를 하나로 꽉 묶어주는 새로운 용어 하나로 만들어낸다.

중산층.
바로 중산층이다. 이 파워풀한 단어는, 그 후 세상을 바꿔나가는 중요한 에너지원으로 작용한다. 이 하나의 단어로 인해, 이제 확실히 도표의 3, 4위가 새로운 평범의 기준이 된 것이다. 무진장 노력하고, 눈코 뜰 새 없이 노력하는 결코 평범하지 않은 사람들이 ―

"남들 사는 만큼 사는 거죠."

"그저 평범하게 살고 있습니다."

"더 열심히 해야죠."

라고 말하는 이상한 세상이 온 것이다.

그날, 나는 태어나서 처음으로 '세상이 무섭다'는 생각을 했다. 어수선한 마음에 창문을 열어보니 확실히 세상의 공기가 달라진 것을 나는 느낄 수 있었다. 내가 사랑한 것은 프로야구에 뛰어든 아마추어 야구팀 삼미였고, 나는 이 프로의 세상에서 아마추어를 사랑한 죄로 멸시와 조롱을 받았던 것이다. 분명 누군가가 그해의 프로야구를 창조했고, 프로야구는 세상의 모든 것을 바꾸어놓았다. 열광하고 환호하는 사람들의 배후에서, 프로야구는 샌 안드레아스 단층을 파괴하고, 그것을 다시 재건했으며 빛보다 빠른 속도로 지구를 역행시켜 사람들로 하여금 그 변화를 눈치채지 못하도록 만들었다. 지금 저것은 내가 자라온 세상, 내가 알고 있던 샌 안드레아스 단층이 아니었다. 분명 세상은 그대로이나

아마추어는 이미 숨을 거두었다.

루이스의 죽음을 알아차린 슈퍼맨처럼 나는 가슴이 터질 듯 슬펐지만, 나에겐 저 세상을 역행시킬 만한 능력은 없었다. 나는 슈퍼맨이 아니었고, 렉스 루터와 같은 대악당도 되지 못했으며, 다른 무엇보다, 나는 아마추어였다. 즉

죽지 않은 게 다행이었던 것이다.

그날 밤 나는, 낡고 먼지 낀 내 방의 창문을 통해 ― 저 캄캄한 어

둠 속에 융기해 있는 새로운 3개의 지층을 볼 수 있었다. 그것은 부유층과 중산층, 그리고 서민층이라는 이름의 거대한 지층들이었고, 각자가 묻힌 지층 속에서 오늘도 화석처럼 잠들어 있을 수많은 사람들의 얼굴을 떠올릴 수 있었다. 나는 보았다. 꽤 노력도 하고, 평범하게 살면서도 수치와 치욕을 겪으며 서민층이 묻혀 있는 수많은 얼굴들을. 무진장, 혹은 눈코 뜰 새 없이 노력하면서도 그저 그런 인간으로 취급받으며 중산층에 파묻혀 있는 수많은 얼굴들을. 그리고 도무지 그 안부를 알 길이 없는—이 프로의 세계에서 방출되거나 철거되어—저 수십 km 아래의 현무암층이나 석회암층에 파묻혀 있을 수많은 얼굴들을, 나는 보았다.

세상의 지층은 그렇게 바뀌어 있었다. 그리고 이 지진을 느끼지 못한 채 오늘도 편안히 잠들어 있는 사람들이 그저 놀랍기만 했다. 다들 그만한 자신감이 있다는 것인가? 다들 벌써 그토록 자신만만한 프로가 되었다는 말인가? 그게 아니라면 이 무슨 똥배짱인가.

한 가지 알 수 없는 것은, 만약 그렇다면—부유층에는 지랄에 가까울 정도로 노력하거나 결국 허리가 부러져 못 일어날 만큼 노력한 얼굴들이 묻혀 있어야 할 터인데, 16살의 내 머리로도 왠지 그것은 아니라는 생각이 들었다. 도무지 알 수 없는 일이지만, 16살의 소년에게 세상은 한꺼번에 이해할 수 있을 만큼 단순한 것이 아니었다.

나는 다시 슈퍼스타즈를 생각했다. 그리고 삼미의 팬이었던 나의 유년과, 현재를 생각했다. OB와 삼성, 혹은 MBC나 해태의 팬이었던 또래의 소년들에 비해 확실히 나는 염세적인 소년이었고, 자신

무릎과 무릎 사이, 바이바이 슈퍼스타

감이 없었으며, 세상을 어둡게 바라보고 있었다. OB의 팬이 아니라면, 삼성의 회원이 아니라면, 아니 프로야구가 없었다면—그 소년들과 나의 차이점은 과연 무엇이었을까. 결국 문제는 내가 삼미 슈퍼스타즈 소속이었던 데서 출발한 것이라고, 16살의 나는 결론을 내렸다. 그랬다. 소속이 문제였다. 소속이 인간의 삶을 바꾼다.

건강한 신체에 건강한 정신을 담은 소년이 왜 전철 안에서 조롱을 받는가?

삼미 슈퍼스타즈의 잠바를 입고 있기 때문이다.

아버지는 고등학교 동창인 조 부장에게 왜 굽실거려야 하는가.

삼류 대학을 나왔기 때문이다.

삼촌이 사는 남동구는 왜 개발이 되지 않는가?

소속구의 국회의원이 여당 소속이 아니기 때문이다.

소속이 인간의 삶을 바꾼다.

소속이 인간이 거주할 지층을 바꾸는 것이다.

어느새 날이 밝아오고 있었다. 이상한 일이었다. 삼미의 고별전을 보고, 자장면을 먹고, 〈무릎과 무릎 사이〉를 볼 뻔했다가 〈지구괴수대전〉을 보고, 돌아와 아버지에게 뻥을 치고, 샤워를 하고, 꿀물을 마시고, 대북 방송을 듣고, 밤을 새우고, 그러고는 다시 아버지에게 뻥을 친 그대로 '죽는 한이 있어도 좋은 대학에 가야겠다'는 굳은 결심을 하던 아침이었다.

인생은 참으로 이상한 것이다.

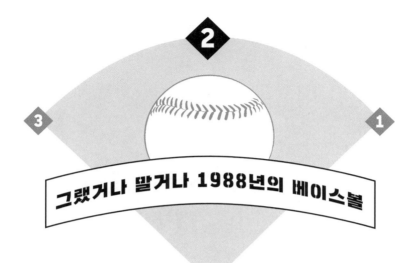

그랬거나 말거나 1988년의 베이스볼

초췌했던 그날과는 달리,
그녀는 생기 넘치는 얼굴로 약속 장소에 나와 있었다.
분명 그날은 계모가 준 독사과를 먹었음이 틀림없는 것이다.
활달한 그녀의 표정은 사과처럼 싱싱하고 아름다웠고,
나는 사과의 주변을 맴도는 파리처럼 몸 둘 바를 몰라 했다.

나도야 간다

성적은 나날이 향상되었다. 여전히 무슨 똥배짱인지 모를 친구들이 빨간 옷에 청바지 입고 산에 갈 생각을 하는 방학이 왔어도, 나는 도서관에서 엉덩이에 땀띠가 돋도록 공부에 공부를 거듭했다. 간혹 주위로부터 미쳤다는 소리가 들려왔으나, 그러거나 말거나.

그해의 여름을 기억하는 일은 체스판의 흑과 백을 구분하는 일만큼이나 선명하고 간편하다. 실제로 나는 공부를 하거나 쉬거나 둘 중의 한 가지만 했으니까. 가끔 힘이 들 때면, 수돗가의 미지근한 물에 얼굴을 적시며 삼미 슈퍼스타즈를 생각하고는 했다. 그게 다다.

학교 뒤편에는 작은 산길이 하나 있었다. 너무 무더운 날엔 그곳에서 머리를 식히곤 했다. 운동화 속의 발에 비해, 머리는 참 빨리도 식었다. 그럴 때면 머릿속의 단어나 공식들이 마치 냉장실의 생선처럼 신선하게 유지되었다. 16살의 머리에는 그런 기능이 있었다.

학교 공부는 의외로 쉬웠다. 어느 정도의 선을 넘으면 국민교육헌장을 외우는 것과 본질적으로 큰 차이가 없었던 것이다. 어떨 때는 너무 많은 것들을 암기해 정말이지 머리가 꽉 찼다는 기분이 들기도 했다. 말이 나왔으니 말인데, 사실 그것은 인간이 할 짓이 아니다.

하루는 공부를 마치고 돌아오던 길에 서편으로 펼쳐진 아름다운 밤하늘을 보았다. 문득 여름밤의 별들은 필요 이상으로 한가한 삶을 사는 듯했고, 거기 비해 나는 필요 이상으로 바쁜 삶을 사는 듯했다. 어쩌면 나는 필요 이상으로 많이 변한 게 아닐까.

일요일 아침에 조성훈이 집으로 찾아왔다. 도대체 뭘 하고 지내냐는 것이었다. 들리는 말로는 공부를 한다던데? 들리는 그대로 공부를 한다고 하자 어이가 없다는 듯 큰 소리로 말했다. "못하는 편도 아니었잖아?" 그랬다. 확실히, 못하는 편도 아니었다.

방학이 끝나자 여기저기서 지난여름의 '낭만'들이 쏟아져 나왔다. 대개 무대는 바다였고, 여고생의 입술과 가슴이 라스트를 장식하는 내용이었다. 불쌍했다. 놈들의 낭만은 별이 빛나지도 않는 밤에 〈별이 빛나는 밤에〉를 들으며 눈물의 엽서를 쓰는 것과 다름없다.

우연히 프로야구의 소식을 들었다. 극히 드물게, 주변에는 오로지 굴뚝같은 애향심 하나로 아직도 야구를 사랑하는 일군의 팬들이 남아 있었다. 삼미의 후신 청보 핀토스는 첫 경기에서 삼성의 허규옥, 장효조, 박승호에게 1이닝 3홈런을 맞았다고 한다. 신기록이었다.

가을이 되면서 내 이름은 학년 전체 석차의 1, 2위를 오르내리기 시작했다. 나를 대하는 아이들의 태도도, 나를 대하는 담임의, 선생

나도야 간다

들의, 학생주임의, 교무주임의, 교감의, 교장의, 매점 아저씨의, 소사의 태도도 완전히 달라져 있었다. 소속이 인간의 삶을 바꾼다.

또 조성훈이 찾아왔다. 영화 보러 가자! 좋지! 영화는 암울한 미래의 전쟁을 다룬 내용이었고 우리는 점심도 햄버거, 저녁도 햄버거를 먹은 후 헤어졌다. 집으로 돌아오자 왠지 하루를 헛되이 보냈다는 생각에 빵과 야채와 치즈 사이에 낀 햄처럼 마음이 답답해졌다.

아버지는 종합 영양제의 광고 모델이 되어도 좋을 만큼 활기찬 표정이 되었다. 이웃들은 "웬 복이 그리 많으냐?"고 입을 모았고, 우연히 길에서 마주치는—내 또래의 딸을 둔 이웃의 아줌마들은 이유 없이 나에게 선심을 베풀었다. 소속이 인간의 삶을 바꾼다.

청보 핀토스는 최하위를 질주했다. 100m 달리기에서 혼자 전력을 다해 뒤로 뛰는 선수처럼, 그 질주는 단연 돋보이는 것이었다. 무렵 나는 줄곧 전교 1등을 질주하고 있었다. 마라톤에서 혼자 100m 종목의 스피드를 내는 선수처럼, 그 질주는 단연 돋보이는 것이었다.

또 조성훈이 찾아왔다. 삼미의 그림자에서 벗어난 그는 조금은 쾌활해진 삶을 살고 있는 듯했다. 오전 내내 즐거운 시간을 보냈지만 점심을 먹고 나자 다시 마음이 불안해지기 시작했다. 결국, 친척집에 가야 한다고 그에게 거짓말을 했다. 소속이 인간의 삶을 바꾼다.

크리스마스가 왔다. 27명의 선수 중 11명의 선수가 방출되던 82년의 크리스마스처럼, 축복의 눈이 세상을 뒤덮은 화이트 크리스마스였다. 집에서 수학의 정석을 마스터하며, 나는 눈 속에 가려 보이지 않는 세상의 지층을 생각했다. 소년이여 야망을 가져라.

어머니가 맛이 희한한 라면을 끓이셨다. 청보 쌀라면. 단도직입적으로 말해, 도저히 못 먹을 맛이었다. 아버지의 결론은 '야구도 못 하는 놈들이 라면이라고 해서 잘 만들겠냐'였다. 어머니의 얼굴은 쌀라면과 함께 사 온 곱빼기 라면의 처분 문제로 근심이 가득했다.

겨울은 최고의 계절이었다. 당시 문교부의 교육이란 것은 인간보다는 곰이나 소를 위한 것이었기 때문에 그저 석 달 열흘 동굴에 앉아 마늘을 씹듯, 또 열 마지기의 논을 묵묵히 갈아엎듯―외우고, 외우고 또 외우면 되는 것이었다. 말 그대로, '하면 된다'.

곰과 소처럼 두 번의 겨울을 보내고 나니 나는 고3이 되어 있었다. 세상은―나의 소속이 완전히 바뀌었다는 것을 제외하고는 아무것도 달라지지 않았다. 그러나 그해의 봄엔 뭔가 새롭고 이상한 조짐들이 일어나기 시작했다. 그것은 난생처음 보는 거대한 시위였다.

화염병과 최루탄이 날아들고, 세상을 바꾸자는 구호가 카드 섹션의 물결처럼 빠르게 번져가고 있었다. 대학은 모두 폐교 직전이었고, 많은 젊은이들이 분신자살을 하거나, 끌려가거나, 실종되었다. 나의 머릿속에 다시 한 번 거대한 지진이 일어나던 봄이었다.

87년의 봄은 실로 뜨거웠다. 독재 정권의 총칼에 맞서 분연히 일어선―퇴적암층과 석회암층과 서민층과 중산층의 항거는 이 땅의 지층을 다시 갈아엎겠다는 듯 거센 물결로 굽이치고 있었다. 감동의 물결이었다. 나는 오랜만에 83년 삼미의 대반란을 생각해냈다.

모처럼 조성훈을 찾아갔다. 거의 1년 만의 일이었다. 나와는 달리, 그는 전혀 귀찮지 않다는 표정으로 나를 반갑게 맞이했다. 그가 끓여 온 라면을 먹으면서, 우리는 데모와 시위에 대한 얘기들로 열을 올렸다. 그의 책상에는 '체 게바라' '마르크스' 등이 꽂혀 있었다.

데모크라시는 민주주의의 꽃이지. 라면을 먹으며 그가 말했다. 데모가 없는 민주주의는 김치가 없는 라면과도 같은 것이야. 김치를 집으며 그가 말했다. 너도 혁명에 뛰어들 거냐? 국물을 마시며 내가 물었다. 아니. 젓가락을 놓으며 그가 답했다. 뭐야, 이 새끼.

여동생이 수상한 과자를 먹고 있기에 봉지를 빼앗았다. 청보 '새우야'. 말 그대로 '새우깡'에 도전한다는 청보의 야심작이었다. 하는 짓 하고는. 여동생은 절대 불량식품이 아니며 광고도 한다는 사실을 거듭 강조했다. 진짜? 정말이라니까. 칙치기 포카포카 새우야~

나는 무렵, 대학에 들어가면 저 거센 혁명의 물결 속에 반드시 뛰어들리라 다짐하고 있었다. 뭔가 어색한 문장이지만, 당시의 내 머리는 혁명도 '대학에 들어간 후'라는 별 희한한 사고 체계를 지니고 있었다. 아니, 알게 모르게 그런 기능이 장착되어 있었던 것이다.

나는 자주 세상이 뒤바뀌는 꿈을 꾸었다. 꿈속에서 '역시 대학에 들어간' 나는―화염병을 던지며 최루탄의 연기가 자욱한 거리를 뛰고 있었다. 한참을 쫓기다 결국엔 어떤 집으로 숨어드는데 거기엔 웬걸, 늘 조성훈이 앉아 있고 놈은 언제나 라면을 먹고 있었다.

그해의 6월, 결국 민주주의는 승리했다. 항복 선언처럼 여당의 대통령 후보가 '대통령 직선제'를 선포했고, 각 신문의 1면은 그날의 감동을 극찬하는 문구와 사진 들로 도배되었다. 나는 흥분했고, 속으로 만세 삼창을 외쳤고, 세상의 지층이 균열되는 소리를 들었다.

여름방학 내내 나는 조성훈의 방에서 빈대를 털었다. 그곳에서 나는 《자본론》과 《마르크스의 생애와 사상》 등 각종 금서들을 독파했고, 역시 '대학에 들어가면' 혁명가가 되겠다는 여전한 꿈을 꾸고 있었다. 적어도, 곰이나 소보다는 훨씬 가치 있는 삶이 아닐 수 없다.

도무지 '철학'은 종잡을 수 없는 것이었다. 나는 자주 '철학도 외우는 것이면 좋겠는데'라는 푸념을 했다. 내가 심각하게 《자본론》과 씨름하는 동안 조성훈은 늘 〈허슬러〉를 보거나 프라모델 조립에 열을 올렸다. 민중이 착취를 당하고 있는 이 순간에!

가을이 되면서 마치 낙엽이 떨어지듯 성적이 추락했다. 전교 5위권에서 10위권으로, 그리고 20위권으로. 아무 말씀 없이, 아버지는 어느 날 보약을 지어 오심으로써 자신의 입장을 대변했다. 나는 자본가들에게 착취당해온 아버지를 생각하며 속으로 눈물을 흘렸다.

어느 날 운동권의 리더들이 모두 일류대 소속이라는 사실을 알게 되었다. 혁명에 있어서도 소속이 중요했던 것이다. 꽤 복잡한 기분이 들었지만, 소속의 무서움을 누구보다 잘 아는 나는 다시 학업에 전념하기 시작했다. 혁명의 세계에도 지층은 존재하고 있었다!

다시 전교 1위가 되는 것은 시간문제였다. 철학에 비하자면, 암기란 얼마나 쉬운 것인가. 아버지는 다시 기뻐하실 것이고, 다시금 부엌에서는 어머니의 〈내 주를 가까이〉가 콧노래로 울려 퍼질 것이었다. 물론이었다. 그 집의 아들은 오늘도 보약 한 컵? 물론이었다.

2학기가 막바지에 치닫던 11월에 대통령 선거가 있었다. 선거 당일이 되자 나는 도무지 마음을 진정시킬 수 없었다. 6월의 그 뜨거운 항쟁이 오늘 비로소 그 결실을 맺게 되는 것이다. 나는 조성훈과 함께 2편의 영화를 보았고, 점심도 저녁도 햄버거를 먹고 헤어졌다.

그날의 선거에서 우리는 노태우 씨를 대통령으로 선출했다.

나도야 간다

부정이다! 개표 현황을 지켜본 나는 내일 아침이면 또 난리가 나겠구나, 라는 생각을 했다. 부정은 이내 밝혀질 것이고, 그날의 함성은 다시 세상을 뒤흔들겠지. 일이 이렇게 된 이상 어쩌면 올해의 대입도 취소되기가 쉬워. 혁명의 과도기야. 일찍 자자.

다음 날 아침. 그러나 세상은 조용했다. 음 혁명 세력도 아침은 먹어야지, 라고 나는 생각했다. 하지만 점심이 지나도 마찬가지. 음 어디가 아픈가, 라고 생각했지만 저녁이 되자 세상은 평화롭기까지! 옳거니, 폭풍 전야구나. 엄청난 규모의 혁명이다. 각오해!

그다음 날 아침. 역시 아무 일도 일어나지 않았다. 음 오늘도 아침은 먹어야지, 그러나 점심이 지나도 마찬가지. 저녁엔 어제보다 더한 평화가 찾아왔다. 죽었나? 기대했던 혁명은 그 후 십수 년이 지난 오늘까지 일어나지 않았다. 이미 유통기한을 넘긴 셈이다.

6월 항쟁의 '우리'와 대통령 선거일의 '우리'는 같은 '우리'인가? '우리'는 도대체 누구인가? '우리'란 무엇인가?라는 물음들을—나는 낡았지만 최근에 청소를 한 내 방의 창틀 너머로 계속해서 던져보았다. 어둠은 대답이 없었고, '우리'는 모두 잘 자고 있었다.

그건 야구와 같은 거야. 선거에 대해 조성훈은 그렇게 얘기했다. 여당이 돼야 나라가 안정되지. 동네의 반장은 그렇게 얘기했다. 경제가 흔들려선 안 돼. 아버지는 그렇게 얘기했다. 주변의 미물들은 그렇게 말한다 쳐도, 신문은—당선을 축하하며 화합과 안정을!

혁명의 주체가 되리라 생각했던 서민층과 중산층이, 실은 그 지층이 더욱 다져지길 원했다는 사실은—18살의 나로서는 감당키 힘든 충격이었다. 나는 다시는 혁명이란 거짓말을 믿지 않기로 했고 다시는 '우리'를 믿지 않기로 했다. 조성훈이 라면을 끓여왔다.

얼마 후 대입을 치렀다. 예상했던 대로 극히 우수한 성적이 나왔다. 또 예상과는 달리 조성훈도 높은 점수를 받았다. 그 결과에 내가 놀라워하자 놈은 오히려 놀랍다는 듯 "못하는 편은 아니었잖아?"라며 반문했다. 그랬다. 확실히, 못하는 편은 아니었다.

원서를 썼다. 생각보다 갈 만한 학과는 그리 많지 않았다. 이상한 일이지만 우수한 성적에게도, 평범한 성적에게도, 저조한 성적에게도 그것은 마찬가지였다. 인생의 진로는 불과 일주일 사이에 결정났고, 사지선다형의 교육은 사지선다형의 진로만을 펼쳐놓았다.

원서를 쓰면서, 나는 교육의 목표 역시 '소속'을 가리는 데 있었다는 중요한 비밀을 알게 되었다. 똥배짱이 아닌 이상은, 타고난 저마다의 소질을 개발했다간 큰일이 나는 것이다. 눈치를 깠다면 당연히 저마다의 '소속'부터 개발해야 한다. 참, 계발啓發이었지!

괴발개발 원서를 써서 나는 일류대 경영학과를, 조성훈은 철학과를 각기 지망했다. 둘 다 합격이었다. 신은 그런 식으로 이 우주의 불쌍한 것들―삼미 슈퍼스타즈의 어린이 회원이었던 우리의 유년을 보상해주었다. 물론 신이 공평하다는 얘기는 절대 아니다.

그해 2월, 나는 고등학교를 졸업했다. 한국에서 올림픽이 개최되던 1988년의 일이었다.

나도야 간다

별빛이 흐르는
다리를 건너

　일류대를 졸업한 사람들의 소속감은 일반인들의 상상을 훨씬 상회한다. 아마 마음 같아선 이마 한복판에 '일류대'라는 문신이라도 파고 싶을 것이다. 문신의 글씨체는 '신명조' 내지는 '견고딕'. 글씨의 컬러는 블랙이다. 왜 그런지에 대해선 뭐라 논리적인 답변을 못 하겠다. 아무튼 그런 느낌. 간혹 그런 노골적인 표현보다는 보다 완화된 'I대'와 같은 단어를 선택하는 부류도 있을 것이다. 정도의 차이는 있겠지만 마인드는 같다. 물론 I대라고 한다면 '일'로 시작하는 타 학교들과 혼동의 소지가 있겠지만 그런 걱정은 접어두시길. 왜냐하면 자신의 학교를 제외한 타 학교들은 모두 'i대'라고 새겨야 하기 때문이다. 농담 같겠지만 농담이 아니다. 그러나 실제로 그들을 붙잡고 물어본다면, 백이면 백 모두 농담이라고 대답할 것이다. 나는 지금 물고문을 가하고, 인두로 지져야 겨우 실토할까 말까 한 일류대 출신의 내심內心을 실토하는 것이다.

좋게 말하자면 프라이드가 강하단 얘기인데 나쁘게 말하자면 겸손할 수 없다는 말이다. 이들은 결코 진심으로 '한 수 배우겠습니다'라든지 '제가 많이 부족합니다'와 같은 말을 하지 않는다. 물론 겉으로는 습관처럼 내뱉으며 살겠지만, 물고문을 가하고 인두로 지진다면 사실은 그게 아니었음을 분명 자백받을 수 있을 것이다. 물론 이해하기 힘들겠지만 명백한 사실이다. 이들은 인생에서 결코 겸손해야 할 필요가 없거나, 그럴 기회가 없었던 사람들이다. 사회적으로 보면 큰 병폐고, 한 인간으로서는 치명적인 결점이다.

내가 소속된 학교는 대충 그런 유형의 인간들이 모인 곳이었다.

입학식이 끝나자 여느 학교와 마찬가지로 각종 신입생을 위한 환영회와 행사 들로 학교는 북새통을 이루었다. 매일 수십 명의 사람들을 만나고, 그들과 어울려 술을 마셨다. 생활 자체가 어딜 가도 환영회이고, 어딜 가도 술이었던 것이다. 만약 내가 '건강한 신체에 건전한 정신'의 소유자였다면 보다 적극적인 만남을 가졌을 테지만 아쉽게도 나는 그러지 못했다. 상견례를 가지면 가질수록 나는 점점 외로웠고, 그 정체불명의 이질감을 끝끝내 견디기가 힘들었다. 처음엔 대학이라는 세계가 낯설어서 그러려니 했는데 3월이 끝나갈 무렵에야 겨우 그 이유를 알게 되었다. 원인은

삼미 슈퍼스타즈였다.

이곳에서 나는 '최하위'의 심리적 문신을 지닌 거의 유일한 인간이었다. 모두가 이마에 '일류대'의 문신을 새기며 즐거워하고 있을 때 나의 이마에는 이미 '삼미'라는 두 글자가 '궁서체' 내지는 '양재

튼튼체'의 서체로 새겨져 있었던 것이다. 글씨의 컬러는 빨강, 아무튼 그런 느낌. 뭐랄까 이역 천리의 이민사무국에서 자신의 본적本籍을 확인하는 기분으로, 나는 하루하루를 살고 있었다. 코리아타운은 저기예요. 아, 그렇습니까? 네, 이곳은 비벌리힐스구요. 아, 그렇군요. 감사합니다. 유 어 웰컴.

같은 일류대 안에서도 세상의 지층은 존재했다. 시골의 소박한 고등학교를 졸업한 신입생과 '경기고' '서울고'를 졸업한 신입생의 지층은 확실히 다른 것이었다. 세분화한다면 무려 3976가지의 항목으로 그 유형을 나눌 수도 있겠지만 건강을 고려해 생략하기로 하겠다. 아무튼 그런 이유로, 나는 꽃이 피고 새가 울던 그해의 봄날 다시 한 번 삼미 슈퍼스타즈를 떠올리게 되었다. 반짝반짝 작은 별 아름답게 비치네. 동쪽 하늘에서도 서쪽 하늘에서도, 상견례의 술자리가 끝난 밤이면 늘 반짝이는 작은 별들을 볼 수 있었던 그 무렵, 나는 매일 인천의 집과 서울의 캠퍼스를 전철로 오고 갔다. 돌이켜보면 그것은 지구와 크립톤 행성을 오가는 길고 긴 여행이었다. 분명 집이라는 이름의 지구에서 나는 슈퍼맨이었지만, 일류대라는 이름의 행성에서는 지구인이었다. 다행히 학교의 정문 앞에 엄청난 수의 공중전화 부스가 즐비해 있어, 변신에 큰 어려움은 없었다.

결국 나는 서울의 명문보다는 시골의 소박한 고등학교를 졸업한 동기들과 자연스레 어울리게 되었다. 이들은 '촌티' '사투리'라는 또 다른 이름의 삼미 슈퍼스타즈를 나름대로 간직하고 있었기 때문이다. 특이한 것은 이들 역시 삼미의 어린이 회원들과 똑같은 반응을 보였다는 점인데, 바로 그 점에서 나는 이루 말할 수 없는 동질감을 느꼈다. 즉 삼미가 연패의 금자탑을 쌓아갈 무렵―나는 크게 두 부류의 성향으로 나뉘는 아이들의 반응을 엿볼 수 있었는데, 그것은 다음과 같다. 예컨대 20 : 1의 스코어로 팀 최다 실점 패의 기록을 수립하던 82년 삼성과의 경기 때이다.

① 히든카드형: 주로 내성적인 성격의 소유자들로 이루어진 이 부류의 특징은 일단 자신을 감춘다는 것이다. 5 : 0 정도의 점수 차에서는 그래도 일말의 희망을 가지고 응원을 계속하지만 10 : 0 정도로 벌어지면 수치심에 얼굴이 붉어지며 모자와 잠바를 벗는다. 그리고 말없이 한 줄기 눈물을 흘리며 모자와 잠바를 똘똘 말아 옆구리에 낀다. 집으로 돌아가는 길에서도 결코 모자를 쓰거나 잠바를 펼치지 않는다. 상처 입은 얼굴의 표정을 제외한다면 그 누구도 삼미의 어린이 회원임을 알아보지 못한다.

② 액면카드형: 주로 적극적인 성격의 소유자들이다. 이들은 어지간한 리드를 당할 때까지도 정말이지 목이 쉬도록 소리를 질러대며 삼미를 응원한다. 그러나 10 : 0, 15 : 0 정도의 허무맹랑한 스코어가 되면 완전히 자학적인 자세로 탈바꿈해버린다. 삼미 모자와 잠바를 입은 채 그물에 매달려 삼성 파이팅, 이만수 쳐라! 등의 구호를 외치며 상대팀을 응원하기 시작한다. 실제로 삼성이 안타나 홈런을 치면 그물을 흔들고 벽에 머리를 찧으며 만세를 외쳐댄다. 어이없는 행동이지만 사실 이들의 마음은 히든카드형에 비해 더 큰 상처를 받고 있다(내가 이 경우였다). 이들은 돌아가는 길에서도 결코 모자나 잠바를 벗지 않는다. 차

라리 조롱거리가 되어 그 상처를 어루만지는 스타일인 것이다.

시골 출신의 신입생들도 마찬가지였다. 이들은 가능한 한 자신의 촌티와 사투리를 숨기려는 스타일과, 자학을 하듯 그 오버액션을 연출하는 두 부류로 나뉘었다. 물론 더 큰 상처를 받는 쪽은 후자지만, 크립톤 행성의 인간들이 그런 사실을 알 리 만무했다. 행성인들은 술자리가 심심하다 싶으면 이들의 촌티와 사투리를 부추겼고, 이들은 이미 15:0이라는 심정으로 자학적인 희극과 코미디를 연출하곤 했다. '소속'의 슬픔이란 그런 것이다. 이른바 가장 우수하다는 평을 듣는 집단에서도 이 '소속'의 콤플렉스 앞에서 자유로운 인간은 없었던 것이다. 그래서 사실, 모든 인간은 평등하다. 사실 그래서, 인간은 절대 평등할 수 없다.

시골 출신의 친구들 중에는 간혹 특이하다 싶을 정도로 집이 가난한 부류가 있었다. 마치 현무암이나 석회암층에서 올라온 듯한 이들은, 살아 있는 화석처럼 세상의 영장류들과 동떨어진 삶을 살고 있었다. 이들의 '삼미'는 나의 그것과도 비교할 수 없을 만큼 어둡고 암울했으며, 훗날 자신의 성향에 따라 입신양명의 길을 걷는 부류와 학생운동의 불꽃으로 산화하는 두 가지 부류로 나뉘었다. 나로서는 양쪽 다 이해가 가는 삶이었다.

조성훈과는 종종 식당이나, 화장실 같은 곳에서 마주쳤다. 놈을 볼 때마다 나는 "어이~ 철학!"이라는 농을 건넸고, 또 놈이 "와이? 경영!" 따위의 농으로 응수했기 때문에—우리는 주위에서 '철학과 경영', 내지는 '경영철학'으로 불리게 되었다. 아닌 게 아니라 놈은 점점 철학적인 분위기를 더해가고 있었지만, 그에 비해 나의 '경영'은 방만하기 짝이 없었다. 정말이지 딱히 하고 싶은 일도, 열중할 만한 일도 없는 젊음이 진득한 늪처럼 눈앞에 고여 있었다. 매일 인천과 서울을 오가고, 양 떼처럼 몰려다니며 꾸벅꾸벅 강의를 듣고, 강의가 비는 시간이면 하릴없이 교내를 서성이고, 그러다 가끔 식당이나 화장실 같은 곳에서 조성훈과 마주치고… 할 말이 없으니 "어이~ 철학!" 하며 라면을 먹거나 소변을 갈기고 선 놈의 등짝이나 두들기고,

툭.

1학기가 정말 그런 식으로 지나갔다. 코앞에 쇠공을 떨어트린 투포환 선수의 심정이었다. 그러나 '1학기'가 빨리 지나갔을 뿐, 길고 무료한 하루하루의 시간은 여전히 늪처럼 고여 있었다. 이상한 일이었다. 영화를 보고, 낮잠을 자고, 바람을 쐬고, 친구를 만나고, 술을 마시고, 책을 읽고, 밤새 토론을 하고, 해장국을 먹어도 하릴없는 시간이 남아돌았다. 지역 예선에서 탈락한 투포환 선수처럼, 나는 급기야 허탈하고 불안해졌다.

"이렇게 살아도 되는 걸까?"

"왜?

"글쎄, 그냥."

"뭐 어때? 어차피 졸업장만 따면 되잖아."

철학을 전공했기 때문일까, 조성훈은 이 무렵부터 무언가를 꿰뚫는 듯한 말투로 종종 나를 놀라게 했다. 놈의 말을 듣고 보니 나는 과연 졸업장을 따기 위해 대학에 온 것이었고, 실제 일류대에 소속된 이상 앞으로의 인생에 큰 어려움이 없을 거란 생각을 마음 한구

석에 지니고 있었다. 즉 OB의 회원이라면―어떤 바보라도 야구장에서 남부럽잖은 행복을 느끼며 덩달아 우쭐할 수 있는 것과 비슷한 이치였다. 그랬다. 나는 이미 삼미의 잠바를 벗어 던졌고, 세상이 인정하는 우승팀의 잠바를 입고 있었다. 이제 남은 일은 회원 지정석에서 플래카드를 흔들며 우리 삼성이 어쩌니, 우리 OB가 어쩌니 하는 식으로 우승한 인생을 논하는 것이었다. 내가 원한 것은 바로 그 '소속감'이 아니었던가. 학문의 성취나 이상의 실현 따위는 생각조차 해본 적이 없다. 물론 대학 생활을 마라톤에 비유한다면 자신에 대한 도전과 끝없는 성취를 목적으로―42km가 넘는 길고 긴 거리를 혼신의 힘을 다해 질주하는 인간도 있겠지만

그런 인간은 그런 인간이고

나라면 쉬엄쉬엄 걷다가 놀다가 결국엔 '졸업'이라는 버스를 타고 결승점의 테이프를 끊어버리겠다, 이 말씀이다. 맨홀에 빠지는 일만 없다면 대학은 결국 그 버스를 제공해주기 마련이다. 나는 물론 후자의 길을 걷기로 결심했다. 내가 소속된 대학은 세월이 아무리 지나도 우승팀일 것이고, 나는 이미 영원한 우승팀의 회원이 되어 있었다. 말 그대로, 졸업만 하면 되는 것이다. 그랬다, 목표는 졸업.

올림픽의 열기로 달아올랐던 그해의 여름이 끝나고, 나는 다시 학교로 돌아왔다. 조성훈은 학기가 시작되면서 홀연히 자취를 감추었는데 나중에 알고 보니 입대를 한 것이었다. 참 성격도 이상한 놈이라는 서운한 생각이 들었지만, 훈련소를 나온 놈을 동네의 파전집에서 만나자 '쓸데없는 일로 주변에 폐를 끼치지 않는 바람직한 성격'이란 생각이 절로 들었다. 놈의 첫 대사가 "내가 6개월 방위라

는 사실을 적에게 알리지 마라"였기 때문이다. 그의 근무지는 바로 우리 동의 동사무소였다. 예비군 동대장은 일류대를 다니는 '고급 병력'이 우리 부대에 '투입'되었다며 그를 반겼다고 했다.

2학기가 시작되면서 나는 자취를 결심했다. 매일 크립톤과 지구 사이를 오가는 여행이 귀찮기도 했거니와, 이제는 집을 나와 내 맘 대로 살고 싶다는 생각이 강렬하게, 아주 강렬하게 들었기 때문이 다. 물론 집에는 '통학 시간 때문에 공부가 뒤처진다'는 기도 안 차 는 자초지종을 늘어놓았지만, 순진한 지구인들은 슈퍼맨의 말을 철 석같이 믿었다. 일요일 아침, 짐도 꾸릴 겸 내 방을 정리하던 어머니 가 "이건 어쩔 거냐?"라며 뭔가를 들고 나오셨다. 그것은 어린이 회 원의 증표, 인생에 반드시 필요했던 그 모든 것―바로 삼미 슈퍼스 타즈의 스포츠가방이었다. 무표정한 얼굴로 나는 대답했다.

"버리세요."

삼미 슈퍼스타즈의 마지막 유품은 그렇게 사라져갔다. 가방의 지 퍼는 터져 있었고, 그 속에는―두 개의 야구모자와 한 벌의 야구잠 바, 사인 볼과 컬러 스타 카드, 선캡, 티셔츠, 수건, 방수 돗자리 등 이 노예선 속의 흑인들처럼 마구 구겨진 채 들어 있었다. 아주 오래 전, 나는 인생에 꼭 필요했던 저 모든 것들을―노아의 방주에 동물 들을 옮기듯 조심스레 가방에 옮겨 담곤 했다. 말 그대로, 아주 오 래전의 일이었다.

학교 근처의 방은 1학기 때부터 자취를 해온 시골 출신의 친구가 구해주었다. 무엇보다 방세가 싸고, 좁지만 혼자 쓰는 독방이라는 점이 마음을 사로잡았다. 집 자체가 자취방을 목적으로 구조를 변경한 곳이었고 2개의 방을 칸막이로 쳐서 나눈 6개의 방과, 1개의 공동 세면장과, 세면장에 딸린 2칸의 화장실이 있는 평범하고도 알뜰살뜰한 공간이었다. 특이한 점은 집주인의 면접을 거쳐야 한다는 것이었다. 주인은 쉰을 넘긴 듯한 깡마른 인상의 아저씨였고, 한쪽 다리가 굵고 검은 테의 안경을 쓰고 있었다. 주인은 나의 학생증을 보자고 하더니 음 경영학과군… 이라는 뜻 모를 탄식과 함께, 이 집에서 세 명의 검사가 배출되었다는 말을 들려주었다. 아, 네… 라고밖에는 달리 할 말이 없었다. "데모는 안 하겠지?" 주인은 다시 근엄한 표정으로 그렇게 물어보더니, 데모를 하면 즉각 방을 비워야 한다는 경고와 함께 아직도 명절이 되면 세 명의 검사가 찾아와 큰절을 올린다는 말을 끝으로 입주를 허락해주었다. 그곳에는 도저히 검사가 될 것 같지 않은 한 명의 법대생과 데모에 열심인 6명의 학생들이 살고 있었다.

그곳의 생활은—차라리 칸막이를 헐고 널찍한 2개의 방을 쓰는 편이 낫겠다는 생각이 들 정도로 흠허물이 없는 것이었다. 오늘은 옆방의 법대생이 찾아와 술을 마시고, 내일은 2명이 함께 쓰는 큰방에 모여 다 함께 술을 마신다… 뭐, 그런 식이다. 물론 술을 마신다기보다는 정치적인 토론에 술을 곁들인다는 표현이 정확할 것이다. 당시엔 피를 토하며 혁명을 논하는 것이 대학생들 사이에서 크게 유행했는데, 물론 그곳도 예외는 아니었다. 그러니까 밤새 토론을 하고, 노선을 수정하고, 새벽이면 〈아침 이슬〉을 부르는—즉, 나로서는 좋지도 싫지도 않은 생활이었다. 어쨌거나 할 일이 없었기 때문이다.

간혹 그들의 열정을 보며 작년 여름에 가졌던 혁명가의 꿈이 되살아날 때도 있었지만, 그 생각은 그리 오래가지 않았다. 근본적으로 혁명을 꿈꾸는 사람은—필요 이상으로 순수하게 '우리'를 믿거나, 필요 이상으로 자신의 '소속'을 바꾸려는 야망—둘 중의 하나를 지녀야 한다고 당시의 나는 생각했기 때문이다. 나는 그 정도로 순수하지도 않았고, 그 정도로 포부가 크지도 않았다.

서울과 과천 사이에 '남태령재'라는 고개가 있다. 지금은 화려한 서울의 일부지만, 당시에는 천막과 무허가 주택들이 밀집해 있는 대표적인 철거민 주거지역이었다. 마침 그곳에서 강제 철거에 나선 정부와 거기 맞선 주민들의 투쟁이 한창이었는데 우연한 계기로 나는 그 현장에 가게 되었다. 자고 일어나니 유명해져 있더라는 어느 작가의 말처럼—말 그대로 자고 일어나니 투쟁의 현장에 서 있었던 것이다. 사실이 그랬다. 아침에 세수를 하는데 세면장에서 만난 두 칸 옆방의 정외과 선배가 투쟁 현장에 함께 가자는 것이었다. 요컨대 나의 세계관에 변화를 줄 계기가 될뿐더러, 분명 좋은 경험이 될 거라고 이를 닦으며 역설했다. 입에 허연 거품을 물고서 사람을 물고 늘어지는 데는 달리 빠져나갈 구멍이 없었다.

그곳은 세상의 끝이었다. 중년의 아줌마들과 환갑을 넘긴 할머니들이 전경과 백골단, 폭력배들과 포클레인에 맞서는 말도 안 되는 전쟁이 연일 되풀이되고 있었다. 대부분의 남자들이 끌려가거나 다치거나, 일을 나가야 했기 때문에 앞장을 선 것은 여자들이었다. 최루탄이 터지고, 여기저기서 고함과 욕설과 쇠파이프와 진압봉이 작렬했다. 누가 죽거나 불구가 되어도 하나 이상할 것이 없는, 말 그대로의 전장戰場이었다. 이미 상당수의 집들이 지붕이 날아가거나 벽이 허물어졌지만, 그 폐허에 내린 뿌리를 뽑히지 않으려 여자들은 칡넝쿨처럼 스크럼을 짜고 드러누웠다. 아닌 게 아니라, 공권력은 그녀들을 인간으로 대하지 않았다. 마치 잡초를 뽑듯, 잡초를 밟고 뭉개듯 압도적인 폭력을 행사했기 때문에, 나는 마치—

삼미 슈퍼스타즈의 경기를 지켜보는 기분이었다. 덕분에 나는, 이른바 선배가 얘기한 '투쟁'이란 것이 그리 낯설게 느껴지지 않았다. 자연스럽게, 피를 토하며 응원을 하던 옛 기억을 떠올리며 너무나 쉽게 그 대열에 합류할 수 있었던 것이다. 정말 대단했어! 야간의 토론회 때 선배는 박수를 치며 나를 추어올렸지만, 나는 왜 그것을 '응원'이라 하지 않고, '투쟁'이라 부르는지 도무지 알 수 없었다. 아마도 선배는—야구를 잘 모르거나, 야구장에 한 번도 간 적이 없는 인간이겠지, 라고 나는 생각했다. 플레이는 오로지 선수들의 몫이다. 물론 중요한 사항은 아니겠지만, 어쨌거나 말이다.

유달리 머리가 컸기 때문일까. 나흘째 되던 날 결국 나는 쇠파이프를 정통으로 맞고(면적 때문에 대충 내리쳐도 정통이 아닐 수 없을 것이다) 머리가 깨졌다. 자신의 몸에서 뿜어져 나온 그토록 많은 양의 피를 본 것은 그때가 처음이었다. 문득 정말 죽을지도 모른다는 생각과 함께, 원인을 알 수 없는 안도감이 수혈된 피처럼 물속을 퍼져 나갔다. 중요한 고비에서 데드볼을 맞은 8번 타자처럼, 주변의 부축을 받으며 나는 퇴각했다. 그러니까 기억나는 것은—할 만큼 했다는 생각, 그리고 눈앞에 떠올랐던 1루 베이스와 같은 그 무엇.

"미안하다."

수심이 가득한 얼굴로 선배는 나에게 귀가를 종용했다. 이유는 두 가지였다. 첫째는 내가 뚜렷한 세계관도 없는 단순 가담자인데 너무 큰 부상을 당했다는 것이고, 둘째는 아무리 머리가 커도 한 번 더 가격을 당하면 위험하단 것이었다. 그게 무슨 말인가, 고개를 갸웃할 뻔했지만 나는 즉시 고개를 끄덕였다. 즉시, 나는 짐을 쌌다.

프락치가 있을 거란 기우와는 달리, 버스 정류장엔 휴지통을 뒤지는 한 마리의 고양이와 한 대의 낡은 커피 자판기가 서 있을 뿐이었다. 동전을 넣고 밀크 커피의 버튼을 눌렀는데, 이럴 수가, 나온 것은 멀건 설탕물이었다. 전부 엉망이야. 자판기를 걷어차며 나는 중얼거렸다. 사라락. 뒷걸음질 쳐 사라지는 고양이의 관절에서 설탕이 물에 녹는 소리 같은 것이 들려왔다.

사라락, 그때 무언가 움직였다. 길 건너의 무너진 담 쪽이었는데—어둠 속에서, 어둠보다 더 어두운 2개의 검은 형체가 재빠르게 움직이는 모습이 보였다. '프락치다!'라는 생각이 물에 녹는 설탕처럼 머리 속에서 빠르게 용해되었다. 사라락, 나는 길을 건너 무너진 담의 외벽에 몸을 숨겼다. 놈들은 이상한 짓을 하고 있었다. 자세히 보니 한 명은 도화지 같은 걸 들고 있고, 다른 한 명은 끊임없이 스프레이 래커를 뿌려대고 있었다. 즉 홈이 파인 도화지를 벽에 대고, 그 위에 래커를 뿌린다—는 식이었다. 놈들은 폐허의 여기저기를 옮겨 다니며 같은 짓을 반복했고, 나는 작업이 끝난 가장 가까운 벽으로 몸을 숙여 이동했다. 입에서 단내가 나고, 눈앞에서 설탕의 결정 같은 작은 반짝이들이 수없이 명멸하며 머리를 어지럽혔다. 포클레인이 부숴놓은 폐허에는 다음과 같은 문구가 찍혀 있었다.

이삿짐센터: 5××-2424

리어카이사전문. 리어카염가대여.

아아, 곧 허물어질 것이 뻔한 그 벽의 가슴팍에 기대어, 나는 세상이 정말 무섭다는 생각을 했다. 팔에선 소름이 돋고 등은 땀으로 흥건해져 있었다. '우리'는 과연 누구인가, '우리'는 과연 무엇인가— 라는 1년 전의 물음이 환청처럼 귓가에 맴돌았고, 갑자기 참을 수 없을 만큼 거대한 잠의 물결이 밀려오기 시작했다. 결국, 나는 가까스로 길을 건너와 우주의 끝과 크립톤 행성 사이를 운항하는 마지막 버스에 지친 몸을 실었다. 버스는

별빛이 흐르는 다리를 건너, 나를 행성의 어귀에 내려놓았다. 머리의 붕대를 푼 것은 그로부터 2주가 지났을 무렵이었다. 엑스레이의 결과도 좋았고, 크게 염려할 건 아니라는 의사의 소견도 함께 들을 수 있었다. 정외과의 선배도 방으로 돌아오고, 다시금 열띤 토론이 벌어지고, 여전히 투쟁의 노선이 확립되고, 그리고, 그리고 세상은 안녕했다.

"그 사람들 이사는 어떻게 했나요?"

"리어카를 빌렸지."

붕대를 풀고 제일 먼저 찾아간 곳은 그 이삿짐센터였다. 굳이 전화를 걸지 않아도 가게의 위치를 찾아내는 것은 간단한 일이었다. 국번으로 미루어 사당동이었고, 동네를 뒤져볼 필요도 없이 근처의 이삿짐센터가 밀집한 대로변에 그 가게는 위치해 있었다. 5××-2424. 예상했던 것보다 큰 규모의 센터였다. 더운 날씨에 왜 거기를 굳이 갔는지는 지금 생각해도 알 수 없지만, 아무튼 나는 가게의 내부를 기웃거리다 문을 열고 안으로 들어섰다. 그곳에는 평생 이삿짐을 날랐

을 것 같은 인상의 주인과 이제 막 이삿짐을 나르기 시작한 인상의 젊은 직원이 함께 선풍기를 쐬고 있었다. 분명 그날 밤의 2인조였다. 어떻게 오셨나요? 점원이 물었다.

"여기 이사 잘하나요?"

"그럼요, 프롭니다 프로!"

그들은 프로였다.

가을은 그렇게 지나가고 있었다. 유달리 짧았던 그해의 가을은 마치 철거라도 당한 듯 눈 깜짝할 사이에 사라져버렸다. 나는 낙엽과 코스모스, 높고 공활한 하늘들을 싣고 묵묵히 어디론가 가고 있을 가을의 뒷모습을 생각하며, 아물어가는 머리의 상처를 어루만지곤 했다. 심심하다는 것을 제외하고는 아무런 하자가 없는 2학기였다. 리포트를 내라면 내고, 출석을 부르면 대답하고, 시험을 치라면 쳤다. 무렵 나는 이 크립톤 행성에서의 4년이 마치 철거를 당하듯 빨리 사라져주기만을 바랄 뿐이었다. 무엇보다 지구의 수십 배가 넘는 이 행성의 중력을 견디기도 힘들었거니와, 하릴없이 살고 있는 지금의 삶이 너무나 따분했기 때문이었다. 중력의 차이에서 오는 후유증 때문일까. 무렵의 나는 조금씩, 조금씩 썩어가고 있었다. 인간은 살아 있을 때부터 썩어간다. 그 증거로, 당시 나는 확실히 썩고 있는 2개의 사랑니를 가지고 있었다.

사랑니를 뽑고 나서 나는 특별한 이유 없이 방을 옮기기로 마음먹었다. 학교에서 한참 떨어진 홍대 근처의 한적한 동네였다. 방은 직접 발품을 팔아서 구했고, 무엇보다 목욕탕이 가깝고, 넓고도 혼

별빛이 흐르는 다리를 건너

자 쓰는 독방이라는 점이 마음을 사로잡았다. 집 전체가 하숙을 목적으로 구조를 변경한 곳이었고 5개의 방을 벽으로 막아 나눈 8개의 방과, 2개의 공동 세면장과, 각 세면장에 딸린 4칸의 화장실이 있는 넉넉하고 푸짐한 공간이었다. 집주인은 마흔을 갓 넘긴 호탕한 성격의 아저씨였고, 기본적으로 아무나 와서 살면 어때, 라는 태도를 견지하고 있었다. 내가 쓸 방을 보여주면서 주인은 바로 이 방에서 개그맨 김학래가 배출되었다는 말을 들려주었다. 하, 하… 라고밖에는 달리 할 말이 없었다. 명절이 되면 찾아오나요?라고 묻자 고개를 가로저었다. "기억이나 하겠어? 연예인이 얼마나 바쁜데." 나는 그 대답이 무엇보다 마음에 들었다. 그곳에는 도저히 개그맨이 될 것 같지 않은 한 명의 연기지망생과, 누구보다 연애에 열심인 5명의 남학생과, 크립톤 행성의 여자 우주인들과는 비교할 수 없는 외모의—2명의 여학생이 살고 있었다. 짐을 옮기기 전

별빛이 흐르는 다리를 건너, 나는 남태령재의 현장을 다시 한 번 찾았다. 이유는 알 수 없고, 물론 혼자였다. 이젠 아무도 없는, 아무도 없는 쓸쓸한 세상의 끝에서는—공사가 한창 진행 중이었다. 현무암층과 석회암층의 흙들을 밀어내며 거대한 중장비들이 중산층의 지층에서 날아온 새로운 성분의 흙들로 이 세상의 끝을 메우고 있었다. 차갑고 매서운 분진粉塵 속에서, 그날의 현장을 지켜보는 마음이—분진을 따라 분진을 따라 흩어지고 있었다. 단계적으로, 대규모의 아파트 단지가 들어설 예정이란 공고를 읽으며, 나는 예의 커피 자판기에 다시 한 번 동전을 넣었다. 아무 일 없이 안녕하게,

한 잔의 밀크 커피가 쏟아져 나왔다.

가을 잎 찬 바람에
흩어져 날리면

　　홍대 앞의 생활은 크립톤 행성과는 비교할 수 없을 정도로 즐겁고 유쾌한 것이었다. 아는 사람이 없어 늘 외톨이였지만, 그저 부근을 서성이고 혼자 자작을 해도 즐거울 따름이었다. 적어도 매일 밤─일어나지도 않을 혁명을 논하거나 가슴에 I 로고를 붙인 채 눈에서 초고열 광선을 쏴야 하는 크립톤 행성보다는, 이편이 훨씬 행복했던 것이다. 확실히 이곳은 음악과 기행과, 이화에 월백하는 풍류가 이곳저곳에 넘쳐나고 있었다. 또 바라만 봐도 마음속의 우루사*가 폭발하는 미인들이 아무렇지도 않게 거리를 활보하고 있었다. 아아, 음악과 풍류와 우루사와 미인도 없이─나는 도대체, 어떻

---

*　한국인의 자양 강장을 책임진다고 알려진 종합 영양제. 곰의 울부짖음이 늘 CF의 엔딩을 장식하는데 그 무렵엔 미인을 볼 때마다 늘 그런 울부짖음이 가슴속에 울려 퍼졌었다. 웅담이 아닌, 웅담 성분이 들어 있다.

　가을 잎 찬 바람에 흩어져 날리면

게, 지금까지 살아올 수 있었던 걸까.

얼마 후 나는 도저히 개그맨이 될 것 같지 않은 연기지망생의 소개로 부근의 카페에서 아르바이트를 하게 되었다. 테이블이 고작 4개인 그 카페는—더할 나위 없이 멋지고 더할 나위 없이 게으른—연기지망생의 선배가 운영하는 곳이었다. 어깨까지 내려오는 곱슬머리에 콧날이 오뚝한 미남자였고, 장사보다는—주로 여자인—친구와 후배 들을 불러 맘껏 놀고 마시기 위해 가게를 운영하고 있었다. 내가 하는 일은 주인이 술을 마시는 동안 '혹시' 손님이 오면 주문을 받고, 그렇지 않으면 '여전히' 주인 일행의 테이블에 술과 안주를 나르는 것이었다. 일은 대개 '여전히' 쪽이었다. 물론 가게가 후미진 골목 안에 위치한 것도 이유는 이유겠지만, 더 큰 이유는 세상의 손님들이 바보가 아니기 때문이었다.

주인도 나도 요리를 못했기 때문에 안주는 건어물 일색이었다. 1. 오징어 2. 쥐포 3. 대구포 4. 피넛—말 그대로, 한 방울의 물기도 스미지 않은 무미건조한 메뉴였다. 내가 알기론 군대에서도 이보다는 좋은 안주로 술을 마신다. 채광이 나쁜 실내는 언제나 어두웠고, 늘 벽이 무너질 정도로 쿵쿵대는 록 음악이 흘렀기 때문에 처음 한동안은 머리가 아파 견딜 수 없었다. 마치 필리핀에서 북상한 태풍의 가장자리에 들어와 있는 느낌이었다. 하지만 주인에게는 마닐라삼처럼 질긴 고막과 그 큰 소음 속에서 잘도 자신의 대화를 이끌어나가는 특수한 능력이 있었다. 도대체 어떤 말을 하는지 알 수 없었으나, 대부분의 여자들이 늘 솔깃해하거나 때론 황홀한 표정으로 그의 말을 경청하고는 했다. 도대체! 어떤 말을 하기에! 팬들의 표정이 무르

익어갈 때면 그는 심심찮게 나를 불러 꼭 이상한 질문을 했다.

"참, 너… 대마초 해본 적 있었다고 그랬던가?"

"아뇨."

"음… 그만 가봐." 그런 식이다. 이유는 알 수 없다. 아무튼 그런 식인 것이다. 머리가 컸기 때문인지 가게를 찾는 주인의 친구들은 나를 쉽게 기억했다. 며칠이 지나지 않아 다들 알은체를 했고, 일주일 후엔 함께 술을 마시자는 제의를 해오기도 했다. 마지못해 잔을 받거나 간헐적인 그들의 물음에 이런저런 대답을 하다가, 언제부터인지 아예 합석을 하게 되는 경우가 잦아지기 시작했다. 실제로 손님보다는 주인의 친구들이 훨씬 많은 그 가게에서, 나는 여태 만나지 못한 실로 다양한 유형의 인간들을 만날 수 있었다. 대부분이 연극을 하거나 화가거나 소설가거나 음악가이거나 영화배우거나 전위예술가이기보다는—그것을 지망하는 사람들이었고, 여자들은 뭘 한다 해도 좋을 미인들이었다.

개그맨 김학래를 배출한 방에서 살아서인지, 나는 이들과 어울리면서 내가 사람들을 심심찮게 웃길 수 있는 놀라운 재능의 소유자란 사실을 알게 되었다. 예컨대 이런 식이다.

"어떤 음악을 좋아해요?"

"두… 둘리스요."

"둘리스! 우하하하."

"도어스 좀 부탁해."

(그러면 일어나서 열려 있던 카페의 문을 닫고 돌아온다.)

"특이한 일자바지네? 메이커가 뭐예요?"

"핀토스입니다."

"피… 핀토스!"

"이해하라구 이해해, 이 친구 일류대 다닌단 말이야." 그러면 일류대? 하고 또 한바탕 웃음이 터져 나왔다. 확실히 그곳에는 둘리스 따위를 좋아하고, 도어스 정도를 모름과 동시에 일자형의 핀토스를 입고 있는—게다가 이 정도의 큰 두상을 지닌 인간이 나밖에 없었다. 하지만 둘리스나 핀토스는 그렇다 쳐도, 일류대를 다니는 것이 그토록 웃긴 일이란 사실을 나는 처음으로 알게 되었다. 왜 웃죠? 에 대한 답변은 대충

하여간에 너무하다

는, 것이었다. 즉 뭔가 이유를 꼬집기보다는, 하여간에 너무하다는 이유로 그들은 웃음을 터트리곤 했다. 얘기를 듣고 보니, 하여간에 너무하다는 것은—하여간에 너무한 거란 생각이 들기도 했다. 하여간에 나는 둘리스를 좋아하고, 도어스를 모르고, 일자바지의 핀토스를 입고, 일류대를 다닌다는 이유로 그들 사이에서 '최고의 괴짜' 가 되어버렸다. 어딜 가도 일류대는 최고였다.

종종 웃음거리가 되면서도 나는 그들과의 만남이 즐거웠다. 한결같이 특이한 성격들이었지만 근본적으로 낙천적이고 순수한 사람들이었다. 또 이들을 통해 내가 몰랐던 영화와 음악의 비밀들을 하나하나 깨우쳐가는 것도 당시의 내겐 커다란 즐거움이었다. 그해의 11월, 나는 고작 4개의 테이블이 전부인 그 작고 냄새나는 가게에서 레드 제플린과 도어스와 지미 헨드릭스와 재니스 조플린을 달달 외우고 있었다. 모두가 "저놈은 음악도 학구적으로 듣는다니까"라

며 어이없어했지만, 나로서는 '암기'를 제외하고는 달리 세상을 이해할 수 있는 코드가 없었다. 19살의 머리는 마음만 먹는다면 지구 전체를 통째로 외울 수도 있을 것 같았고, 신은 뛰어난 암기력을 위해 나에게 큰 머리를 주셨던 것이다.

아침이면 학교를 가고, 리포트를 내라면 내고, 출석을 부르면 대답을 하고, 시험을 치라면 치고, 다시 전철을 타고 강을 건너와 가게 문을 열고, 맘에 드는 음악을 틀고, 음악의 계보를 달달 외우고, 본 적도 없는 영화의 평을 이론적으로 차곡차곡 정리하고, 오징어와 쥐포와 대구포와 피넛의 재고량을 체크하고, 술을 팔고, 술을 마시고, 만취한 주인을 택시에 태우고, 대충 청소를 하고, 가게의 셔터를 내리고, 날짜가 되면 월급을 받는 나날이 계속되었다. 그리고 어느 날, 나는 가게가 위치한 정문 쪽에서 상수동의 하숙집으로 이어지는 극동방송국 쪽의 길 위에서—내 인생의 첫사랑과 대면하게 된다. 그 순간이 오기까지 전혀 예상치 못한 일이었고, 필요 이상으로 극적인 만남이었다. 나는 그날따라 길었던 술자리를 정리하고 새벽 3시쯤 가게의 셔터를 내린 후 레드 제플린의 '로큰롤'을 흥얼거리며 방으로 돌아가던 길이었고, 그녀는 극동방송국의 정문 옆에서 오줌을 누고 있는 중이었다.

오줌… 이었던 것이다.

마치 길 한복판에서 내장을 드러낸 채 앉아 있는 짐승을 대면한 느낌이었다. 쪼그린 채 엉덩이를 내린 그녀의 옆모습을 나는 언뜻 보았고, 주위는 고요했으며, 정체가 분명한 작은 물소리가 나를 얼어붙게 만들었다. 나의 존재를 느끼지 못했는지 그녀는 자신의 팔에 머리를 묻은 채 고장 난 시소처럼 몸을 끄덕였다. 물소리는 정말이지 오랫동안 이어졌고, 그녀의 다리 사이로 초미니 사이즈의 황하黃河가 도로 쪽을 향해 도도히 흘러가고 있었다. 그 도도한 강을, 나는 건널 수 없었다. 황하는 19살의 내가 건너기에는 너무나 크고 깊은 강이었고, 마침 나는 물에 젖으면 다리를 젓기조차 힘들 것 같은 일자형의 청바지를 입고 있었다. 그 순간 내가 할 수 있는 일은—그저 고개를 돌린 채 숨을 죽이고 서 있다 그녀가 일을 마치고 옷을 입으면 재빨리 마이클 잭슨의 문워크로 앞을 통과하는 수밖에 없다, 고 나는 생각했다. 이윽고 물소리가 멈췄다.

쿵.

그녀는 바지를 올리는 대신, 쪼그린 자세 그대로 옆으로 쓰러졌다. 망연자실, '로큰롤'을 부르던 로버트 플랜트가 마이크를 놓았고, 지미 페이지와 존 폴 존스가 연주를 멈추고, 오로지 존 본햄*만이 있는 힘을 다해 드럼을 두드리고 있었다. 두둥투 둥투 두둥투 둥투 두둥투두 엉겁결에 나는 그녀의 곁으로 뛰어갔다. 황하의 강바람에 실린—눈으로도 맡을 수 있을 정도의 지독한 술 냄새가 황사처럼 눈을 찔러왔다.

눈을 감으며, 나는 있는 힘을 다해 그녀의 팬티인지 바지인지 모를—아무튼 몸을 가릴 수 있는 하의를 통째로 잡아 끌어 올렸고, 이 또한 있는 힘을 다해 바지의 단추를 채우고 지퍼를 끌어 올렸다.

---

* 그룹 '레드 제플린'의 멤버들.

물론 옷을 올리며 손이 스쳤던 그 근처에 말로만 듣던 질과 클리토리스, 소음순 같은 것이 당연히 있을 거란 생각이 들었지만 그게 무슨 소용이란 말인가.

통나무만큼이나 무거운 그녀를 업고 겨우 가게에 들어온 것은 새벽 4시였다. 나는 소파를 붙여 그녀를 누인 다음, 맥주 한 병을 단숨에 비우고 담배를 물었다. 온몸에서 땀이 나고, 정신이 하나도 없었다. 통나무는 그 후 2번에 걸쳐 구토를 했고 그 뒤처리를 다 끝낸 새벽 6시가 되어서야 나는 비로소 잠들 수 있었다. 소파가 더는 없었기 때문에 남은 의자들을 벽의 반대편에 붙이고, 가스난로를 점화해 그녀가 누운 쪽으로 맞춘 다음, 딱딱한 의자 위에 등을 뉘었다. 뉘었다가, 너무 추웠기 때문에 다시 일어나 내가 누운 쪽으로 난로를 돌려놓았다. 돌려놓았다가, 의자의 등받이 사이로 가늘게 떨고 있는 그녀의 어깨를 보았기 때문에, 나는 다시 난로를 돌려놓았다. 스피커에선 도어스의 〈Light My Fire〉가 가늘게 점화되고 있었다. 나는 눈을 감았다.

눈을 떴다. 잠이 깬 것은 오전이 거의 지났을 무렵이었다. 도어스는 이미 해산한 지 오래였고, 가게 안은 문어형의 외계인들이라도 다녀간 듯 끈적끈적한 악취가 가득했다. 우선 창문을 열고 환기를 시킨 다음, 나는 밖으로 나왔다. 회전 기능이 없는 가스난로를 생각한다면 그야말로 햇살은 고맙고 고마운 360도 서라운드 입체 난방 시스템이었다. 나는 구호물자를 받는 보스니아의 난민처럼 저 고마운 태양에게 손이라도 흔들어주고 싶었지만—의자 위에서 자고 일어난 몸은 거의 로봇에 가까웠고, 몸의 여기저기 회로가 엉켜 어깨의 동력 연결선에 원자력이 제대로 공급되지 않았다. 원자력이야 공급되든 안 되든 아무 문제가 없었지만, 너무너무 배가 고팠다.

그녀는 계속 자고 있었다. 조금 걱정은 되었지만, 숨소리가 크고 규칙적이었기 때문에 일단 가게의 문을 잠근 후 근처의 식당에서 밥을 먹고 돌아왔다. 그녀는 여전히 자고 있었다. 우선 커피를 한 잔 끓여 마시고, 양치질과 세수를 한 다음, 제 발이 저린 도둑처럼 나는 청소를 시작했다. 제법 길고 꼼꼼한 청소였지만 청소가 끝날 때까지 그녀는 일어서지 않았다. 오후 3시였다. 이건 뭔가 문제가 있다—라는 생각이 불현듯 들기 시작했다. 나는 그녀의 곁에 앉아, 이마를 한번 짚어봐야겠다는 생각에 아무렇게나 얼굴을 덮고 있던 그녀의 긴 파마머리를 쓸어 넘겼다. 그러자

세상의 어떤 경영학 원론에도 수록되어 있지 않은 희고 아름다운 얼굴이 드러났다.

마음속의 일곱 난쟁이들이 일제히 발을 구르기 시작했다. 세상에는 술에 만취한 채 길에서 소변을 보고, 소변을 보다가 그대로 쓰러지고, 두 번의 구토를 하고, 어딘지도 모를 곳에 업혀 와 오후 3시가 넘도록 잠을 자는 백설공주가 있었던 것이다. 일곱 난쟁이들을 잘 타일러 방으로 들여보낸 후, 나는 크게 심호흡을 하고 그녀의 이마에 손을 짚었다. 세상의 어딘가에서 분명 폭설이 내리고 있었다. 그녀는 분명 흰 눈이 세상을 뒤덮던 날 크고 영롱한 눈을 깜박이며 태어났을 것이다. 흰 눈과 함께, 흰 눈처럼 희게.

이마에서 미열이 느껴졌다. 나는 가게의 가장 깨끗한 수건을 물에 적셔와 그녀의 희고 반듯한 이마 위에 조심스레 얹어주었다. 갑

자기 일곱 난쟁이 중의 한 명이 방을 뛰쳐나와 질, 클리토리스, 소음순 같은 단어를 벽에다 휘갈기며 돌아다녔지만 나는 놈을 현장에서 잡아 바로 살해해버렸다. 즉사였다. 이때 갑자기 그녀가 몸을 뒤척이며 괴로운 표정을 지었다. 속이 불편한 것 같았다. 그 찡그린 희고 아름다운 얼굴을 보자 나 역시 속이 불편해졌다. 문제의 어젯밤—그녀는 분명 계모가 깎아준 독사과를 먹었을 것이다.

계모가 있을지 없을지는 모르지만, 여하튼 그녀의 집에 연락을 해줘야 한다는 생각이 들었다. 어쨌거나 오후 3시가 넘은 것이다. 바람직한 일은 아니지만 나는 좋은 의도로 그녀의 가방인지 핸드백인지를—당시의 나로선 도무지 알 수 없었다—열어, 그녀의 연락처를 찾아보기로 했다. 그녀의 가방—편의상 그렇게 부르겠다—속에는 지갑, 두 권의 책과 노트, 작고 도톰한 수첩과 필기구, 또 용도를 알 수 없는 다양한 화장품들과, 용도를 모를 리 없는 3개의 콘돔이 들어 있었다.

맙소사.

나는 재빨리 가방을 닫아버렸다. 세상의 어딘가에서 폭우가 내리고 있었다. 그녀는 분명 폭우가 쏟아지는 날 누수가 심한 낡은 병원의 병실에서 태어났을 것이다. 의사는 아마 고무장갑과 고무장화를 신고 있었겠지. 콘돔을 본 난쟁이들은 모두 가출을 해버렸고, 마음속에는 좌심방 우심방 2개의 방을 벽으로 막아 나눈, 쓸쓸한 7개의 빈방만이 남아 있었다. 도무지 명절이 와도 그 누구도 찾아올 것 같지 않은 텅 빈 방이었다.

그때 그녀가 눈을 떴다. '희고 아름다운 얼굴'이 천천히 몸을 일으

가을 잎 찬 바람에 흩어져 날리면

켜 가게를 둘러보았고, 마침내 멍한 눈빛으로 나를 쳐다보았다. 마치 알에서 깨어난 어린 짐승이 세상을 둘러보는 듯한 표정이었고, 1978년산 포니의 헤드라이트처럼 정직하고 순수한 디자인의 크고 검은 눈동자였다. 그 눈을 보자 갑자기 말문이 막혔지만, 나는 지금의 그녀에게 뭔가 설명이 필요하다는 사실을 알 수 있었다. 차근차근 나는 어젯밤의 일을 설명해주었고—물론 소변에 관해서는 말하지 않았지만—몸이 어떠냐고 물어봐주었다. 그녀는 고개를 숙인 채 말없이 앉아 있더니 커피를 준비하는 나를 보며 이렇게 얘기했다.

고맙습니다.

나는 그녀에게 따뜻한 커피를 갖다 주었다. 그녀는 다시 한 번 고맙다는 말과 함께 혹시 담배를 한 대 얻을 수 있냐고 물었다. 나는 말없이 담배를 꺼내주었고, 그녀는 한 잔의 커피와 한 대의 담배 연기를 마신 후 자리에서 일어났다. "이 가게를 하시나요?" 그녀가 물었다. "여기서 아르바이트를 하고 있습니다." 내가 대답했다. "아, 네." 그녀는 가게를 나서기 전 다시 한 번 뒤를 돌아보며

정말 고맙습니다.

라고 얘기했다. 나는 갑자기 일자형의 청바지를 입고 있는 나 자신이 한없이 부끄러웠다. 왜 그랬는지에 대해선 알 수 없다. 인간의 마음은 청바지의 여러 가지 디자인만큼이나 복잡한 것이니까. 그리고 왠지 모르게 마음이 서운해져옴을 느낄 수 있었다. 그것은 일종의 후회였고, 후회였으며, 후회였다가

찬 바람에 흩어져 날리는 가을 잎처럼

그녀의 뒷모습이 멀어지는 거리의 곳곳을 온통 뒹굴며 굴러다녔다.

하늘과 땅 사이에
꽃비가 내리더니

저녁이 지났을 무렵에야 주인은 몇 장의 LP를 옆구리에 낀 채 모습을 나타냈다. 오오 서프라이즈. 윤이 번쩍이는 가게의 내부에 주인은 감탄을 금치 못하더니, 역시 사람은 일류대를 다녀야 한다는 둥, 이래서 사회는 일류대를 원하는 것이라는 둥, 별 희한한 말들을 주절주절 늘어놓았다. 그러고는 잠시 후 새 LP를 턴테이블에 걸고서는 별 희한한 춤을 추기 시작했다. 그 춤을 보고 있으니 누적된 피로가 한꺼번에 몰려오는 것 같았다. 무슨 춤입니까?

음, 〈그리스인 조르바〉에서 앤서니 퀸이 추는 춤이지.

나는 갑자기 그리스의 해변에 머리를 파묻고 영원히, 영원히 잠들고 싶었다. 피로가 면도 후에 끼얹은 스킨로션처럼 따갑고 강렬하게 두 눈을 찔러왔다. 꾸벅꾸벅 감기는 내 눈을 보았는지, 춤을 멈춘 그리스인 조르바가 "너 아파 보인다?"며 한국말로 물어왔다. "예,

몸이 좀." 그리스인 조르바가 자신의 차로 방에 데려다주겠다고 말했지만, 나는 극구 거부했다. 그편이 더 피곤할 것 같아서였다. 가게를 나온 나는 방으로 가기 위해 어제의 그 길을 다시 걸어 내려갔다. 도중에 또 오줌을 누고 있는 여자를 만나면 어쩌나 두려웠지만, 당연히 그런 여자가 있을 리 없었다. 그녀의 소변 자국도 남아 있지 않았다. 아마 증발했거나, 아니면 누군가가 물로 깨끗이 지웠을 것이다. 그것도 아니라면 내가 꿈을 꾼 것인지도 모른다. 확실히 서기 1988년에 담배를 피우고, 가방에 3개의 콘돔을 넣어 다니고, 더군다나 길에서 소변을 보는 여자를 만나기란―삼미가 10년 연속 우승을 할 확률만큼이나 희박한 것이었다. 더군다나 "고마워요"라거나 "어쩌지, 고마워서?"라고 하지 않고, 그녀는

　고맙습니다.

　정말 고맙습니다.

라고 말했던 것이다. 아무리 생각해도 그녀의 존재에는 현실성이 너무 결여되어 있었다. 어쨌거나 하숙집으로 돌아온 나는 두 공기의 저녁을 먹어치우고, 손과 발을 씻고 방으로 돌아와 두말없이 이불을 깔고 드러누웠다. 두말없이, 잠이 찾아왔다.

　나는 실제로 아팠다. 다음 날 간간이 눈을 뜨긴 했지만 몸을 꼼짝할 수 없었다. 머리에선 열이 나고 비 오듯 땀이 흘러내렸다. 주인아줌마가 쑤어준 죽은 몇 숟갈을 넘기지 못했고, 그리스의 해변에 머리를 파묻은 인간처럼 나는 잠 속으로 빠져들었다. 가게에는 도저히 개그맨이 될 것 같지 않은 연기지망생이 대신 전화를 걸어주었다. 굳이 전화를 바꿔달라고 해 염려 말고 푹 쉬라는 조르바에

게―나는 고맙습니다, 정말 고맙습니다, 라고 애써 인사를 했다.

다음 날은 일요일이었다. 밤새 비 오듯 많은 땀을 흘리고 난 나는, 언제 아팠냐는 듯 건강을 회복해 있었다. 눈을 뜨자마자 페니스가 한없이 발기해 있음을 알 수 있었고, 마음속에는 7명의 난쟁이들이 돌아와 부지런히 노래를 부르며 뛰어다니고 있었다. 볕이 눈부신 아침이었고, 나는 그녀를 생각하고 있었다.

일요일엔 카페의 영업이 2시부터 시작되었다. 나는 더없이 분주한 오전을 보내고(목욕을 하고, 머리를 깎고, 점퍼와 바지를 샀다) 새 바지를 입은 쾌활한 모습으로 카페에 등장했다. 불과 하루 만에, 가게는 예전의 지저분한 모습을 되찾아 있었다. 조르바는 나의 쾌유를 반가워했고, 함께 술을 마시던 그의 친구들은 나의 바지를 반가워했다.

"앗, 일자가 아니닷!"

나는 모두에게서 타락했다는 말을 들었고, 일류대가 왜 이러냐는 말을 들었고, 이럼 안 되지라는 말을 들었고, 오리지널이 좋았다는 말을 들었고, 일자바지가 그립다는 말을 들었고, 우리가 천연기념물을 멸종시켰다는 말을 들었고, 이제 핀토스는 누가 지키냐는 말을 들었고, 일자를 안 입으려거든 당장 가게를 관두라는 말을 들었고, 갑자기 매력이 사라졌다는 말을 들었고, 결국 어제의 결근은 오늘의 변신을 위한 음모였다는 말을 들었고, 끝으로 어제저녁 웬여자가 찾아왔었다는 말을 들었다. "네?"

"널 잘 모르는 것 같던데? 아무튼 이것저것 물어보길래 대충 대답은 해줬지. 굉장한 미인이던데 아는 애냐?"

하늘과 땅 사이에 꽃비가 내리더니

"아뇨."

갑자기 머릿속에서 로버트 플랜트와 지미 페이지와 존 폴 존스와 존 본햄이 일제히 '로큰롤'을 연주하기 시작했다. 나는 비행선을 탄 기분으로 화장실에 들어가 거울에 비친 내 모습을 보며 담배를 꺼내 물었다. 물론 일곱 난쟁이들도 함께였다. 공중을 둥실 떠가는 멋진 기분과는 달리, 거울에 비친 내 모습은 과연 어색한 것이었다. 분명 주인이 입은 것과 비슷한 디자인인데 내가 입으니까 전혀 그런 분위기가 나지 않았다. 거울 속에는 내가 생각했던 그리스인 조르바는 간데없고, 대신 그의 하인—조르바에게 하인이 있는지 없는지는 모르겠지만—인 산초가 서 있었다. 세상에는 아무리 노력해도 안 되는 일이 있다. 적어도 패션과 외모에 관한 한, 나는 김치사발면 속의 동결건조김치와도 같은 존재였다. 아무리 물을 붓고, 불려도 그것은 절대 진짜 김치가 되지 않는다.

카운터로 돌아와 안주의 재고량을 체크하고 있는데 전화벨이 울렸다. 음악이 시끄러워 목소리를 구분할 순 없었으나 분명 상대는 내 이름을 말하며 나를 바꿔달라고 했다. 나는 전화기를 들고 다시 화장실로 들어가 목소리의 주인을 확인했다. 이런 맙소사, 그녀였다. 그녀는 나에게 언제쯤 일이 끝나는지를 물었고, '만약' 괜찮다면 그때쯤 근처의 카페에서 나를 기다리겠다고 했다. 이런

맙소사.

끓는 물의 세례를 받는 동결건조김치처럼 나는 부풀어 올랐고, 끓는 물을 붓고 사발면이 익기를 기다리는 중학생처럼 가게가 마칠 시간을 초조하게 기다렸다. 뚜껑을 살짝—안 익었군, 살짝—안

익었군. 지금쯤이면—아직도! 이젠 정말—아직까지도! 살짝—익었다! 당연히, 결국은 익고야 마는 사발면처럼, 당연히 가게도 문을 닫았다. 지극히 당연한 일을 가지고도 인간이 이토록 기뻐할 수 있다는 사실에 내심 놀라며, 나는 그녀가 기다리고 있을 약속 장소로 있는 힘을 다해 뛰어갔다. 우르르. 물론 일곱 난쟁이들도 함께였다.

초췌했던 그날과는 달리, 그녀는 생기 넘치는 얼굴로 약속 장소에 나와 있었다. 분명 그날은 계모가 준 독사과를 먹었음이 틀림없는 것이다. 활달한 그녀의 표정은 사과처럼 싱싱하고 아름다웠고, 나는 사과의 주변을 맴도는 파리처럼 몸 둘 바를 몰라 했다. 마음 같아선 양손과 두 다리를 마구 비벼대고 싶었지만, 거미줄에 걸린 파리처럼 몸은 꼼짝하지 않았고, 그러면서도 마음은 파리를 잡은 거미처럼 흐뭇하고 흐뭇할 따름이었다. 파리가 거미를 잡건 거미가 파리를 잡건 다 좋은데, 할 말이 전혀 떠오르지 않았다. 19살의 나는—활달한 미인 앞에서 어떤 말을 해야 하는지에 대해, 무엇 하나 아는 게 없었다. 경영학 원론에는 왜 그런 것이 나와 있지 않는 걸까.

밤늦게 죄송해요.

아뇨 괜찮습니다. 용건은?

용건이라니. 무슨 놈의 용건이란 말이냐. 나는 자신의 혀를 뽑아버리고 싶은 충동을 느꼈지만 이미 엎질러진 '용건'이었다. 그녀는 문제의 '용건'에 약간의 타격을 받은 듯했으나 개의치 않고 이런저런 얘기들을 술술 해나갔다. 그녀는 19살의 바보 앞에서 어떤 말을 해야 하는지에 대해 누구보다 잘 알고 있는 듯했다.

죄송하지만 도무지 그날 밤 일은 기억할 수가 없어서요… 얼마나,

하늘과 땅 사이에 꽃비가 내리더니

어떤 실례를 했는지도 모르겠고, 생각해보면 너무 감사한 일이기도 해서. 아무튼 정식으로 감사를 드리고 싶었어요. 다시 한 번. 그리고 이건….

뭡니까.

작은 선물이에요.

그것은 한 장의 LP였다. 테이블을 건너오는 그녀의 손동작을 따라 민트 향과 비슷한 기분 좋은 향기가 이쪽으로 건너오고 있었다. 말없이 선물을 건네받는 내 손이 민트 나무의 잎사귀처럼 떨리고 있었다.

그게 제 용건이었어요… 바쁘신 것 같은데 그럼 이만 가볼게요.

아, 네.

아, 네라니. 무슨 놈의 아, 네란 말이냐. 나는 실제로 혀를 깨물며 자학했지만 이미 엎질러진 '아, 네'였다. 그녀는 문제의 '아, 네'에 또 한 번 타격을 받은 듯했으나 개의치 않고 자리를 일어섰다. 그녀는 19살의 바보에게는 어떤 말도 소용이 없다는 것을 누구보다 잘 알고 있는 듯했다. 나는 엉겁결에 그녀를 따라 일어섰고, 이런 맙소사 계산을 하는 그녀의 뒤에 우두커니 서 있다가, 저런 맙소사 먼저 카페를 나왔다. 입이나 댔을까 말까 한 커피를 두고 나온—바람이 찬 11월의 겨울밤이었다.

희미한 가로등 아래에서 나는 처음으로 그녀가 세련된 붉은 코트와 잘 어울리는 진과 부츠 차림이었다는 사실을 알 수 있었다. 붉은 코트는 활달한 표정의 그녀와 멋진 조화를 이뤄 그녀를 전혀 다른 사람처럼 보이게 했다. 3개의 콘돔이 들어 있던 예전의 그 가방만이 낯익은 모습으로 그녀의 왼쪽 어깨에 매달려 있었다. 우리는 카페로부터 10m쯤 떨어진 가로등 아래에서 인사를 나눴다.

그럼.

말 그대로 그럼, 이었다. 나는 필요 이상으로 허리를 굽혀 인사를 했고, 갑자기 입고 있던 어울리지 않는 디자인의 바지가 부끄러웠고, 아니 그보다는 그런 바지가 어울리지 않는 나 자신이 부끄러웠고, '용건'이나 '아, 네' 따위를 얘기하고, 필요 이상으로 허리를 굽혀 인사하는 나 자신이 부끄러웠다. 19살의 나는—우주의 온갖 부끄러운 물질들로 이루어진 '수수께끼의 혹성 X'와도 같은 것이었다. 어쨌거나,

혹성 X의 중력권에서 그녀는 점점 멀어지고 있었다. 대기권과 성층권을 지나, 그녀가 결국 우주의 가장 아름다운 물질들로 이루어진 이름 모를 혜성처럼 작아졌을 때, 나는 갑자기 그녀를 향해 달려가기 시작했다. 이유는 알 수 없었다. 단지 지금 내가 할 수 있는 일은 달리는 것뿐이란 생각이 들었고, 뭔가 '용건'이나 '아, 네'와는 다른 얘기를 그녀에게 해야만 한다는 생각이 들어서였다. 혜성의 길고 아름다운 꼬리를 밟으며 나는 점점 그녀에게 가까워졌다. "저기요!" 나의 손이 그녀의 어깨를 잡았다.

저기…

제가… 무슨 말을… 해야 할지… 몰라서…

아무튼…

전…

바쁘지도 않고…

정말입니다…

그녀는 무척 놀란 표정을 짓더니 잠시 후 허리를 굽히고 소리를 죽여 웃기 시작했다. 나는 숨이 차 더 이상 말을 잇지 못했고, 머릿속에선 혜성과 충돌한 혹성의 표면처럼 균열이 일고 있었다. 혹성 X가 완전히 자멸하기 직전, 그녀가 허리를 일으켰다. 눈앞에서, 우주의 가장 아름다운 물질들로 이루어진 혜성이 환한 얼굴로 웃고 있었다.

무슨 말인지 알겠어요.

저, 가끔 찾아가도 될까요?

제가… 그리고 싶어서 말씀드리는 거예요.

괜찮겠죠?

나는 고개를 끄덕였다. 혜성은 그 길고 아름다운 꼬리를 흔들며 다시 멀어져갔고, 나는 그 꼬리가 흩뿌리는—어떤 꽃잎과도 같은 것을 맞으며, 오래도록 그 자리에 서 있었다. 하늘과 땅 사이는 온통 그런 빗소리로 가득 차 있었다. 방으로 돌아온 것은 새벽 1시가 지났을 무렵이었다. 나는 필요 이상의 뜨거운 물로 샤워를 마친 후, 두 손이 완전히 마를 때를 기다려 그녀가 준 LP의 포장을 끌러보았다. 그것은 조지 윈스턴의 〈12월〉이었다.

1988년의 12월은 어딜 가더라도 조지 윈스턴의 〈12월〉을 들을 수 있던 시절이었다. 이유는 알 수 없다. 특히 앨범의 머릿곡이었던 〈Thanks giving〉은 그해에 내린 눈의 송이 수만큼이나 들려오고, 들려오고, 또 들려왔다고도 할 수 있다. 때문에 나로서는 그해에 내린 눈의 총량만큼이나 행복할 수 있었던 12월이었다. 그해의 12월

나는 여전히 아르바이트를 했고, 졸업에 문제가 없을 만큼 2학기의 기말고사를 치렀고, 기말고사가 끝난 다음 길고도 아름다웠던 그해의 겨울방학을 맞이하게 되었다. 방학이 시작되자 5개의 방을 벽으로 막아 나눈 8개의 방과, 2개의 공동 세면장과, 각 세면장에 딸린 4칸의 화장실은 텅 비어 있었다. 모두들 고향으로 내려간 것이다. 나는 남극의 빙판 위에 혼자 남은 펭귄처럼 그 넓고 풍족한 공간들을 오가며 세수를 하고, 볼일을 보고, 아침을 먹고, 신문을 보고, 낮잠을 잤다. 마냥 그렇게 지내는 것이 생활의 전부였지만, 인천의 지구인들에게는 겨울방학을 이용한 '토플'의 마스터를 잔류의 이유로 통보해두었다. 지구인들은 무리한 공부로 내가 건강을 해칠까 늘 염려했지만, 그럴 리가.

실제로 그럴 리가 없었다. 나는 남극의 빙판 위를 뒹굴며 책을 읽고, 책을 읽다 졸리면 잠을 자고, 오후가 되면 '꽥' 하고 일어나 세수를 한 다음, 연미복을 입는 마음으로 옷을 입고, 머리를 빗은 후 '꽥꽥' 방을 나서는 것이다. 그리고 거리를 오가는 바다표범들과 북극곰들을 무심코 지나쳐 이글루의 문을 열고, 가스의 밸브를 열어 불을 지핀 다음, 커피를 한 잔 마시고 마음에 드는 음악을 트는 것이다. 냉장고 속에는 올겨울 내내 먹어도 남을 오징어와 쥐포와 대구포와 피넛이 쌓여 있고, 저녁이 되면 목숨을 걸고 게으름의 바다를 건너온 그리스인 조르바와 맥주를 마시며 농담 따먹기를 한다. 그리고 실제로―

그녀는 나를 찾아왔다.

우리는 주로 조르바와 그의 친구들과 함께 가게에서 1차를 마셨고, 영업이 끝나면 단둘이 다른 술집을 찾아 새벽까지 술을 더 마시다 헤어지곤 했다. 때로 조르바가 따라오고 싶어 했지만, 나는 갖가지 이유를 핑계로 조르바를 뿌리쳤다. 그럴 때면 콧날이 오똑한 미남의 얼굴에서도 부러움과 아쉬움의 그림자가 짙게 드리워지는 것을, 나는 보았다. 좋은 기분이었다. 그녀가 찾아오는 밤이면, 하늘의 오리온도 평소보다 밝게 빛나며 나를 부러워했다.

나는 그녀가—나보다 2살 연상이며, 명문으로 알려진 여자대학을 '대충' 다닌다는 사실과, 매일 이런 식으로 술을 마신다는 사실과, 다른 무엇보다—변동 사항은 늘 있겠지만 그 무렵 3명의 애인과 7명의 섹스 파트너가 있다는 사실들을 알게 되었다. 당시로서는 천문학적 숫자가 아닐 수 없다고—나는 생각했다. 그녀는 그런 얘기들을 아무렇지도 않게 나에게 털어놓았고, 나는 '아무렇지 않을 수 있어야지'라는 표정으로 그녀의 얘기를 듣곤 했다.

애인들이 그 사실을 아나요?

몰라, 알면 또 어때. 도망밖에 더 가겠어?

음, 그 정도의 풍족한 숫자라면 그럴 수도 있겠군—하고 나는 생각했다. 의외로 나는 그 문제로 인해 큰 충격을 받거나 고민에 휩싸이지 않았다. 생각해보면 눈앞에서 소변을 보고, 가방 속에 3개의 콘돔을 넣어 다니는 여자가 3명의 애인과 7명의 섹스 파트너가 있다고 해서 크게 달라질 일도 없는 것이다. 카시오페이아가 5개의 별로 이루어진 것처럼, 단지 그녀는 3명의 애인과 7명의 섹스 파트너로 이루어진 것이다—라고 나는 생각했다.

그리고 나는 그녀를 사랑했다.

라고, 비틀즈의 노래 제목과 같은 배열의 완벽한 문장으로 나는 말할 수 있다. 그리고, 그녀도 그 사실을 알고 있었다. 단지 나는 그녀의 애인은 아니라는 생각이 들었고, 그녀의 섹스 파트너는 더더욱 아니었고, 종종 밤새도록 함께 술을 마시는 사이다—라고 짐작할 뿐이었다. 시간이 흐를수록 그녀가 찾아오는 횟수도 늘어나기 시작했다. 어느새 나에게도 그녀의 아름다움에 대한 면역력이 길러져—나 역시 이런저런 얘기들을 아무렇지도 않게 그녀에게 털어놓았고, 그녀는 '뭐야, 아무렇지도 않은 걸 가지고'라는 표정으로 나의 얘기를 듣곤 했다.

결국 우리는, 누가 먼저라고 할 것도 없이 서로의 비밀을 털어놓았다. 나는 그녀에게 그녀의 가방 속에 있던 3개의 콘돔에 대해 얘기했고, 그녀는 처음 날 봤을 때 자신보다 3살 정도는 연상인 줄 알았다고 얘기했다. 맙소사. 나는 나의 조로早老가 유전적인 이유가 아니라 사춘기의 충격에서 비롯된 것임을 설명해주었고, 삼미 슈퍼스타즈와 나의 역사를 비교적 객관적인 입장에서 차분한 어조로 얘기해주었다. 삼미의 얘기를 들으며 그녀는 정말이지 허리가 휘어질 정도로 웃음을 터트렸다. 눈물을 흘리며 그녀는 계속 그래서? 그래서?를 연발했고, 나는 아라비안나이트를 연재하는 기분으로 도무지 잊으려야 잊을 수 없는 당시의 기억들을 1024×768픽셀의 해상도로 하나하나 재현해주었다. 신은 뛰어난 '암기'를 위해 이 큰 머리를 주신 것이다.

그녀가 삼미의 이야기를 어찌나 좋아했던지, 능력이 된다면 삼미를 다시 부활시키고 싶다는 생각이 다 들 정도였다. 아무튼 그녀는

하늘과 땅 사이에 꽃비가 내리더니

나를 만나면 비교적 즐거워하는 것 같았고, 나는 그 사실에 대해 대단히 만족하고 있었다. 나는 가끔 그녀의 애인들과 섹스 파트너들에 대해 이런저런 걸 묻기도 했는데, 그녀의 대답은 한결같이 '별것 아냐'였다. 그러곤 잠시 쓸쓸한 웃음을 짓고 있다 갑자기 "너도 원한다면 언제든 같이 자줄 수 있어"라며 활달하게 웃었다. 깜짝이야.

그런 문제에 대해 그녀는 늘 필요 이상으로 장난기 섞인 반응을 보였다. 하루는 마포에 있는 자신의 오피스텔까지 걸어가고 싶다는 그녀를 배웅해주었는데, 팔짱을 끼고 있던 그녀가 "하고 싶어?" "하고 싶지?"라며 계속 장난을 쳤다. 아직 경험이 없어 잘 모른다고 하자 그녀는 정색을 하고 나를 쳐다보더니 오피스텔의 입구에서 "당장 하자"라며 내 팔을 잡아끌었다. 나는 웃으며 그녀를 오피스텔로 들여보냈고, 그녀는 "언제든 하고 싶으면 말해"라며 손을 흔들고 사라졌다. 마음속에서 7명의 난쟁이들이 아우성을 쳤지만 나는 왠지 이런 식으로 그녀의 몸을 더럽히고 싶지 않았다. 말로만 듣던 질과 클리토리스, 소음순만의 문제라면 3명의 애인과 7명의 섹스 파트너로 충분한 것이니까.

그 무렵 나는, 그녀가 나를 찾아오는 이유가 '상처'를 견디지 못해서라는 느낌을 강하게 받고 있었다. 그것이 어떤 이유의 어떤 상처인지는 몰라도, 아무튼 그 상처가 쓰릴 때마다 나를 찾아오는 것이라고 나름대로 결론을 내렸던 것이다. 내가 할 일은—그녀가 문을 걸어 잠그고 마음 놓고 울거나 마음 놓고 소변을 보거나 언제든 두 번의 구토를 할 수 있는 깨끗한 화장실이 되어주는 것. 비록 변기의 디자인과 인테리어가 촌스럽다 해도 결코 칸막이로 2개의 화장실

로 나눈다거나, 여러 사람이 공용으로 쓰는 것이 아닌, 넓고, 아무
도 없고, 언제나 깨끗한 그녀의 화장실.

　물론 조르바가 이런 사실을 알았다면 바보 같은 놈이라며 놀려
댈 게 분명했지만, 나는 그 길고 길었던 겨울방학 내내 그 바보짓을
되풀이하며 살고 있었다. 이상한 일이었다. 그토록 바보 같은 짓만
을 되풀이했을 뿐인데

　갑자기 세상은 3명의 애인과 7명의 섹스 파트너가 있는 만큼이나
넓어져 있었다.

비 맞은 태양도
목마른 저 달도

해를 넘겨 나는 스무 살이 되었다. 1월이 불과 2주 정도 지났을 뿐인데 그 2주 사이에―나는 주위로부터 '얼굴이 밝아졌다'는 말을 종종 들었다. 어느 날 거울을 보니, 19살 때에 비해 확실히 밝아진 커다란 얼굴이 어쩔 줄 모르는 웃음을 짓고 있었다. 별일이야. 어쩔 줄 몰라 하며, 나는 생각했다.

확실히 밝아진 얼굴로, 나는 그녀를 인천으로 데려갔다. 그럴듯한 다른 이유는 떠오르지 않고, 다만 그녀에게 바다를 보여주고 싶어서였다. 그럴듯한데? 인천으로 가는 버스의 좌석에서 그녀가 말했다. 소금 같은 잔설殘雪이 곱게도 흩뿌려지던―그래서 기억의 한편에서 영원히 부패하지 않을 것 같던, 일요일 오전이었다.

포구에는 그 낡고 작았던 횟집이 더 낡고 작아진 모습으로 여전히 문을 열고 있었다. 늙었지만, 역시나 인어 같은 주인아줌마를 따

라 우리는 방으로 들어갔다. "회는 뭐로 하실래요?" "도다리." 그녀
는 마치 최면에 걸린 사람처럼 도다리를 주문했고(이곳에서 다른 회
를 주문할 수 있는 사람은 우리 아버지 정도이다), 회가 준비되는 사이 나
는 전화를 걸어 조성훈을 불러냈다. 생각해보니 그를 본 지도 꽤 오
래였기 때문이다. 농담 삼아 부탁했을 뿐인데, 벌써 말년을 준비하고
있던 이 이등병은 실제로 삼미의 야구모자를 쓰고 횟집에 나타났다.
덕분에 그녀는 그의 얼굴을 보자마자 웃음을 터트렸고, 이등병은 이
등병대로 그녀의 아름다움에 놀라 어쩔 줄을 몰라 했다. 여전히 작
지만 방바닥이 따뜻하고, 창 너머로 바다가 보이는 그 집의 객실에
서―나와 도다리만이 냉정을 유지할 수 있었던 만남이었다.

　조성훈은 내가 알고 있는 것과는 또 다른 삼미 슈퍼스타즈의 전
설들을 간직하고 있었다. 같은 장소에서, 같은 시각에 겪은 똑같은
경험이 이토록 다른 형태의 기억으로 존재한다는 사실에 내심 놀랐
지만, 역시 눈물을 흘리며 즐거워하는 그녀의 얼굴을 보니 어쨌거
나 행복할 뿐이었다. 무릇 인내가 쓴 줄은 알았지만 그 열매가 이토
록 달 줄이야.

　그 외에도 조성훈은 정말 기도 안 차는 군대의 얘기들을 계속 늘
어놓음으로써 우리를 연거푸 웃게 만들었다. 4개월을 갓 넘긴 6개
월 방위의 경험이라고는 도저히 믿을 수 없는, 이거야 원 〈늙은 군인
의 노래〉가 아닌가 하는 생각이 들 정도로―그것은 엄청난 분량과
방대한 스펙터클의 대서사시였다. 〈늙은 군인의 노래〉는 추가로 시
킨 도다리가 다 떨어지고, 그 뼈로 끓인 매운탕이 사라지고 내가 화
장실을 두 번 다녀오고, 그녀가 화장실을 한 번 다녀오고, 결국 우

리가 자리를 일어서기 직전까지 계속되었다.

어찌나 군대 얘기를 많이 들었던지—횟집을 나오자 나는 예비군이 된 느낌이었고, 그녀의 표정도 왠지 국방부의 포스터에 등장하는 간호장교나 여군 하사를 닮아 있었다. 우리는 함께 인천역으로 가 서울로 가는 그녀를 배웅했다. 개찰구를 들어서는 그녀의 아름다움은 그날따라 '투철해' 보였으며, 아니나 다를까 조성훈은 그녀를 향해 국군의 날에나 볼 수 있을 법한 힘찬 거수경례를 날려 보냈다.

그녀의 '투철한' 아름다움이 역 안으로 사라지자 조성훈의 태도가 급변했다. 툭 툭. 갑자기 잽을 날리기 시작하더니 별안간 헤드록으로 내 머리를 감아왔고, 하여간에 잘못했다고 두 손으로 빌어도 놈은 헤드록을 풀지 않았다. 얼마나 시간이 지났을까, 나의 큰 머리가 놈의 이두박근에도 부담을 주었는지 겨우 헤드록을 풀어주며 놈이 말했다.

"죽이지 않은 걸 감사히 생각해."

많은 사람들이 그 광경을 지켜보고 있었으나 나서는 사람은 아무도 없었다. 아저씨와 아줌마 들은 웃고 있었고, 젊은 남자들은 '죽어도 싸다'는 표정을 짓고 있었다. 미인을 데리고 다니는 일은 때로 목숨을 담보로 한다는 걸 나는 처음으로 알게 되었다. 그리고 매일 그녀를 데리고 다닐 수 있다면—죽어도 좋다는 생각을, 했다.

역 근처의 호프에서 맥주로 입가심을 한 후, 나는 〈늙은 군인의 노래〉를 따라 그의 집으로 갔다. 특별한 이유는 없고, 그저 군인의 집이 일주일째 비어 있다는 게 이유라면 이유였다. 왜? 어머니가 병원에 계시거든. 어디가 편찮으신 거냐고 물어도 놈은 대답이 없었다. 군인은 역시 라면을 끓여주었고, 늘 해왔던 대로 밥통에 밥도 있어, 를 빠트리지 않았으며, 젠장 또 파를 넣었냐? 넌 왜 파를 싫어하지? 하여간에 넣지 말라니까, 로 여전히 툭탁거렸고, 그리고 우리는—콧구멍에 파라도 끼운 듯 잠이 오지 않아 그만 밤을 지새우게 되었다. 물론 시답지 않은 얘기들이 대화의 대부분을 이뤘지만, 스무 살은 원래 그런 얘기들로 밤을 지새우는 나이였다.

군인의 가장 큰 관심사는 역시 그녀에 관한 것이었다. 세상의 모든 민간인을 대표해 나는 별다른 반응을 보이지 않았고, 그저 '좋아하는 여자'라고만 답해주었다. 군인은 고개를 끄덕였다.

"착한 여자가 아니라면 삼미 슈퍼스타즈를 좋아할 리 없지."

이하동문이라고, 나는 생각했다. 군인은 다시 한 번 고개를 끄덕이더니, 아니나 다를까 일이 어디까지 진척되었냐고 물어왔다. 진도의 체크—그것은 사랑에서 진도를 빼면 남는 게 없다고 생각하는—스무 살 친구의 권리이자 의무이며 사명이었다. 이상한 일이지만, 누구나 스무 살 때엔 일의 진척에 사랑의 모든 것이 걸려 있다고 생각한다.

나는 담담하게 그저 팔짱을 끼거나 손을 잡을 뿐이라고 대답해주었다. 놈은 뭔가 아쉬운 표정을 짓더니 입김을 호호 불어 안경알을 닦으며—연대 본부의 고참 중엔 말이야… 좋아하는 여자를 힘 한번 안 들이고 쉽게 얻는 녀석이 있어. 진짜 무식한 놈인데… 아무튼 그쪽으론 실패가 없는 놈이래.

또 군대 얘기였다. 나는 이미 민방위대원이 다 된 느낌이었다.

놈의 수법은 한 가지야. 돈도 학벌도 필요 없고, 인물도 필요 없

비 맞은 태양도 목마른 저 달도

대. 그냥 어떻게든 단둘이 있게끔 상황을 만든 다음 여자가 마실 물에 몰래 돼지발정제를 탄다는 거야. 돼지발정제? 세상의 돼지들에겐 꽤나 미안한 일이지만—이상하게도 그 단어를 듣는 순간 웃음이 터져 나왔다. 압력밥솥의 추를 흔들며 새어 나온 김 같은 것이. 뜨겁게, 입술을 빠져나왔다.

한 컵의 물에 이 정도의 약을 몰래 타는 게 핵심이래. 물론 그걸 여자가 마시게 하는 거야. 물을 마신 여자는 정확히 5분 후부터 땀을 흘리기 시작한다는군. 또 얼굴이 붉어지고 숨소리가 거칠어진대. 그러면 딴청을 피우는 거야. 예를 들어 신문의 경제면 같은 곳을 펼쳐 들고 '거, 요즘 기간산업의 육성이 잘 이뤄지나 모르겠군' 같은 말을 하며 여자를 내버려둔다는 거야. 그럼 여자는 땀을 흘리며 어머, 내가 왜 이러지? 아아 몰라, 모른다구 하며 옷을 쥐어뜯는대. 그러다 결국엔 한숨을 쉬며 와락 남자를 껴안는다는 거야. 그럼 또 시치미를 떼는 거지. '어허 기간산업의 육성이 큰 문제네그려' 따위로 지껄이다가 모른 척 여자를 안아주면 끝이라는 거야. 그런데 이때 남자를 껴안는 여자는 많든 적든 경험이 있는 여자래. 경험이 없는 처녀들은 백이면 백 제자리에 누워, 그저 눈을 감은 채 한숨만 몰아쉰다는 거야. 도무지 어떻게 해야 할지를 모르는 것이니까. 하지만 그럴 때도 기간산업 운운하며 가슴만 살짝 만져주면 결과는 마찬가지래. 그걸로 끝. 어때?

아아, 나는 군대의 그 무엇이 한 사람의 철학도를 이렇게 만드는 것인지 궁금했다. 놈은 다 닦은 안경알을 형광등에 이리저리 비춰보더니 다시 진지한 자세로 안경을 고쳐 썼다.

흥미롭지 않아?

대답 대신 나는 놈을 빤히 바라보았다. 그리고 그 눈빛에 '이런 똥 같은 얘기를 듣느니 차라리 그 시간에 기간산업의 육성을 위해 뭐라도 하겠다'는 메시지를 실어 보냈다. 그런 메시지가 실려 있거나 말거나—놈은 여자의 몸에 볼일을 다 본 사람처럼 자리에 드러누워 담배를 피워 물었다. 어떤 물속처럼, 방은 흐리고 고요해졌고 뻥…뻥… 놈이 피워 올린 여러 개의 도넛이 그 고요한 수면 위에 작은 파문이 되어 번져가고 있었다.

사람들이 모두 돼지발정제를 마신 것 같아… 아니, 어쩌면 우리도 이미 마신 건지 몰라. 단지 아직 5분이 지나지 않았을 뿐이지. 신정新正 때 집에서 혈투가 벌어졌어. 유산이 문제였지. 할아버지가 물려준 임야가… 졸지에 개발 지역이 되었나 봐. 그게 화근이었어. 못 준다, 내놔라. 온갖 욕이 오가고 주먹질이 오갔지. 어머니가… 싸움을 말리다 쓰러지셨어… 막냇삼촌은 눈을 다치고… 결국 재판을 할 모양이야. 이해할 수 없는 건 우리나 삼촌이나 다들 먹고살 만한 집들이란 거야. 실은 남부럽잖은 집들이지… 난 말리지도 않았어. 다들 미쳤다고밖에는 설명이 안 되는 일이니까. 그 눈빛들은… 직접 보지 않고선 설명할 길이 없어… 없다구. 그런데 세상을 둘러보니 다들 그런 거야. 다들! 다들 돼지발정제를 마신 것처럼 땀을 흘리고 숨소리가 거칠어져 있어. 아무래도 놈들이 원하는 건 돈과의 교미가 아닌가 싶어. 이미 마신 이상은… 그 끝을 보지 않을 수 없는 거지. 어쩌면 우리가 대학을 간 것도 다 그걸 마셨기 때문이야. 지금은 느끼지 못해도 좀 더 시간이 흐르면 알게 되겠지. 여하튼 땀이…

비 맞은 태양도 목마른 저 달도

나고 숨소리가 거칠어질 테니까. 내가 왜 이러지? 난 결백해… 하며 똑같은 짓을 하게 될 거라구. 분명해. 그래, 분명 누군가가 우리에게 그걸 먹였어. 우리가 마셔온 물에, 우리가 먹어온 밥에, 우리가 읽는 책에, 우리가 받는 교육에, 우리가 보는 방송에, 우리가 열광하는 야구 경기에, 우리의 부모에게, 이웃에게, 나, 너, 우리, 대한민국에게… 놈은 차곡차곡 그 약을 타온 거야. 너도 명심해. 그 5분이 지나고 나면, 우리도 어떤 인간이 되어 있을지 몰라….

그런 일이 있었구나, 라고 나는 생각했다. 아니, 스무 살의 나는 무슨 말을 해야 할지 알 수 없었다. 문득 국민학교 때의 졸업식이 생각났고, 하나의 구단을 만들어도 될 것 같던 그의 친척들이 하나둘 머릿속에 떠올랐다. 그러자 그들이 싸운다, 싸우고, 또 싸울 거라는 생각이 마치 헤드록처럼 내 머리를 아프게 감싸왔다. 다른 이유가 아닌 돈 문제라면… 기브업이다. 어쩔 도리가 없다. 상념 속에서 손을 내젓는 사이 조성훈은 잠이 들었다. 기간산업의 육성은 내일로 미뤄둔 채, 나는 잠시 친구의 안위를 걱정해주었다. 그의 안경을 벗겨 책상 위에 올려놓고, 라면을 즐겨 먹는 앙상한 배 위에 풍성한 이불을 덮어주었다. 스르륵. 눈물의 흔적이 남아 있는 그의 얼굴이 비 맞은 태양처럼 베개의 서편으로 떨어졌다.

겨울, 밤이었다. 목마른 달처럼, 남아 있는 맥주를 전부 다 마셔도 잠은 오지 않았다. 시계 속에는 2시간가량의 겨울밤이 더 남아 있었고, 마음속엔—하릴없이 남아 있는 2시간의 겨울밤처럼, 뭔가 대책 없는 것들이 가득했다. 대책 없이, 텅 빈 맥주병처럼 공허한 머리로, 나는 그녀를 생각했다. 잘 갔을까?

잘 갔겠지. 어쩌면 그녀는 지금쯤 3명의 애인, 7명의 섹스 파트너들과 침대에 누워 있을지도 모른다. 겨울밤은… 길고 외로운 것이니까. 문득 3명의 애인, 7명의 섹스 파트너로부터 버림받은 사람처럼, 나는 외로워졌다. 잠을 자기는 틀렸다는 생각에 천천히, 책꽂이에 꽂힌 책들의 등을 하나하나 짚어보았다. 탁, 탁, 탁, 탁… 고지식하고 이기적인 인간들처럼, 책들은 저마다 등을 돌려 나를 외면하는 눈치였다. 외롭다니까. 벙…벙… 빈 맥주병을 불 때의 소리 같은 것이 머릿속 가득 울려 퍼졌다.

그러다 불현듯 나는 서랍을 뒤지기 시작했다. 나쁜 버릇은 대학을 가고 애인이 생겨도 결코 사라지지 않았던 것이다. 아쉽게도, 그는 이제 일기 따위는 쓰고 있지 않았다. 여러 개의 서랍 속에는 몇 장의 신분증과 몇 권의 포르노 잡지, 그 외의 잡동사니들과, 무엇보다 '아카데미 과학 교재'라는 라벨이 눈길을 끄는―큼지막한 조립식 박스가 들어 있었다. 조심스럽게 나는 박스를 꺼내 올려놓았다. 뚜껑에는 전쟁의 포화 속에서 포신을 높이 추켜올린 육중한 탱크가 그려져 있었고, 그 위에 〈T-Tiger Tank〉〈1/72 Scale〉 등의 문구가 찍혀 있었다. 마치 일기장을 펼치는 기분으로 나는 박스를 열어보았다. 그 속에는 매뉴얼과, 이미 절반쯤 조립을 마친 탱크의 몸체와, 나머지 부품들이 가지런히 정돈되어 있었다. 우선 매뉴얼을 펼쳐 나는 타이거 탱크의 역사와 전투 기록들을 꼼꼼히 읽어 내려갔고, 그리고… 그리고… 이유는 알 수 없지만 탱크를 조립하기 시작했다.

꽤나 집중력을 요구하는 힘든 작업이었다. 나는 여러 번의 시행착

비 맞은 태양도 목마른 저 달도

오와 그로 인한 분해, 재조립의 과정을 거쳐야 했고, 마지막엔 캐터필러의 연결이 도무지 매뉴얼처럼 이뤄지지 않아 진땀을 흘려야 했다. 마음 같아선 자고 있는 놈을 깨워 캐터필러의 한쪽 끝을 붙들게 하고 싶었으나, 놈은 이미 탱크의 엔진처럼 큰 소리를 내며 코를 골고 있었다. 크고 작은 2개의 펜치와 드라이버, 10개의 손가락과 오른발(직접 해봐야 왜 발이 필요한지 알 수 있다)이 동원되어서야 조립은 겨우 끝이 났다. 날이 밝아오고 있었다. 새벽의 여명 속에서, 독일군의 주력 탱크가 그 위용을 과시하며 포신을 치켜든 채 서 있었다. 그리고

마치 탱크의 포격처럼 졸음이 퍼부어지기 시작했다.

눈을 뜨니 조성훈의 집은 텅텅 비어 있었다. 식탁 위에는 '출근한다'라는 짧은 메모가 놓여 있었고, 그 아래 또 한 장의 메모로 '열쇠는 우편함에'라고 적혀 있었다. 나는 냉장고를 열어 물을 마시고, 지겨워라―또 라면을 끓여 먹은 후, 30분가량 타이거 탱크를 직접 시운전해보고서 친구의 집을 나왔다. 어디가 잘못된 건지 탱크는 전후방·360° 좌우 작동이라는 매뉴얼과 달리, 전진만이 가능했다. 뭐가 틀린 거지? 버스를 이용해, 오직 전진만을 일삼아 집으로 돌아오며, 나는 생각했다.

오랜만에 만난 지구인들은 다들 건강해 보였다. 여동생들은 여전히 숙제에 열심이었고, 어머니와 아버지는 일류대를 다니는 아들을 보약 삼아 보람찬 인생을 살고 계셨다. 나는 아무런 문제도 아무런 분쟁도 없는―평화로운 부엌에서 따뜻한 저녁밥을 먹을 수 있었다. 문제가 있다면 오직 하나. 저녁을 먹자마자 그녀가 보고 싶어졌다

는 것. 결국 온 가족의 만류를 뿌리치고, 아마도 막차인 전철을 타고 나는 서울로 돌아왔다. 그럴싸한 이유는—하루라도 빠지면 그 진도를 따라잡기 힘든 내일 새벽의 '토플 특강 청취'였고, 그럴싸하지 않은 진짜 이유는—오로지 그녀가 보고 싶어서였다.

청춘은 고장 난 탱크와 같다.

돌이켜보면, 우리는 누구나 그런 모습으로

내일의 문 앞에 서 있었다.

비 맞은 태양도 목마른 저 달도

젊음의 고난은
희망을 안겨주리니

길고 긴 겨울방학이 끝나고 3월이 시작되었다. 그런 봄을 두 번 다시는 맞이하고 싶지 않을 정도로 그해의 봄에는 정말 많은 일들이 주변에서 일어났다. 진절머리 나는 봄이었다. 이유는 알 수 없다. 그러나 다시 인생을 되풀이한다 해도 나는 스무 살의 봄을 그때와 똑같이 살게 될 것이라 장담할 수 있다. 이유는 역시 알 수 없다. 돌이켜봐도 단지 그럴 수밖에 없었다는 생각, 짐작해봐도 역시 그럴 수밖에 없을 거란 생각이 들어서이다.

봄의 시작은 평범했다. 당연히 나는 2학년이 되었고, 여전히 학교생활에는 미련이 없었고, 다시 일자바지를 입고 있었고, 역시 목표는 '이러다 졸업'이었다. 조금도 달라지지 않은 나 자신에 비해, 학교는 조금 달라져 있었다. 아주 조금, 아주 조금 더 재미없는 곳이 되어 있었던 것이다. 물론 내년의 학교는 좀 더 달라지겠지만, 아마도 나는 달라지지 않을 거라 생각했다. 인간의 천성은 일자형 바지의 디자인만큼이나 클래식한 것이다.

물론 도처에 말로만 들어오던 질·클리토리스·신입생, 혹은 말로만 들은 게 아닌 귀두·고환·신입생이 있다는 얘기는 들었으나 나는 굳이 인사를 나누거나 인사를 받고 싶지 않았다. 겸손할 필요가 없거나 그럴 기회가 없는 인간들이 또 이만큼 늘어났다는 사실이, 개인적으로 반갑지 않아서였다.

역시 올해도 말로만 들어오던 질·클리토리스·학생회장, 혹은 말로만 들은 게 아닌 귀두·고환·학생회장을 선출한다고 야단법석이었으나 나는 굳이 연설을 듣거나 투표를 하지 않았다. 10년 후에 분명 국회의원이 되어 있을 놈을 추대하기 위해, 저마다 노선이 중요하다는 둥 연설을 듣고 결심하겠다는 둥 법석을 떠는 모습들이 도무지 이해되지 않았기 때문이다. 저 말을 믿는다면 바보고, 믿지도 않으면서 동조하겠다면 범죄가 아닌가!

세상은 온통 그런 것들의 야합으로 이루어져 있다고, 당시의 나는 생각했다.

질·클리토리스·신입생과 귀두·고환·학생회장의 야합. 혹은

귀두·고환·신입생과 질·클리토리스·학생회장의 야합.

문장으로 써놓고 보니 마치 잘 정리된 하나의 공식을 보는 듯하다. 이제 시간의 경과만이 남았을 뿐이다. 5분이 지나면, 땀이 나고 숨소리가 거칠어질 것이다.

5분이다.

젊음의 고난은 희망을 안겨주리니

뭐 이 정도가, 그해의 봄이 시작되면서 내가 느낀 스트레스의 전부라고 말할 수 있다. 더 없어? 오케이! 괜찮은 거야? 노 프러블럼! 그러니까 염치가 있다면, 유달리 '평화로웠던 봄'이라고 말해야 실은 옳을 것이다. 그뿐이 아니었다. 봄이 되면서 더 아름다워진 그녀가 나를 찾아오는 횟수도 늘어나 있었다. 아아, 실제로는 이 얼마나 '행복한 봄'이었단 말인가. 그러나 그 무렵부터—실은 조금씩, 아주 조금씩 뭔가가 미끄러지고 있었다고, 지금의 나는 생각한다. 그것은 마치—일단 리듬을 타면 자신도 모르게 발이 미끄러지면서, 결국은 무도장을 한 바퀴 선회하고야 마는 왈츠와도 같은 것이었다.

3월의 시작과 함께, 나는 첫발이 미끄러지듯 새 학기의 시작이 주는 쥐꼬리만 한 스트레스를 조르바에게 털어놓았다. 조르바가 담담하게 "그럴 때 내라고 휴학계가 있는 거야"라고 말해주었지만, 결국 이런 시절이 1년 더 연장된다는 사실은 생각조차 하기 싫은 것이었다. 그래서 그날은 조금 과하게 술을 마셨다. 그럴 수 있는 일이었고, 물론 그녀와 함께였다. 다음 날엔 그녀가 졸업 학기의 시작이 주는 쥐똥만 한 스트레스를 나에게 털어놓았다. 이거야 원, 다음 날 학교를 결석할 만큼의 술을 마시게 되었다. 그런 일들이 자꾸만 생겨났다. 나와 그녀에게 아무 일이 없으면 조르바가 쥐며느리만 한 스트레스를 털어놓고, 마치 왈츠의 리듬처럼 그다음 날엔 조르바의 친구가 쥐방울만 한 스트레스를 털어놓았다. 다시 나에게는 미키마우스만 한 스트레스가, 또 그녀에게는—이 또한 술에 취하지 않고선 배길 수 없는 미키마우스만 한 스트레스가 생기고 또 생겼다. 결국 한 그루의 쥐똥나무만 한 스트레스가 서로의 마음속에 자라나

버렸고, 급기야 서로가 어우러진 울창한 쥐똥나무의 숲이 형성되어
버렸다. 결국 그해의 봄은 엉망진창이 되어갔다. 우리는 종종 그 숲
에서 길을 잃었고, 하늘과 길은 보이지 않았고, 그녀는 자주 정신
을 잃었으며, 나는 새벽마다 그녀를 들쳐 업어야 했다. 가능한 일이
었다. 내가 지친 만큼, 축이 난 그녀의 몸도 가벼워져 있었기 때문이
다. 조르바는 진지하게 "차라리 휴학계를 내지 그러니"라고 말했다.

불과 한 달 사이에 나름대로 규칙이 정해져 있던 생활은 온데간
데없이 사라져버렸다. 마치 4차원의 공간 속에 들어와 있는 느낌이
었다. 온데간데없이 비행기와 선박이 사라지는 것처럼, 나는 이곳저
곳에서 사라지고 있었다. 학교에도 없고, 방에도 없고, 가게에도 없
고, 하숙집에도 없는 것이다. 아닌 게 아니라 나 자신도 내가 어디
있는지 모를 정도였다. 실제로 어떤 날은 이태원의 나이트클럽 앞에
서 쪼그린 채 자고 있는가 하면, 또 어떤 날은 그녀와 함께 논현동
의 호텔에서 자고 있었다. 어떤 날은 공중전화 부스 안에서, 또 어떤
날은 그녀의 오피스텔에 딸린 화장실의 좌변기 위에서.

사라진 비행기와 선박들의 마지막 교신 내용이 하나같이 나침반
의 고장과 계기의 작동 불능을 호소했다는 것은 설득력이 있는 얘
기다. 내 경험으로도—그런 공간에 빠지기 전 가장 먼저 겪은 일이
오늘이 며칠이며, 지금이 몇 시인지 도무지 분간할 수 없었던 까닭
이다. 심지어 올해가 몇 년이고 지금이 몇 월인지도 분간이 안 될
때가 많았다. 물론 손목에는 시계를 차고 있고, 아주 가까운 곳에
보란 듯 달력이 걸려 있기 마련이지만—정말이지 그런데도 불구하
고, 다. 조르바는 단호하게 "휴학을 해!"라고 말했다.

젊음의 고난은 희망을 안겨주리니

원래 폭주의 성향이 강했던 그녀는 그야말로 이상한 나라의 앨리스가 되어 있었다. 마치 내가 모르고 있던 그녀의 문제들이 이 시기를 빌미로 한꺼번에 폭발하는 느낌이었다. 새벽마다 술집을 찾고, 그 집의 문을 열고 들어와 쿵, 문을 닫으면─나는 거대한 전자레인지 속에 들어와 쿵, 문을 닫는 느낌이었다. 조명이 켜지고, 어디선가 치지지직 하는 기분 나쁜 소리가 귀를 울리고, 바닥이 천천히 도는 것이다. 즉 그런 느낌… 조리 강. 육류. 1시간 45분. 그녀는 늘 손을 떨었고, 자주 주어와 서술어가 일치하지 않는 이상한 말들을 내뱉었다. 예컨대 "자기야, 시간이 한 잔만 더 마시나"라거나, 혹은 "타잔, 제인, 좋다!"와 하나 다르지 않은 "나, 자기, 잠 온다!"는 식이었다. 나는 늘 "가자, 치타!"와 하나 다르지 않은 "가자, 자기!"를 외치며─자거나, 토를 하거나, 끊임없이 욕을 하거나, 끊임없이 웃는 그녀를 부축하거나 업곤 했다. 이상한 나라의 밤길은 언제나 멀고 캄캄했다.

이상한 나라에서 돈이 떨어지면, 앨리스는 형부들을 찾아가거나 오빠들에게 전화를 걸었다. 가풍 자체가 처제나 여동생의 방랑을 무척 권장하는 집안이었던지, 굉장한 숫자의 형부나 오빠들이 어이가 없을 정도로 많은 용돈을 그녀에게 보내주었다. 특이한 가풍이군, 나는 생각했다. 그리고 다시 어이가 없을 정도의 술을 마시는 것이다. 여긴 도대체 어디지? 때로 돌아가야 한다는 생각이 들기도 했지만, 그럴 때마다 그녀의 "죽고 싶어"에 번번이 발목을 잡히곤 했다. 죽고 싶어, 죽고 싶어, 죽고 싶어. 이유는 알 수 없었다. 그 미로의 한복판에서 그녀는 자주 죽고 싶다는 말을 했고, 그 습관성의 '죽고 싶어'를 들을 때마다 습관적으로 나는 그녀를 안아주었다. 그저, 꼭, 안아줄 뿐이었다.

　그 계절이 봄이 아니었다면―실제로 우리는 죽었을 것이라고, 나
는 생각한다. 봄이었으므로, 봄이었으므로 우리는 지금도 살아 있
고, 나는 그것을 지나간 시절의 아름다운 왈츠로 기억할 수 있는 것
이다. 왜 그렇게 사냐는 질문은―왜 그런 춤을 추고 있냐는 질문과
같은 것이라고, 나는 생각한다. 분명 그것은 어떤 이론이 아니라 하
나의 리듬과 같은 것이기 때문이다. 돌이켜보면 우리는 서로의 삶
에 대해 아무것도 아는 게 없었고, 자신의 삶에 대해서도 아무것도
아는 게 없었다. 왜 그런 춤을 추고 있나요? 네, 이건 왈츠거든요.

　그러던 어느 날이었다. 그녀가 흐느끼면서 자신의 오피스텔로 빨
리 와달라는 전화를 했다. 역시 주어와 서술어가 정확지 않은 문장
이었고, 마지막 단어는 '제발'이었다. 몇 년 몇 월의 일이었는지는 호
강에 겨운 소리이고, 아무튼 밤이었고, 아무튼 취해 있었다. 리듬
을 타고 리듬을 타고 나는 그녀의 방에 도착했다. 문은 열려 있었
고, 그녀는 침대의 모서리에 몸을 기댄 채 어둠 속에서 울고 있었다.
말없이, 그저 울기만 했으므로 왜 우는지는 도통 알 수 없었다. 나
는 아무것도 묻지 않고, 그저 나란히 등을 기댄 채 그녀의 손을 잡
아주었다. 왠지 모르게, 그래야만 한다는 생각이 들어서였다. 또 '언
제'와 '어디서'가 성립되지 않던 시기였으니 '누가' '무엇을' '어떻게'와
'왜'가 성립되지 않더라도 아무런 상관이 없다고 생각했다. 이상한
일이었다. 그 모두가 성립되지 않는 순간―비로소 나는 그녀가 왜
울고 있는지를 알 수 있었다. 아니 '알' 수 있었다기보다는, '느낄' 수
있었다. 은색의 달빛이―구겨진 은박지와 같은 그녀의 등 위로 밤

　　　　　　　　　　　　젊음의 고난은 희망을 안겨주리니

새 쏟아지던 그 방 안에서, 나는 확실히.

그녀는 끝없이 울었다. 너무 많은 눈물을 흘리고 있었으므로, 운다는 느낌보다는 증발하고 있다는 느낌이 들었다. 그녀의 손을 잡은 왼손이 계속 저려왔지만, 나는 끝까지 손을 놓지 않았다. 잠이 왔다. 어쩌면 그녀도 잠이 든 채로 계속 울고 있는 듯했다. 나는 천천히, 아주 천천히 눈을 감았다. 잠든 내 몸이 은박지를 깔아뭉갤까 걱정되었지만, 눈은 계속 감겨왔다. 언젠가 눈을 뜨면 그녀는 미라가 되어 있고, 나는 왼손을 다시 쓸 수 없겠지… 오른손잡이인 나로서는 뭐 큰 불편은 없을 거란 생각을, 나는 했다.

다음 날 눈을 떴을 때, 우리는 마주 본 자세로 카펫이 깔린 침대 아래의 바닥에 쓰러져 누워 있었다. 왼손은 여전히 그녀의 손을 쥐고 있었고, 카펫은 아직도 축축이 젖어 있었다. 눈앞에서 복어의 배처럼 부어오른 그녀의 눈이 힘없이 지느러미를 까닥이며 나를 쳐다보고 있었다. 나는 말없이 웃다가 오른손으로 복어의 지느러미를 쓰다듬어주었다. 복어는 가늘게 떨리는 자신의 지느러미를 가까스로 내리고는, 이렇게 얘기했다. "돌아가."

응.

하고 나는 대답했다. 그것이 끝이었다. 밖에는 봄비가 내리고 있었고 더 이상 어떤 기우도 어떤 염려도 들지 않았다. 봄인 것이다. 그녀는 어떻게든 살아날 것이고, 살아갈 것이다. 마비된 왼손을 주머니에 담은 채 나는 방으로 돌아왔다. 리듬을 타고 리듬을 타고 무도장을 한 바퀴 선회해 제자리에 이른 사람처럼—비로소 돌아온 것이다. 달력을 보니 5월이었고, 사람들은 그저 내가 바빴으려니 하고 생각할 뿐이었다. 이상한 일이었다. 사람들의 무관심에 힘입어 마비된 왼손은 하루 만에 완쾌되었고, 마치 거짓말처럼 그날 이후로 나는 술을 마시지 않았다. 다시 아침이면 학교를 가고, 리포트를 내라면 내고, 출석을 부르면 대답을 하고, 시험을 치라면 치고, 저녁이면 아르바이트를 하는 생활이 시작되었다. 조르바는 쾌활하게 "5월이면 휴학도 못 할걸 아마?"라고 말했다.

2주 정도가 지났을 무렵, 그녀가 아무 일도 없었다는 표정으로 가게를 찾아왔다. 많이 여윈 모습이었지만 좋은 혈색이었다. 그녀는 가게의 구석진 자리에서 나와 커피를 한 잔 나눈 후 집으로 돌아갔다. 나도 그녀도 술을 마시고 싶어 하지 않았다. 그녀는 학교를 잘 다닌다는 말과 함께, 3명의 애인과 7명의 섹스 파트너가 몽땅 사라졌다는 말을 했다. 커피의 표면을 후후 불며, 내가 말했다. "그랬어?"

응.

그사이 조성훈은 제대를 해 있었다. 이제야 연락이 된다며 전화로 투덜대더니 어느 날 불쑥 내 방을 찾아왔다. 놈은 아무 거리낌 없이 3박 4일 하숙집의 밥을 축내더니, 조르바의 가게에서 6병의 맥주를 얻어 마시고, 한 움큼의 가게 성냥을 주머니에 넣은 후 자리를 털고 일어났다. 좋은 동네야. 전철역을 향해 걸어가면서 놈은 〈어허야 둥기둥기〉란 노래를 흥얼거리더니, 난데없이 그녀의 안부를 물어왔다. "잘 지내." 당연한 대답을 늘어놓자―또 당연히, '진도는 어디까지 나갔냐'는 고문이 시작되었다. 어허야, 둥기둥기.

그날따라 고문이 집요했고, 신도림 방향의 전철은 오지 않고, 전철역은 수많은 사람들로 붐비고, 환풍구에서 매캐한 냄새가 나는

　　　　　　　　　　　젊음의 고난은 희망을 안겨주리니

것도 같아―나는 그만 "함께 잤다"고 아무렇게나 대답해버렸다. 그리고 그 붐비고 매캐한 전철역의 구내에서 나는 다시금 놈의 헤드록 세례를 받아야 했다. 장난이 아니었다. 놈은 손이 발이 되도록 빌어도 헤드록을 풀지 않더니 전철이 들어오는 신호음이 울리자 "축하한다"는 의미심장한 말과 함께 번개처럼 사라졌다. 헤드록의 충격 때문에, 나는 개찰구를 빠져나가는 그 뾰족한 뒤통수만을 잠깐 보았을 뿐이었다. 만약 내가 그런 대답을 하지 않았다면, 또 만약 그때 전철이 오지 않았더라면―나는 비록 훌륭하진 않더라도 비교적 정상적인 인사를 그에게 해줄 수 있었을 것이다. 예를 들면―"조심해서 가"라든지, 하다못해 "잘 가"라도.

그것이 청춘의 시기에서 내가 본―그의 마지막 모습이었기 때문이다.

전철역에서의 헤드록 공격이 있은 지 한 달 후, 어머니에게서 한 통의 전화가 걸려왔다. 다소 기운이 없는 목소리로, 다급하게. 얼마 전 조성훈의 부모님이 교통사고로 돌아가셨다는데 너도 몰랐니?

응.

거 참 이상하네. 나도 오늘 소문을 듣고 알게 된 일이라, 장례식도 못 가봤구나. 라는 얘기를 끝으로 어머니는 전화를 끊으셨다. 조성훈의 집에 계속 전화를 걸었지만 끝끝내 아무도 전화를 받지 않았다. 며칠이 더 지나자 전화가 결번으로 안내되었고, 나는 결국 그의 전화가 오기만을 초조한 마음으로 기다리게 되었다. 전화는 오지 않았다. 전화는 올 것이다. 오지 않았다. 하지만 올 것이다.

내가 받은 것은 가게로 날아온 한 통의 편지였다.

편지에는 간단하게 '일본으로 간다'는 말이 적혀 있었고, '열쇠는 우편함에'와 마찬가지로 '여러 가지 사정은 돌아와서 밝히마'라고 쓰여 있었다.

왈츠는 계속되고 있었던 것이다.

묘한 기분이었다. 가게를 정리하고 방으로 돌아온 나는 마치 복습을 하는 기분으로 그 짧은 편지를 읽고, 읽고, 또 읽었다. 아무리 복습을 해도 그 짧고 일반적인 두 줄의 문장은 암기가 되지 않았다. 스무 살의 머리가 외우기에는—그것은 그 내부에 너무 큰 바다를 담고 있었던 것이다. 마치 평생을 바쳐 '일본으로'와 '간다', '여러 가지'와 '사정은', '돌아와서'와 '밝히마'라는 6개의 대륙을 여행했는데, 여행이 끝난 순간 누군가로부터 "수고하셨습니다. 하지만 지구의 70%는 바다가 차지하고 있지요"라는 말을 듣게 되는 기분이었다. 화가 나서라도, 스무 살엔 거기서 더 여행을 계속하기가 불가능하다.

샤워를 하고 돌아와, 나는 깨끗한 속옷과 정갈한 잠옷 차림으로—이번엔 예습을 하는 기분으로 다시 편지를 읽어나갔다. 편지는 역시나 '일본으로 간다'는 내용이었고, 아무튼 '여러 가지 사정은 돌아와서 밝힌다'는 내용이었다. 내일 다시 읽어도, 아무튼 내용엔 아무 변함이 없을 것 같았다.

복습과 예습을 마치고 자리에 누웠으나 도무지 잠을 이룰 수 없었다. 도대체 무슨 일이 일어난 것인가? 그럼 지금 일본에 있다는 말인가? 왜 하필 일본일까? 부평 정도라면 쉽게 이해할 텐데. 바다

젊음의 고난은 희망을 안겨주리니

는 깊고 어두웠으며, 나는 한 마리의 도다리처럼 해저를 훑고 있는 기분이었다. 결국 일어나 주섬주섬 옷을 챙겨 입고, 나는 리듬을 타고 리듬을 타고 새벽의 거리를 걷기 시작했다. 어디로 가야 할지도 몰랐고, 가고자 하는 곳도 없었다. 해저의 세계는 완벽하리만큼 깊고 어두웠다. 평생을 살더라도, 결국 인생의 70%는 바다인 셈이다.

　이상한 일이었다. 그날 밤 나는 그녀의 오피스텔까지 걸어갔고, 더 이상 술을 마시지 않고, 학교를 잘 다니고, 3명의 애인과 7명의 섹스 파트너와 헤어지고, 곤히 자고 있는 그녀의 방문을 두드린 후 깜짝 놀라며 문을 열어준 그녀에게 '하고 싶다'고 말했다. 이유는 알 수 없다. 아마 이 해저에서 돌아올 수 있다면 나도 그 사정을 밝힐 수 있으리라. 그녀는 잠시 뚫어지게 나를 쳐다보더니 흔쾌히 내 부탁을 들어주었다. 그녀는 불을 끈 후 어둠 속에서 한참 동안 나를 안아주었고, 내 몸이 온전히 따뜻해지자 옷을 하나하나 벗긴 다음 긴장한 채 서 있는 나의 페니스를 벗겨 입을 맞추었다. 잠시 후 그녀의 촉촉하고 따뜻한 혀가 페니스에서 미끄러져 내려왔다. 그것은 아주 느린 속도로 나의 온몸을 선회하기 시작했고, 마침내 해저로 내려오는 입구인―나의 입술 속으로 서슴없이 뛰어들었다. 깊고 어두운 해저에서 나는 그 소리를 들었고, 투신한 그녀를 맞이하기 위해 부상하는 해파리들의 움직임을 느낄 수 있었다. 나의 해파리들은 푸른 형광을 발하며 그녀의 혀를 인도했고, 잠시 후 촉수로 뒤엉킨 하나의 새로운 생물이 되어 근처의 대륙붕 위를 헤엄쳐 다니기 시작했다. 얼마 후 그녀의 손이 나의 페니스를 움켜잡았다. 그것은 손의 인도를 따라 마침내 그녀의 해저로 내려가는 입구인―따뜻하고 어두운 그녀의 질 속으로 서슴없이 뛰어들었다. 질의 입구에서 발생한 거대한 물소리를 나는 들을 수 있었고, 잠시 후 무수한 미역 다발에 엉킨 나의 페니스가 스크루가 고장 난 선박처럼 그녀의 깊고 어두운 해저 속으로 끊임없이 닻을 내리고 있음을 느낄 수 있었다. 달이 뜨고 달이 지고, 열 번의 밀물이 밀려오고, 열 번의 썰물이 빠져나간 후에야 페니스는 나의 몸에서 떨어져 나가 그녀의 깊고 어두운 해저 밑바닥에 죽은 고래의 시체처럼 가라앉았다.

그것은 왈츠와 같은 동작이었고, 왈츠는 계속되고 있었다.

다음 날 아침 눈을 뜬 나는 다시 한 번 그녀의 몸속으로 들어갔다. 그리고 나왔다. 그녀는 수건으로 나의 몸을 닦아주었고, 역시 같은 수건으로 자신의 질과 클리토리스와 소음순을 닦았다. "벗겨지지 않은 건 처음이야." 노곤한 아침 햇살 속에서 그녀는 신기하다는 듯 나의 페니스를 쥔 채 벗겼다 감쌌다를 천천히 반복하고 있었다. "재밌다… 왜 아직 벗기지 않은 거지?" 손의 리듬에 따라 나의 귀두가 드러났다 덮였다를 반복하고 있었다. 짧게 끊어서, 나는 한마디로 대답했다.

"공부한다고."

다시 우리는 잠들었다. 그리고 일어났을 때 나는 다시 한 번 그녀의 몸속으로 들어갔다. 그리고 나왔다. 그녀는 새 수건으로 나의 몸을 닦아주었고, 역시 같은 수건으로 자신의 질과 클리토리스와 소음순을 닦았다.

"뭐든 열심이네?"

짧게 끊어서, 그녀가 한마디로 얘기했다. 더 열심히 했다간 창자

젊음의 고난은 희망을 안겨주리니

가 벗겨질 것 같아, 우리는 함께 오피스텔을 나와 근처의 식당에서 밥을 먹었다. 나는 세 공기에 가까운 밥을, 그녀도 한 공기가 넘는 밥을─열심히 먹어치웠다.

식당을 나와 우리는 헤어졌다. 헤어지기 전 그녀가 무슨 일이 있는 건 아니냐고 물어왔지만, 나는 여러 가지 사정은 다음에 밝히겠노라고 답해주었다. 그녀는 머리를 끄덕였다. 횡단보도를 건너가는 그 뒷모습을 지켜보다가, 나는 하마터면 그녀에게 달려가 미안하다고 말할 뻔했다. 할 뻔했지만, 미안하게도 나는 여전히 제자리에 서서 그녀의 뒷모습을 바라볼 뿐이었다. 봄의 막바지에 이른 하늘은 다 이어 붙인다 해도 겨우 반팔 옷과 반바지 하나를 완성할 만한 구름 몇 점의 간편한 차림이었고, 나는 봄의 막바지에 이른 하늘만큼이나─간편해진 고환을 매단 채 그 자리에 오래오래 서 있었다. 이유는 알 수 없지만, 이제는 어떤 편지를 받게 되더라도 놀라지 않을 것 같았다. 예컨대 그것이 여러 가지 사정은 돌아와서 밝히겠다는, 일본으로 간 친구의 편지라 하더라도.

봄이 지나고 지루한 장마가 시작되었다. 장마는 분주하게 널려 있던 봄의 발자국들을 하나하나 지워가기 시작했다. 리듬을 타고 리듬을 타고, 나와 그녀가 찍었던 어지러운 발자국들도 장마가 끝나면 모두 지워지겠지, 라고 나는 생각했다. 그렇게, 봄의 왈츠는 끝나가고 있었다. 왜 더 이상 춤을 추지 않나요? 네, 왈츠가 끝났거든요.

빠-빠-빠 빠-빠-빠 빠-빠-빠-빠-빠-빠-빠

그해의 여름과 가을과 겨울을 나는 몇 가지의 간단한 항목으로
요약해서 정리할 수 있다. 실로 너무나 간단, 명료한 몇 가지 사건
만으로 그해의 여름과 가을과 겨울은 구성되어 있기 때문이다. 돌
이켜보건대 인생의 대부분은 그런 여름과 가을과 겨울로 이루어져
있다.

여름에는 거듭 최하위를 고수하던 청보 핀토스를 태평양이 인수,
후기 리그부터 '태평양 돌핀스'라는 새로운 이름으로 흐르는 별 삼
미 슈퍼스타즈가 또 한 번 거듭나게 되었다. 거듭하게 되는 말이지
만, 돌고래가 된다고 해서 결코 잘하리라는 보장은 없었다.

가을에는 경영난을 이겨내지 못한 조르바의 가게가 결국 문을
닫았다. 그 사실을 알게 된 조르바의 친구들이 경영학과를 다니는
나에게 뭔가 뾰족한 방안이 있지 않겠냐고 자문을 구해왔다. 나는

빠-빠-빠 빠-빠-빠 빠-빠-빠-빠-빠-빠

뾰족하게 답변해주었다. "지금까지 버틴 게 기적입니다."

겨울에는 아버지가 쓰러지셨다. 콩팥 쪽에 결석이 생겼다는 진단이 나왔고, 결국 수술이 행해졌다. 생각보다 심각한 대수술이었고, 수술 후 아버지의 몸속에서 나온 돌은 생각보다 작고, 매끄럽고 하얀 것이었다. "지금까지 버티신 게 기적입니다." 의사가 얘기했다.

인생은 결국, 결코 잘하리라는 보장도 없이—거듭 버틸 수 있는 데까지 버티다가 몇 가지의 간단한 항목으로 요약되고 정리되는 것이라고, 나는 생각했다. 지금도 버티고 있는, 그래서 아무 일 없이 흘러가고 있는 우리의 삶은—실은 그래서 기적이다.

그사이 나는—리포트를 내라면 내고, 출석을 부르면 대답을 하고, 시험을 치라면 치고, 방학이 되었다면 고개를 끄덕이고, 또 그런 연극들의 막幕 사이사이에서 그녀와 섹스를 했다. 내가 그녀를 찾아갈 때도 있었고, 그녀가 나를 부를 때도 있었다.

여름에는 반팔 차림으로, 가을에는 긴팔 차림으로, 겨울에는 오리털 파카를 입고 나는 그녀를 찾아갔다. 아마 그해의 여름과 가을과 겨울을 구분할 수 있는 차이는 겨우 그런 정도일 것이다. 그리고 늘, 옷을 벗고 섹스를 했다. 여름과 가을과 겨울이 무안하게도.

어떤 옷을 입고 가건 반드시 옷을 벗고 섹스를 한 것처럼, 결국 1989년은 그런 식의 여름과 가을과 겨울을 벗어 던진 채 끝장이 났다. 그해의 봄을 생각하면 그때까지 버틴 게 기적이었고, 해가 바뀐다고 잘되리란 보장도 없이 1989년은 1990년에 인수되었다.

1990년의 어느 봄날, 나는 그녀로부터 '결혼을 할 거라는' 얘기를 전해 들었다. 마치 남의 말을 하듯 그렇게 얘기했기 때문에, 그야말로 '전해 들은' 기분이었다. 상대가 누군지는 알 수 없었고, 단지 '편하게 살고 싶어'라는 말만을, 나는 역시 전해 들었다.

그날 마지막으로 그녀와 관계를 가졌다. 마음은 편했고, 페니스는 불편했다. 그녀의 질이 메말라서였다. 페니스를 빼고 보니 그녀는 울고 있었다. 이유를 알 수는 없고, 그저 느낄 뿐이었다. 덕분에 마음은 불편해지고 페니스는 편해졌다. 하나라도 편한 게 어디야.

그것은 자판기에서 뽑은 커피를 마신 후, 그 바닥에 수북이 남아 있는 설탕을 쳐다보는 느낌이었다. 이런 결과를 미리 알았더라면, 우리는 훨씬 더 부드럽고 달콤한 사랑을 나눌 수도 있었을 것이다. 이별의 밑바닥에는 그런 후회와 기대감이 깔려 있었다.

또 그것은 좌변기의 물을 내리고 난 후, 완전히 내려가지 않고 남아 있는 배설물의 잔해를 쳐다보는 느낌이었다. 이런 결과를 미리 알았다면, 우리는 훨씬 더 간편하고 가벼운 사랑을 나눴을 것이다. 이별의 표면에는 그런 후회와 불쾌함이 떠올라 있었다.

그녀에 대해 아무것도 아는 게 없다는 사실을, 그녀와 헤어진 후 나는 비로소 알게 되었다. 이상한 일이지만 정말 아무것도 몰랐던 것이다. 그녀 역시 나에 대해 아무것도 몰랐을 게 분명했다. 그녀는 어떤 여자였을까. 우리는 어떤 인간들이었을까.

조르바는 다시 카페를 열었다. 기적의 재기였다. 연락을 받고, 나는 장흥에 위치한 그의 가게를 물어물어 찾아갔다. 무려 테이블이 14개, 습기를 포함한 안주가 26가지였다. 이 '한강의 기적'은 그의 아버지가 마지막으로 '밀어준' 결과였다. 정말 기적 같은 팔자다.

가게에는 제법 많은 손님들이 앉아 있었고, 그중 미녀의 비율이 가장 높은 테이블에서 조르바는 떠들고 있었다. 나를 발견한 그는 손을 번쩍 치켜들더니 다가간 나에게 역시나 진지한 표정으로 이렇게 물었다. "아 참, 너⋯ 대마초 해본 적 있었다고 그랬던가?"

그와 단둘이 되었을 때, 나는 그녀의 결혼 소식을 조르바에게 전해주었다. "잘됐네"라고 그가 짧게 말했고, "그죠?"라고, 내가 덧붙였다. 잠시 침묵을 지키던 조르바는 갑자기 술과 안주를 가져오라고 주방을 향해 외쳤고 "오늘은 좀 마시지그래?"라며 환하게 웃었다.

그래서 좀, 술을 마셨다. 밤이 되자 조르바가 근처의 여관에 방을 잡아주었다. "군대를 가!" 어둑한 여관의 입구에서, 어둑한 표정의 그리스인이 그렇게 충고했다. 어둑한 표정으로, 그의 조언은 늘 정확한 것이었다고, 나는 생각했다. 그렇군. 군대가 있었군.

여관의 침대에 누워 있는데 갑자기 문이 열리며 어떤 여자가 들어왔다. 누구시냐고 묻자, '같이 오신 분이 계산을 다 하셨다'는 말과 함께 불이 켜진 방 안에서 서둘러 옷을 벗기 시작했다. 그녀의 하복부에는 이루 말할 수 없이 무성한 음모가 나 있었다.

그녀는 굉장한 소리가 날 정도로 나의 페니스를 힘차게 빨더니, 당황스러울 정도로 다리를 벌리며 침대에 드러누웠다. 얼마나 무성한지 검은색 수영복을 입고 있다는 착각이 들 정도의 대단한 음모였다. 나는 그 위로 올라가 수영복을 찢고 페니스를 찔러 넣었다.

아무리 움직여도 사정이 되지 않았다. "그럼 뒤로 해봐." 선심을 쓰듯, 그녀가 엉덩이를 내밀었다. 그래도 사정은 일어나지 않았다. 결국 한숨을 쉬며 그녀가 몸을 뺐다. "내 잘못이 아냐." 엉덩이보다 무표정한 얼굴로, 그녀는 나의 페니스를 잡고 흔들기 시작했다.

그 순간, 확실히 그녀의 잘못은 아니라는 생각이 들었다. 그녀는 결국 손으로 페니스를 흔들 듯, 결혼을 선택했을지도 모른다. 때로 하나의 작고 보드라운 질만으로는 더 이상 어떻게 해볼 수 없을 만큼—삶이란 무디고 막막한 것이 아닐까, 라고 나는 생각했다.

"시간 없어, 빨리 싸." 다시 그녀가 있는 힘을 다해 페니스를 흔들었다. 마치 눈물을 흘리듯 귀두의 홈에서 희고 뿌연 액체가 쏟아져 나왔다. "휴" 하고 한숨을 쉬더니 그녀는 나를 빤히 노려본 후 검은색 수영복 위에 흰 팬티와 미니스커트를 걸쳐 입고 방을 나갔다.

부끄러웠다. 불을 끄고, 침대의 가장자리에 걸터앉은 채 나는 담배를 피웠다. 인생이 어디로 흘러가는지 21살의 나는 알 수 없었다. 단지 늘어진 페니스를 수건으로 감싸주듯, 결혼한 그녀의 삶이 "휴" 하고 안도의 한숨을 쉴 수 있기를, 나는 빌었다.

맑고 투명한 장흥의 밤하늘에는 도저히 북극성을 찾지 못할 만큼 수많은 별들이 빛나고 있었다. 너무 휘황찬란해서 항로를 찾을 수 없던 그날의 하늘처럼—청춘은 그런 것이었다. 길을 잃은 채, 그 반짝이는 조명의 광휘光輝 아래에서, 나는 비로소 울고 있었다.

여관을 나와, 나는 다시 근처의 술집을 찾았다. 심야였고, 단지 2개의 테이블에 남아 있는 몇 사람의 손님만이 눈에 띌 뿐이었다. 술 주세요. 얼마나 시간이 지났을까, 2개의 테이블은 하나로 줄어 있었다. 술 주세요. 곧바로 손님들은 모두 자리를 일어섰다.

술 주세요. 지금은 우리가 헤어져야 할 시간 다음에 또 만나요. 지금은 우리가 헤어져야 할 시간 다음에 또 만나요. 헤어지는 마음이야 아쉽겠지만 웃으면서 헤어져요. 다음에 또 만날 날을 약속하

빠-빠-빠- 빠-빠-빠- 빠-빠-빠-빠-빠-빠-빠

면서 이제 그만 헤어져요. 빠-빠-빠 빠-빠-빠 빠-빠-빠-빠-빠-빠-빠-빠

빠-빠-빠 빠-빠-빠-빠. 저기 손님… 빠-빠-빠 빠-빠-빠 빠-빠-빠-빠-빠-빠-빠

빠-빠-빠 빠-빠-빠-빠. 고개를 들어보니 미소를 띤 웨이터가 빠-빠-빠 빠-

빠-빠 빠-빠-빠-빠-빠-빠-빠, 라는 얘기를 하고 있었다. 뭐라고요? 나는 물

었다. 빠-빠-빠 빠-빠-빠-빠. 그리고 나는, 필름이 끊어졌다.

그것이

내가 기억하는 대학 시절의 마지막 필름이다. 정확하게 말하자면,
살아 움직이던 내 청춘의 마지막 모습이었다고 할 수 있다. 물론 그
후에도 20대의 나날이 계속되었지만—이후의 내 삶은 결코 청춘의
범주에는 들어갈 수 없는 것이라고, 나는 생각한다. 이미.

5분의 시간이 지나갔기 때문이다.

그리고 과연, 5분 후의 삶은 누구도 장담할 수 없는 것이었다. 장
흥에서 돌아온 나는 조르바의 조언대로 입대를 했고, 누구의 조언
도 필요 없이 당연하게 제대를 했다. 군대의 얘기는 생략하기로 한
다. 별로 하고 싶지도 않거니와, 별로 할 얘기도 없기 때문이다. 또
누구나 귀에 못이 박이도록 군대 얘기 따윈 들어왔을 거라고, 나는
생각한다.

제대를 하면서, 나는 '소속'의 고민과 비슷한—또 하나의 강박관
념을 그곳에서 가지고 나왔다. 그것은 '계급'이었다. 세상은 수없이
많은 소속 안에서, 또다시 여러 개의 계급으로 나뉘어 있었던 것이
다. 마치 지구가 위도와 경도로 나뉘어 있듯—결국 인간은 그런 식
으로 이 세계를 분할하지 않고서는 견디지 못하는 습성을 지니고

있었다. 위도 몇에 경도 몇⋯ 결국 그곳에 한 인간의 좌표가 위치해 있고, 우리의 삶은 여간해서 그 위치를 벗어나지 못한다. ××사단 ××연대 ××중대 ××소대 ○○○상병이라든지, ×××주식회사 ××부 ××팀 ○○○대리라든지, 그런 소속과 계급이 없는 듯 보여도 결국은 ×××주식회사 ××부 ××팀 ○○○대리의 아내라든지.

나를 기다린 것은 집안의 궁핍이었다. 다시 건강이 악화된 아버지는 결국 직장을 그만두셨고, 나와 터울이 큰 여동생들은 그해 대입과 고입을 앞두고 있었다. 아버지의 퇴직금은 병원비와 생활비로 절반 이상이 줄어 있었고, 그 외의 수입은 없다고 해도 과언이 아니었다. 어머니의 늘어난 주름살을 보면서, 결국 인간은 이런 문제로 늙어가는 것이구나, 라는 생각을, 나는 했다. 그나마 복학은 가능했지만, 그다음이 문제였다. 연결된 전철의 차량들처럼—생활과 생활, 지출과 지출이 줄줄이 이어져 있었던 것이다. 이제 내가, 그 기차를 끌어야 했다.

결국 아르바이트를 시작했다. 내가 소속된 학교에 자식을 보내고 싶어 하는—돈 많은 부모들의 자제들을 가르치는 일이었다. 무작정 시작한 일이었는데, 아버지의 월급보다 더 많은 액수의 돈이 정말로 들어오기 시작했다. 이해하기 힘든 일이었지만, 위도와 경도로 나뉜 이 세상에서 일류대는 그런 힘을 가지고 있었다. 마치 이빨로 기차를 끌어 기네스북에 오른 사람처럼, 나와 나의 학교가 스스로도 대견스럽게 느껴졌다. 내가 옳았다. 소속이 인간의 삶을 바꾼다. 이제 남은 것은 계급을 끌어올리는 일이다.

가족들의 표정은 밝아졌지만, 나는 즐겁지 않았다. 몸은 늘 피곤

빠-빠-빠 빠-빠-빠 빠-빠빠-빠-빠-빠

하고, 조금씩 숨소리는 거칠어져갔다. 우선 2학년 1학기의 부진을 만회하기 위해 엄청난 양의 수업을 받아야 했고, 한편으론 선후배들과 친밀한 유대를 형성하기 위해 무진 애를 썼다. 군대에서 공밥을 먹은 게 아닌 나는—결국 이들이 나의 소속과 계급을 유지해주는 발판이 될 것이라 굳게 믿고 있었다. 그리고 나는, 하루빨리 취직을 하고 싶었다. 위도와 경도로 나뉜 이 살벌한 세계 속에서—이빨보다는 좀 더 안정적인 방법으로 기차를 끌고 싶었기 때문이다.

당시 내 생활의 유일한 낙은 여관이나 사창가를 찾아 여자를 사는 것이었다. 한 달에 두세 번, 과외비가 들어오는 날이었다. 때로는 10대가, 때로는 20대가, 때로는 30대가, 때로는 마흔을 넘긴 아줌마가, 때로는 연령을 도무지 짐작할 수 없는 불가사의한 여자가 방으로 들어왔다. 나로서는 그 누구라도 상관이 없었다. 10대도 40대도—확실한 질, 클리토리스, 소음순을 지닌 채 들어왔기 때문이다. 당시의 나는 굳이 시간과 정성을 들여 즐겁고 싶지도 않았고, 그럴 수 있는 시간과 정성도 지니고 있지 않았다. 또 모쪼록, 빨리 싸야 했던 것이다. 쉴 새 없이, 세상도 빠르게 움직이고 있었다.

마치 쉬지 않고 달리는 전철 속에 우두커니 서 있는 느낌이었다. 간혹 그 흔들리는 차창에 머리를 기대고 쉴 적이면, 어김없이 그녀의 얼굴이 떠올랐다. 마주치는 전철의 창가에 선 누군가의 얼굴처럼, 그 희고 아름다웠던 얼굴은 휙 하고 다가왔다 사라져버렸다. 헤어진다는 것은—서로 다른 노선의 전철에 각자의 몸을 싣는 것이다. 스칠 수는 있어도, 만날 수는 없다.

가끔 일본으로 건너간 조성훈이 생각날 때도 있었다. 우습게도

AFKN의 프로레슬링(가르치던 수험생 중의 하나가 WWE의 광팬이었다)에서 헤드록을 거는 장면이 나왔을 때—나는 놈의 안경과 눈매, 그리고 나의 머리를 죄어오던 그의 이두박근을 떠올릴 수 있었다. 또 누군가를 기억하는 일은 마치 오징어잡이 배를 타는 일과도 같아서, 그를 기억할 때면 늘 삼미 슈퍼스타즈의 주요 경기들이 멍청한 오징어들처럼 줄줄이 딸려 올라오곤 했다. 물론 가끔이었지만, 나는 그래서

  삼미 슈퍼스타즈는 어떻게 되었지?

라는 생각을 잠시나마 해보기도 했다. 그러나 이미, 그때의 프로야구는 그 족적을 파악하기조차 힘들 만큼 판도가 달라져 있었다. 눈을 씻고 봐도 돌핀스라는 이름의 팀은 보이지 않았고, 그나마 이름을 아는 선수들은 이미 코치나 감독이 되어 있었다. 물론 코치나 감독도 아무나 되는 것은 아니어서, 삼미 출신의 인물들은 정말이지 찾을 길이 막연했다. 돌고래의 탈을 썼던 슈퍼맨들은 모두 어떻게 된 것일까? 그리고 어느 날

  조르바의 가게도 전화가 되지 않았다. 번호가 바뀐 것인가 해서 한번은 어려운 걸음으로 직접 장흥을 찾아갔다. 낯익은 건물에는 낯선 간판이 걸려 있었고, 그 가게의 주인은 조르바에 비해 참으로 낯이 변변치 않은 인물이었다. 더 이상 장흥에 있을 이유도 없었지만 그것도 모처럼의 여행이라면 여행이었고, 또 어려운 걸음이기도 해서—혼자 술을 마신 나는 예의 여관에 다시 투숙해 여자를 불렀다.

  놀랍게도 그날의 그녀가 들어왔다. 헤어스타일은 달라져 있었지만 그 대단한 음모를 보는 순간 한눈에 그녀라는 사실을 알 수 있

빠-빠-빠 빠-빠-빠 빠-빠-빠-빠-빠-빠-빠

었다. 혹시나 하는 마음에, 나는 그녀에게 예전 저기 저 건물에서 가게를 했던 그리스인을 아는지 물어보았다. 이럴 수가! 의외로 그녀는 '그 오빠'를 기억했고, 외상을 잘 줬다는 그 오빠는─그 후 결혼을 해 다른 도시로 가게를 옮겼다는 것이었다. 연락처는? 그걸 어떻게 알아요. 변치 않은 그 검은 수영복 위에 흰 팬티와 미니스커트를 걸쳐 입고 그녀가 방을 나간 후─나는 미니스커트와 흰 팬티 속의 검은 수영복처럼 답답한 심정으로 중얼거렸다. "그 오빠가 그랬군."

그리고 졸업을 했다.

졸업식장에는 자신감 가득한 표정으로 크립톤 행성에서 지구를 향해 출발하는─가슴에 'S' 로고를 달고 빨간 망토를 펄럭이는 크립톤 행성의 아이들이─검은 학사복으로 자신의 신분을 위장한 채 자랑스럽게 서 있었다. 그들은 한국의 미래를 이끌어가라는 총장의 연설을 듣고, 졸업장을 받고, 가족들과 기념사진을 찍고, 정문 앞의 즐비한 공중전화 부스에서 재빠르게 변신을 한 후, '일류대'라는 특수 효과에 힘입어 그해의 하늘 속으로 날아올랐다.

그 특수 효과는 나에게도 어김없이 작용해 있었다. 나는 국내 최대의 대기업으로부터 입사 통보를 받았고, 일찌감치 연수를 받았으며, 이 또한 크립톤 행성에서 온 것 같은 회장의 자서전을 읽고, 그 자서전의 독후감을 A4 5매로 서술해 제출하고, 연수를 마치고 나와 두 벌의 양복과 한 켤레의 신사화를 준비하고, 이윽고 출근의 그날을 기다리고 있었다.

출근의 그날을.

그랬거나 말거나 1998년의 베이스볼

—

그리고—과도기고 뭐고 간에 여하튼
지구가 멸망할지 모른다는 1999년이 오고 있었다.
이대로라면, 인류는 과도기만을 보내다가 멸종한
우주의 유일한 종이 될 것 같았다.
마치 회사 생활만 줄기차게 하다
돌연사로 최후를 마감하는 한 명의 인간처럼.

데드볼

도대체 일을 어떻게 하는 거야!

부스스. 재떨이 위로 떨어지는 재를, 나는 본다. 재는, 뭉텅이다. 작고, 빨간 용암과 같은 것이, 죽어가는 동물의 눈빛처럼, 그 속에서 깜박인다. "말을 해야 할 것 아냐! 말을! 이봐 당신 귀먹었어?" 귀는, 잘 들린다. 그래서, 당신이 날 당신이라고 부르는 그 점이 상당히 거슬리지만, 나는 침묵한다. 마치 죽은, 동물 같다. 아니 때로는

죽은 동물보다도 더, 시선을 둘 곳이 없다. 때문에 과장의 재떨이라든지, 등 너머의 달력 같은 곳을 나는 응시한다. 그리고 자연스럽게, 매직아이라도 하듯 초점을 분산시켰다가—애써 그 상태를 유지했다가—다시 모으곤, 한다. 다른 무엇보다, 눈물을 참기, 위해서다. 그래서다. "당신 도대체 뭐 하는 인간이야?"와 같은 말에는, 그렇다.

도대체가 답이 없다. 누구라도 그런 말을 듣게 되면—재떨이라든지, 달력과 같은 곳을 바라보며 수정체를 조절하기 마련이다. 그래서다. 그래서 눈을 뗄 수 없는, 5월 3일이다.

일요일이다.

비록 휴일이지만, 모두가 출근을 했다. 잠자코 일에 열중인 인간들 속에서, 그래서 나는 더더욱 외롭다. 5월 3일, 그 위의 붉은 '日' 위로 한 폭의 산수화가 펼쳐져 있다. 산중처럼 고요한 사무실에서, 그래서 과장의 폭언暴言을 피해, 나는 산속으로 숨어든다. 산은 높고, 첩첩이다. 때로는 저 고요가, 폭언보다 더 두려울 때가 있다. 그 속에 깃든—뭐랄까, 안도의 한숨 같은 것. 즉 먹을 치듯 구조조정에 들어간 회사와, 붓의 순모純毛처럼 부드러워진 직원들—잘도 일요일에 기어 나와, 잠자코 일을 하며, 힐책을 당하는 동료를 둘러싼 채 그들이 나누는—무언無言의 통신, 같은 것—즉 그런 것.

"뭐 하고 섰어, 그만 가봐!"가—그래서 그만, 더 큰 울림으로 산수 위를 메아리친다. 묵墨 빛의 산수 아래에서, 나룻배 한 척이 급히 물살을 탄다. 삐걱삐걱, 뒤로 물러서 90도로, 아니 110도로 인사를 하는 내 무릎에서—무겁고 고된, 노 젓는 소리가 들려온다. 110도로 숙이고 선 귓속으로, 그 소리 크게 고여 든다. 지척이다.

손을 씻는다. 거울을 본다. 거울 속엔—방금 세수를 마친 한 명의 남자가 서 있다. 낯설다. 당신은 누구인가. 이토록 인생이 꼬여버린, 당신은 누구인가? 안심할 수 있는—그래서 자주 찾는—한 층 아래의 화장실에서, 나는 생각한다. 고로 존재해야겠지만, 고로 존재하지 않았으면, 하는 생각이 간절할 따름이다. 당신은, 엉, 망, 진, 창,

데드볼

이다. 늘 그랬듯이, 편두통이 찾아온다. 늘 그랬듯이 오른쪽이다. 즉 오른쪽 머리에 딱따구리 같은 것이 붙어 앉아 실컷 머리를 쪼고, 에헤헤헤헤 에헤헤헤헤 에헤헤헤헤헤헤, 와 같은—비웃음을 흘리고는, 간다. 즉 그런 놈들이 한둘이 아니다. 과장 외에도 이런저런 놈들이 날려 보내는 걸 합친다면—줄잡아도 딱따구리 16마리에 크낙새 3마리, 아마도 그 정도. 실컷, 비웃어라. 나도, 비웃음을 짓는다. 소문은, 익히 들어, 알고 있다. 안다. 아마도 내가, 이 내가—아웃되리라는 것. 소문은, 그러나 소문일, 뿐이다. 나는 담배를, 꺼내 문다. 누구보다도 더, 나는 열심히 일해왔다. 더 열심히, 일해왔다. 더 열심히, 일을 하고, 더 열심히, 문책을 당한다. 힐책과, 조롱과, 폭언을 듣는다. 개놈의 새끼! 나는 버럭 소리를 지를 뻔했다가, 참는다. 혹은 주먹으로 거울을 칠 뻔했다가, 참는다. 언뜻 화장실에 CCTV가 있었다는 둥, 그런 뉴스를 본 적도 있고, 물론 꼭, 그래서는 아니지만—참는다. 어쨌거나, 구조조정 시기의 회사다. 아니, 그런 걸 떠나서, 그래, 나는 지성인이 아니었던가. 그래서다. 나는 참는다. 따져보면, 과장이 나를 괴롭히는 근저에는—자신이 일류대 출신이 아니라는 콤플렉스가, 확실히, 있다. 그래서다. 따져보면, 이사와 국장과 부장과 과장과 2명의 동기와 4명의 신입이—같은 B대의 출신이다. 어찌 된 영문인지, 이곳은 그렇다. 어찌 된 영문인지, 뻔히 알 수 있는 노릇이다. 그래서 더욱 노력했다. 사람이 왜 그리 눈치가 없나? 그래서 더욱 노력했다. 시키는 것도 제대로 못 하나? 그래서 더욱 노력했다. 지난 4년을, 그래서 더욱 노력했다. 노력의 결과는, 분명 있었다. 이혼을 하자고, 어느 날 아내가 얘기했다. 여섯 달 전이다. 그것이, 대단한 노력의 결과라면 결과였다. 한 대의 담배를, 더 꺼내 문다. 단, 도, 직, 입, 적으로, 결혼 생활의 의미가 없다고, 아내는 말했다. 그럴 수도, 있다. 지난 4년간, 그랬다. 새벽 5시에 집을 나와, 거의 자정 무렵이나 자정을 넘겨 집으로 돌아갔다. 인정한다. 대화도 거의 없었다. 인정한다. 변명 같지만, 피곤했다. 게다가 스트레스를, 아내에게 풀까 두려웠다. 나름대로는, 그런 이유가 있었다. 다시 오른쪽 머리가, 아프다. 언제나 그랬다. 일은 끝이 없고, 습관처럼 시달리고, 지치고, 살아남아야, 했다. 언제나 최선을 다했을 뿐인데, 왜 이런 처지에 처한 것인지는―잘 모르겠다. 머리가, 너무 아프다. 어지럽다. 그러니까, 크낙새 같은 것이 앉아 있는데, 그런데도 화장실 쪽 창 너머 광화문에는 오히려 비둘기 날고, 색색의 차들 유턴을 하거나 서대문 쪽으로 빠져나가고, 세종문화회관 쪽엔 거리 축제가 한창이고, 멀리 북한산 상봉엔 뭉게구름인지 그런 보송한 구름들 두엇 떠 있고, 플래카드들 펄럭이고, 분수는 솟고, 해서―

나는

하마터면 '죽고 싶다'는 생각을

할 뻔했다. 눈물이 났다. 화장실 한 칸을 열고 들어와, 문을 잠근다. 옷을 입은 채, 덮여 있는 변기의 커버 위에 주저앉는다. 다시, 담배를 꺼내 문다. 아니, 담배가, 없다. 웬일인지 그래서 주위를 둘러보다, 곱게 접힌 신문 한 부를 발견한다. 신문을 주워 든다. 스포츠, 신문이다. 스포츠, 신문에도 IMF의 여파가 기사의 톱을 장식하고, 대규모 실직과 구조조정 발표가 그 뒤를 잇고, 그래서 마치―실직과 구조조정이 한 종목의 스포츠처럼 느껴지고, 또 만화와, 최신 수영복 패션쇼의 화보와, 성형수술 논란에 오른 여배우의 인터뷰와, 음주 운전 단속에 걸린 농구 선수와, 결혼을 앞둔 연예인 커플의 동정과, 재테크 일인자가 충고하는 주식 투자 전략과, 섹스의 허와 실 그것이 알고 싶다와, 경륜과 경마, 조루 예방, 남성 확대 수술의 광고와, 주말의 프로야구….

휴대폰이 울린다. 신문을 덮고, 전화를 받는다. 입사 동기인, 신 대리다. 화장실이야. 알았어, 지금 갈게. 짧게 대답하고, 나는 일어선다. 대규모의 실직자와, 수영복 차림의 모델들과, 성형을 한 여배우와, 농구 선수와, 차라리 잉꼬라 불린다는 연예인 커플과 재테크의 일인자와, 수십 대의 사이클과 수십 필의 말과, 무릇 확대를 요하는 남성과, 주말 경기를 마친 프로야구 선수들이─신문과 함께 휴지통 속으로 사라진다. 급하게, 나는 화장실을 나선다. 물론 오래전에는 나도 야구를 좋아했던 적이 있었다. 아주, 오래전의 일이다.

이것이, 1998년의 내 모습이다. 그리고 이제, 그 어둑했던 화장실을 나서던 일도 아주 오래전의 일이 되어버렸다. 여전히 세상에는 대규모의 실직자와, 수영복 차림의 모델들과, 성형을 한 여배우와, 농구 선수와, 차라리 잉꼬라 불린다는 연예인 커플과 재테크의 일인자와, 수십 대의 사이클과 수십 필의 말과, 무릇 확대를 요하는 남성과, 주말 경기를 마친 프로야구 선수들이 활약하고 있지만─거기에 비해, 나는 조금 달라졌다. 또, 바로 그 점이, 내가 1998년을 잊지 못하는 이유이다.

기억은 늘 그 재떨이와, 달력과, 한 폭의 산수화에서부터 시작된다. 그 산 너머의—지난 기억들은 좀처럼 떠오르지 않기 때문이다. 아마도, 너무 바빴기 때문이라고, 지금의 나는 생각한다. 첩첩산중에서의 첩첩업무, 그리고 산을 내려온 사람처럼—나는 한결 간편해진 마음으로 그 이후의 일들을 떠올릴 수 있다. 아마도, 한가해졌기 때문이겠지, 라고 여길 수도 있겠지만, 어쨌거나 말이다.

야구로 치자면, 1998년은 데드볼의 시기였다. 세상의 곳곳에서 데드볼을 맞는 사람들이 즐비했고, 나 역시 예외는 아니었다. 그러니까 바로 그 무렵—나는 이혼을 했고, 얼마 후 실직을 했다. 죽어도, 좋았고, 죽는 줄, 알았다. 그랬다. 이 글을 읽고 있는 당신의 생각처럼, 누구에게나 힘든 시기가 있는 거겠지. 그렇게 말해도, 좋다. 어쨌거나 분명한 것은, 이제 조금은—그때 일어난 일의 원인을 알게 되었단 사실이다. 좋도록 하세요. 모쪼록, 인생은 다소, 다사다난한 것이 아니겠는가.

아내는 착한 여자였다. 중매를 통해 만났는데, 《외눈박이 물고기의 사랑》이란 책을 커피숍에 앉아 읽고 있었다. 외눈박이 물고기의 사랑이라니, 일자형 스타일의 바지를 입고 앉아, 나는 고개를 갸웃했다. 아마도 그때—한쪽 눈이 없는 것도 아닌 그녀와 결혼을 해도 좋겠단 생각을, 나는 했다. 무학자無學者인 그녀의 부친은 돈이 많은 인물이었다.

직장이 있는 서울에 장인이 28평의 아파트를 얻어주었다. 갑자기 지구 반대편의 어딘가로 나의 좌표가 옮겨진 느낌이었고, 지구 반대편의 작은 섬으로 우리는 신혼여행을 떠났다. 여행을 떠나는 나의 슈트케이스 안에는,《가정을 버려야 직장에서 살아남는다》는 제목의 비즈니스 서적이 들어 있었다. 무렵엔 그 책을 읽는 것이 대유행이었다.

　결혼에 비해 직장 생활은 순탄치가 않았다. 이미 타 대학의 인맥이 굳게 형성된 곳이었고, 나는 확실히 눈치가 없다면 없는 편이었다. 이를테면―모처럼 부서를 방문한 이사와 함께 오찬을 나눌 때였다. 무척 긴장된 자리였는데, 이사가 꺼낸 서두는 전혀 뜻밖의 것이었다. "된장이 그렇게 몸에 좋다는군."

　이사가 된장 얘기를 꺼냈기 때문에, 한동안 모두가 고개를 끄덕이며 된장 얘기를 주고받았다. 부장은 서대문의 유명한 우렁된장집 얘기를 했고, 입사 동기지만 조기 승진을 한 과장은 된장에게 음악을 들려주는 첼리스트 얘기를 늘어놓았다. 나는―고추장은 순창이 유명하다는 뜻밖의 소리를 내뱉어, 모두를 놀라게 했다.

　직장에서 승리하는 인간은―그런 상황에서 된장에게 음악을 들려주는 첼리스트 얘기를 꺼낼 수 있는 인간이다. 모쪼록 그런 이유로, 나는 더 열심히 일에 매달려야 했다. 일은 끝이 없었다.《가정을 버려야 직장에서 살아남는다》가 왜《가정을 버려야 직장에서 살아남는다》인지를 알기까지는―그리 오랜 시간이 소요되지 않았다. 언제부턴가, 아내는 우울증 치료를 받고 있었다. 그 사실을 안 것도 한참 후의 일이었다. 먹고, 산다는 것의 이 지겨움. 먹고, 산다는 것의 이 우울함.

　이 땅에서, 보편적인 결혼의 대부분은《가정을 버려야 직장에서 살아남는다》와《외눈박이 물고기의 사랑》의 결합이다. 보편적인 인간이라면, 그래서 누구나 사는 게 고달프다. 나 역시 그런 인간의 하나였다. 나도 최선을 다하고 있어—아내의 외눈이 그 사각死角을 봐주기를, 자신의 사각 속에서 나는 늘 갈망했었다. 물고기는 끝끝내 그 사각을 확인하지 않았다. 그리고 그 무렵, 그 보편적인 인생 속으로 조성훈이 찾아왔다. 돌이켜보면

인생은 다소

신기한 것이었고,

이제 나는

그 '다소'나 '신기함'에 대해

그대에게 말하고자 한다.

즉 이것은, 그해에 펼쳐진

우리의 야구에 관한 이야기이다.

투 스트라이크 스리 볼

"여보세요."

조성훈의 전화를 받은 것은 아내와 내가 완전히 갈라선 직후였다. 마침 구조조정의 한파가 절정에 달했던 무렵이기도, 했다. 해서 나는―아무 일도 없는 사람처럼 출근을 하고, 여느 때보다 열심히 업무를 보고, 오히려 갓 결혼한 사람처럼 환한 표정으로 야근을 하곤, 했다. 힘들지 않아? 과장이 물었다. 힘들긴요. 첼리스트의 연주를 듣는 된장 같은 표정을 지으며, 나는 대답했다. 이미 내 이름이 명단에 올라 있단 얘기가 공공연히 사내를 떠돌았고, 나는 더욱 노력했다. 즉, 걸려오는 전화 한 통에도 신경이 곤두서던 무렵이었다. 그리고 "여보세요"였던 것이다.

전화를 건 것은

누군지 잘 몰랐으나
모를 뻔했으나
모를 리 없는

조성훈이었다. 묘한 기분이었다. 세월의 저편에서 건너온 하얀 연
막 같은 것이, 전화선을 따라 전화선을 따라 자꾸만 이편으로 건너
오고 있었다. 마치 어릴 적—소독차의 하얀 연막 뒤를 무작정 따라
뛰던 심정으로, 나는 친구의 목소리를 듣고 있었다. 심장에서, 그 소
독차의 낡은 엔진 소리가 들려왔다. "여기 서울이야." 연막으로 자욱
해진 사무실의 한복판에서—나는 비로소 친구가 돌아왔다는 사실
을 현·실·적으로 느끼고 있었다. 그리고 너무나 현실적인 것은 초·
현·실·적이라는 사실을, 비로소 알게 되었다.

　눈부신 5월의 금요일 오후였고, 창을 건너온 봄볕이—스윽스윽,
내 등에 붓칠을 하듯 여러 가닥의 햇살을 피부 위에 짜서 문지르고
있었다. 봄볕이 한 폭의 훌륭한 초현실주의 그림을 완성할 때까지,
나는 미동도 하지 않고 그 자리에 앉아 있었다.

　"어쨌건, 당분간 폐를 좀 끼치고 싶은데 괜찮겠니?"

　그날도 퇴근이 늦었으므로, 실제로 그를 만난 것은 한밤중이었
다. 손님이 왔다는 경비실의 연락을 받고, 인터폰의 벨이 울리고, 그
래서 문을 열자 '일본으로'와 '간다', '여러 가지'와 '사정은', '돌아와
서'와 '밝히마'라는 6개의 대륙과, 지구의 70%인 바다를 여행하고
돌아온 조성훈이 웃으며 서 있었다. 더 수척해진 모습이었고, 옆머
리가 귀를 가린 장발이었다. 우리는 잠시, 그렇게 서 있었다. 빙하기

에서 살아남은 두 마리의 이구아노돈처럼, 반가우면서도 어리둥절하게. 그렇게.

들어와, 일단 나는 친구의 짐을 받아 들었다. 큰 배낭 2개와 1개의 트렁크, 그리고 이건 뭐야─놈이 내려놓은 것은 삼미 슈퍼스타즈 스포츠가방이었다. 잠시, 어떤 이물질을 쳐다보듯 아연실색하며 서 있는 나에게 놈이 말했다. "그건 조심해서 옮겨줘!"

그것이 전부였다. 이상하게도 친구가 발을 들여놓던 그 순간─나는 반갑고 놀랍고, 더없이 궁금하면서도─귀찮았다. 결정적으로, 새벽 1시였다. 아차 싶어 "늦었구나, 얘기는 내일 하자"고 말한 후 자버렸다. 그다음 날부터는 서로 얼굴을 볼 수 없었다. 이유는 물론, 바빠서였다. 친구를 위해 내가 한 일은, 아내가 쓰던 키를 신발장 위에 올려둔 것이 고작이었다.

6월이 되면서 사무실의 기온은 급격히 내려갔다. 20% 감원, 30% 감원… 에어컨의 냉기를 타고 에어컨의 냉기를 타고─스산한 사람들의 마음속으로 순은純銀의 눈발들이 날려 들었다. 몹시도, 추웠고, 몹시도, 무서웠다. 살아남을 수 있는 동굴의 숫자는 날이 갈수록 줄어들었고, 줄어드는 동굴의 숫자에 비해 다들 너무나 필·사·적으로 일을 했기 때문에, 그것은 마치 빙하기를 맞이한 공룡의 집단을 지켜보는 기분이었다.

자본주의를 어떻게 생각하십니까? 입사 시험을 치를 때 면접관이 던진 질문이었다. 긍정적으로 생각합니다. 라고 나는, 또렷하게 대답했다. 아닌 게 아니라 나는 자본주의를 사랑했다. 이유는 단순

했다. 먹고살기가, 용이하기 때문이다. 가진 것 없이도, 투자가 없이도 노력으로 먹고살 수 있다는 것은 얼마나 근사한 일인가. 누구에게나 사는 건 마찬가지다. 재미없고, 힘들다. 또 바보가 아니라면 세상을 더 이상 재미로 살 수 없다는 사실을 어른이 되면서 알게 된다. 자본주의를 비판하던 철부지들도, 물신 풍조를 우려하던 몽상가들도, 때가 되면 자신의 손으로

먹고

살아야 한다. 세상을 잘 살기 위해서는―긍정적인 사고방식과 좋은 습관, 그리고 사는 건 원래 힘들고 재미없다는 사실에 대한 빠른 인식이 필요하다. 그 세 가지만 제대로 갖춘다면 누구나 이 세계에서―먹고, 살 수 있다고, 나는 생각했다. 물론이다.

과정의 질타와 소문에도 불구하고, 그래서 나는 결코 흔들림이 없었다. 나에겐 그래도 일류대의 갑옷과, 노력이라는 무기가 있다. 나는 누구보다 열심히 일을 했다. 비록 높이 나는 새는 아니었지만, 언제나 일찍 일어난 새였다고 나는 자부해왔다. 자, 일어, 나자.

마음이 약해질 때면, 결혼 전의 신입 시절을 떠올렸다. 인천의 집에서 전철로 출근하던, 또 전철을 타고 인천으로 돌아가던―그 매일매일의 러시아워와 신도림역을, 나는 생각했다. 삶은 단순하다. 삶은 절대로, 복잡한 것이 아니다. 러시아워 때의 신도림역에 가보면, 누구나 삶이 무엇인지를, 뼈저리게 알 수 있다. 가봐, 다시 돌아가기 싫지? 내 속의 '나'가 소리 질렀다. 자, 일어, 나자. '나' 밖의 내가 푸시맨처럼 '나'를 떠미는 완력을, 나는 느꼈다. 언제나, 느끼곤, 했다. 그해의 6월은 그렇게 가고 있었다. 문이 막 닫히려는, 신도림의 전철

투 스트라이크 스리 볼

처럼. 그렇게 급박하게, 그러나 정지한 것처럼, 선명하게.

그러던 어느 날, 1차 구조조정의 결과가 발표되었다. 하위직의 여사원들이 주 대상이었고, 해당자들은 메일로 퇴출 사실을 통보받았다. 등 뒤의 어딘가에서 뜨거운 오열이 터져 나왔다. 나는, 뒤돌아보지 않았다. 평소보다 큰 소리로 에어컨이 돌고 있었다.

아내의 변호사에게서 전화가 왔다. 아파트를 매물로 내놓았냐는 확인 전화였다. 내놨다, 고 말한 후 부동산의 연락처를 알려주었다. 죽어도 팔리지 않는 부동산처럼, 답답한 날들이 나를 짓눌러왔다. 복지부동이다. 우리의 삶은 과연 동산일까, 부동산일까.

"뭘 하는데 그렇게 바쁘냐?" 하루는 조성훈과 마주쳤다. 너무 피곤했기 때문에, 나는 손을 내저었다. 사실 뭘 하는지도 알 수 없었다. 회의와 회의, 아무튼 회의가 아침부터 밤까지 계속되었다. 위기가 닥치면, 인간들은 회의會議를 한다. 회의懷疑가 사라질 때까지.

몸살이 왔다. 하지만 드러내지 않고 이틀을 잘 버텼고, 가까스로 일요일이 되어 맘 편히 앓아누웠다. 거의 매시간 조성훈이 지압을 해주었다. 밤이 되자 한결 살 만하다는 기분이 들었다. 살아, 남아야, 한다. 이런 시기에는, 병치레도 하나의 약점일 뿐이다.

"당분간 쉬지 그러니?" 저녁을 먹으며 조성훈이 말했다. 어디서 많이, 가 아니라 아내에게 늘 듣던 말이었다. 농담할 기분이 아니었기 때문에 나는 웃기만 했다. 아내와는 달리, 놈은 혀를 끌끌 차며 "어쩌다… 프로 따위가 된 거지?"라는 이상한 말을 덧붙였다.

얼마 후 2차 구조조정의 결과가 발표되었다. 전체 직급이 골고루 속한, 대규모의 감원이었다. 그 속에 입사 동기인 신 대리가 속해 있었다. 두 딸의 아버지인 그는 화석化石 같은 표정으로 사무실을 빠져나갔다. 나는 일어나, 곧바로 그의 뒤를 따라나섰다.

휴게실에서 그는 울고 있었다. 나는 말없이 한 잔의 커피를 뽑아 그에게 건네주었다. 빙하기의 하늘을 쳐다보는 브론토사우루스처럼—그는 멍한 눈으로 창밖을 응시하고 있었다. 전생에 나뭇잎이었을 작은 종이컵이 거대한 초식 공룡의 입 끝에 매달려 있었다.

엇비슷한 학벌과 용모, 능력들이 모인 이 골짜기에서, 확실히 그는 브론토사우루스만큼이나 눈에 띄는—학벌과 용모와 능력의 소유자였다. 그는 후기대의 ROTC 출신이었고, 실로 거구였으며, 능력을 따지기 전에 우선 나보다 남을 먼저 생각하는 인간이었다.

신 대리와는 술을 마시지 않을 수 없었다. 평소와 달리 폭음을 한 그를, 나는 택시에 태워 돌려보냈다. 경기도 동부에서 출퇴근을 해온 그에겐—여러 차례의 지각도 결정적인 약점이 되었다. 한 대의 모범택시가, 경기도의 어딘가를 향해 지각을 하고 있었다.

나는 할 만큼 한 사람이야. 그의 꼬인 혀가, 그러나 또렷한 발음으로 남긴 유언이—집으로 돌아오는 내 귓속에 피처럼 고여 들었다. 새벽 3시였다. 샤워를 하고, 2시간 후면 나는 출근을 할 것이다. 그게 기본이다. 이 세상에, 할 만큼 하지 않은 샐러리맨은, 없다.

이웃 부서의 최 부장도 2차 발표의 대상자였다. 그는 '평생직장' 철학의 신봉자로 사내에서 유명한 사람이었다. 내가 연수를 받던 무렵, 그는 강사로서 '평생직장'의 특강을 하기도 했다. 그런 그가 옷을 벗었다. '평생 직원'은 존재해도 '평생직장'은 존재하지 않았다.

집에서 회사까지는 27개의 크고 작은 교차로와 하나의 대교가 존재한다. 나는 단 한 번도 이 길을 속 시원히 주행해본 적이 없다. 늘 막히거나, 빨간 불이었다. 꾸역꾸역 밀려 있는 차들을 보면 때로 고갱의 그림 제목이 떠오른다. 우리는 어디서 와서 어디로 가는가.

나는 단 한 차례의 지각도 결근도 한 적이 없다. 27개의 교차로와 대교로서는 몹시도 서운한 일이겠지만, 설사 그것이 270개의 교차로와 끊어진 대교였다 해도 결과는 마찬가지였을 것이다. 뒤집어 본다면, 가정에 대해선 언제나 지각이나 결근을 했다는 말이 된다.

문득 아내의 소식이 궁금했다. 어떻게 지내고 있을까. 뭘 하며 살고 있을까. 어쩌면 아내도 그런 생각을 할지 모른다고, 나는 생각했다. 그럼 나는 어떻게 지내고 있는가. 어디서, 뭘 하며 살고 있는가. 실은 그것을 정확히 모르기 때문에, 인생은 늘 여전하다.

여전했던 어느 날 아침, 나는 한 통의 메일을 받았다. 3차 구조조정의 대상자임을 통보하는 메일이었다. 순간 눈앞의 재떨이나 달력을 볼 새도 없이 뜨거운 눈물이 솟구쳤다. 그 순간 알 수 있었다. 나는 일찍 일어난 새가 아니라, 일찍 잠을 깬 벌레였다는 것을.

저 역시 안타깝게 생각합니다. 된장 앞에서 음악을 연주하는 첼리스트처럼, 과장은 갑작스러운 존대를 하며 나를 달랬다. 자발적인, 사표를 쓰란, 얘기였다. 첼리스트의 마지막 연주는—사실 이 바닥이 얼마나 좁은지는, 잘 알고 계실 거라 믿습니다, 였다.

눈물을 막은 것은 자존심이었다. 나는 말없이 짐을 정리한 후, 말없이 사무실을 빠져나왔다. 그간 해온 일들에 비해 극히 간단한 절차였고, 아무런 소음도 없었다. 터무니없을 만큼 세상은 여전했다. 세상이 여전한 이유는 반드시 누군가가 여전하지 않기 때문이다.

주차장을 내려오다 잠시 벽에 손을 짚고 서 있었다. 갑자기, 머리가 어지러워서였다. 손바닥을 통해, 차고, 서늘하고, 완강한 콘크리트의 기운이 전해져왔다. 내가 퇴출한 회사의 구조는 놀라울 만큼 튼튼한 것이었고, 놀랍게도 나는 그 구조물의 일부가 아니었다.

집은 비어 있었다. 넥타이를 맨 채 나는 그대로 쓰러졌고, 결국 베개에 얼굴을 묻고서야 울음을 터트렸다. 갑자기 아내의 얼굴이 떠올랐다. 나는 '가정을 버리고도, 회사에서 살아남지 못했다.' 빙산에 갇힌 공룡처럼, 나는 깊고 깊은 잠 속으로 빠져들었다.

얼마나 잔 걸까. 눈을 떴을 때는 한밤중이었다. 목이 마르고 배가 고팠다. 그리고 외로웠다. 부엌으로 가서 냉장고를 열었다. 냉장고의 품속에는 물과, 조성훈이 사다 놓았을 2개의 치즈버거가 있었다. 치즈버거를 데우면서, 나는 문득 아내의 목소리가 듣고 싶었다.

2개의 치즈버거를 모두 먹어치운 후, 조성훈의 방문을 두드렸다. 응답이 없었다. 자는 건가? 살짝 문을 열어보니 친구는 보이지 않았다. 어딜 간 걸까. 나는 더욱 외로워졌다. 그때 무척이나 간단한 짐들 속에서, 무척이나 낡고 닳은 하나의 가방이 눈에 띄었다.

이유는 알 수 없고, 뭐랄까 그 공간에서 유일하게 친근한 것이었기에, 나는 그 곁으로 다가가 힘없이 주저앉았다. 그리고 옛 연인의 옷을 벗기는 것처럼, 그 낡은 지퍼를 조심스레 끌어내렸다. 그 속에는 삼미 슈퍼스타즈의 모든 것들이 고스란히 보관되어 있었다.

그리고 나는—별 무늬가 박힌 잠바와 모자, 또 이루 헤아릴 수 없는 잡동사니들을 어루만지며 참으로 오랜만에 나의 과거를 기억

투 스트라이크 스리 볼

해낼 수 있었다. 왜 그동안 한 번도 과거를 기억하지 않은 걸까. 잘 모르겠다. 나는 너무 바빴다. 언제나, 해야 할 일이 너무 많았다.

그랬다. 생각하면 나에게도 왕년往年이 있었다. 촌스러운 별무늬처럼, 느닷없고 보잘것없던 청춘의 1, 2년. 순간 인정하기 싫은 것은—그래도 그 순간이 가장 빛나던 시절이었단 잔인한 사실. 대저 그것이 클라이맥스였다니, 우리의 삶은 얼마나 시시한 것인가.

그 적막하고 쓸쓸한 방 안에서, 나는 처음으로 내가 변했다는 사실을 알게 되었다. 그것은 엄청난 각도로 휘어진 슬라이더 볼이 자신의 출발점을 뒤돌아보는 느낌이었고, 자신을 놓아준 투수의 그 공허한 빈손을 쳐다보는 느낌이었다. 그것은 한없이 멀고 아득했다.

투수의 빈손처럼 열려 있는 가방의 밑바닥을 쳐다보면서 나는 그런 상념에 빠져들었다. 돌이켜보니, 아주 오래전 나는 야구를 좋아했던 적이 있었고, 지금보다는 싱싱한 청춘을 살고 있었다. 그것은 아주 오래전의 일이었다. 이미 빵처럼 부풀어 있는 이 현실 속에서

나의 청춘은 한 장의 체다 슬라이스 치즈처럼 가늘고 납작해져 있었다.

일어나. 야구. 캐치볼. 하늘

교통사고의 후유증처럼, 퇴출의 상처는 천천히, 그리고 집요하게 나를 찾아왔다. 그때의 고통에 대해선 긴말을 할 수 없다. 마취는 없고, 마비만이 있는 고통─그리고 그 마비가 가져오는 무력감과 분노. 아주 어릴 적─나는 돋보기로 먹지를 태워본 적이 있는데, 퇴출의 고통은 그 느낌과 비슷한 것이었다. 즉, 가슴 한복판이 뜨거워지며, 탄다. 먹이 타는 냄새가, 난다. 전체적인 뜨거움이 아닌, 초점이 또렷한 뜨거움. 그리고 그 열기가 번진다. 격렬하게, 먹이 타는 연기와 함께, 구멍이 뚫린다. 휑하니, 가슴, 혹은 마음과 같은 것이, 뚫린다, 재가 된다. 길을 걷다 보면 3m쯤의 상공 위에 늘 그런 돋보기가 나를 따라다니는 듯한 느낌. 즉 그런 것. 더불어 그때에야 이혼의 심각성이랄까, 그런 여러 가지 삶의 후회들이 한꺼번에 몰려들었다. 나는, 이를 악물었다.

처음엔 전화를 돌렸다. 선배들은 한결같이 위로의 말을 건네왔고, 한결같이 지금은 상황이 안 좋아 조금만 기다려보자, 는 말을, 했다. 기다리자. 기다리자. 전화를 끊을 때마다, 나는 폴이 쓰러진 텐트처럼 허무하게 주저앉았다. 나는, 이를 악물었다.

결국 이력서를 들고 찾아다니기 시작했다. 처음엔 경영 상태가 좋은 외국 회사에서, 결국엔 경영 상태를 알 수 없는 유령 회사까지— 나는 돌아다녔다. 저는 이런 사람입니다. 저는 이런 사람입니다. 저는 이런 사람입니다. 그리고 나는—"현재는 구인 계획이 없습니다" "저희는 공개 채용 방식 외에는 인사를 결정하지 않습니다" "죄송하지만 차후 연락을 드리겠습니다"라는 답변과, 믿기 힘들게도

"그래서요?"

라는 말을 들어야 했다. 경기가 회복되면 모든 게 제자리를 찾을 거라고, 그 무너진 텐트의 어둠 속에서 나는 스스로를 위로했다. 나에겐 누구 못지않은 경력과, 누구 못지않은 학력이 있다. 나는 누구 못지, 누구 못지, 누구 못지않은 인간이다. 라고 되새기면 되새길수록, 나는 누구보다 못한 인간으로 전락하는 기분이었다. 나는 점점 무력해지고 있었다. 한 달 정도 그런 시간이 지나고 나자, 마음이란 게 사라지는 느낌이었다. 상공의 돋보기는 날이 갈수록 커져갔고, 때는 여름이었다.

너 회사 관둔 거냐?

하루는 식탁에서 조성훈이 물어왔다. 나는 말없이 고개를 끄덕였다. 화가 났다. 이유 없이 화가 나는데 놈이 맥주를 벌컥벌컥 들이켜며 "잘했어"라고 말했다. 하마터면 나가라고, 소리를 지를 뻔했다.

언론은 연일 실직자들의 문제를 보도했다. 마치 하나의 샘플처럼—가족과 동반 자살한 40대 가장의 이야기, 노숙자로 전락한 대기업 간부의 이야기, 또 도산공원의 비둘기들 사이에 섞여 신문의 구인란을 뒤지는 실직자들의 인터뷰가 꼬리에 꼬리를 물고 이어졌다. "살길이 막막해요." 모자이크로 처리한 얼굴, 변조된 음성이 계속해서 귀를 간질였다. 마치, 희생된 양의 울음 같다. 먹이 타는 냄새와 함께, 다시 분노가 치밀었다.

모자이크는 왜 한 거지?

부끄러운 게 아니잖아. 라고, 조성훈이 얘기했다. 부끄러운 거야. 라고, 내가 답했다. 왜? 놈이 다시 물었다. 나는 침묵했다. 왜 부끄러운지는, 정확히 알 수 없었다. 왜? 집요하게 놈이 다시 물었다. 진 거니까, 결국 나는 그런 대답을 하고야 말았다.

지면 어때?

조성훈이 얘기했다. 이상하게도 그 말을 듣는 순간 졸음이 몰려왔다. 이상한 일이었다. 그 잠은 그렇게 시작되었다. 여름의 해가 가장 타올랐을 무렵, 그래서 나의 전부가 불타버린 무렵의 일이었다. 돌이켜보면 줄곧 하루 평균 5시간의 수면을 취해온 내가—왜 그렇게 많은 잠을 잤는지는 알 수 없다. 또 인간이 과연 그렇게 많은 잠을 자도 되는지, 잘 수 있는지, 그게 건강에 어떤 영향을 미치는 것인지, 는 알 수 없지만—그렇게 자다 보니

자면 어때?

라는 생각이 들기도 했다. 참으로 길고, 아득한 잠이었다. 이를테면 자포자기와 같았던 그 잠을 통해, 하지만 나는 서서히 치유되고 있었다. 그런 기분이었다. 알게 모르게, 그 잠은 일종의 도피이자, 망각이고, 반항이고, 치료였다. 마치 5년 만에 처음으로 실행하는—컴퓨터 디스크의 조각 모음 과정을 지켜보는, 그런 기분이었다. 길고도 지루한 낮과 밤, 길고도 지루한 밤과 낮. 그리고 거짓말처럼—져도 그만, 자도 그만인

한 달이 지나갔다.

어느 날 아침, 겨울잠을 자고 난 곰처럼 나는 우뚝 일어났고, 일어나보니 거짓말처럼 새벽 5시가 아닌 오전 10시였고, 머릿속은 지구의 모든 종種을 수용할 수 있는 노아의 방주만큼이나 거대하고도 공활한 느낌이었다. 그리고, 여름이었다.

어디선가 매미들이 요란하게 울고 있었고

그 매미들이 거대하고 공활한 방주를 찾은 지구의 첫 번째 종이었다. 두 번째 도착한 종은 조성훈이었다. 도대체 살려둘 만한 이유가 없는 종이었지만, 하여간에 놈이 싱글벙글대며

"잘 잤어?"

라고 물었다.

"응."

내가 대답했다. 세 번째 도착한 종은 치킨이었다. 그것이 하나의 종이 될 수 있는지는 알 수 없지만, 하여간에 치킨이었다. 뒤에 안

사실이지만 마침 그날이 조성훈의 월급날이었고, 그런 이유로 치킨이 맥주와 함께 도착한 것이다. 치킨은 지구가 재구성되었을 때 반드시 필요한 종이라는 생각이 들 정도로 훌륭한 맛이었고, 맥주는 시원하다는 점을 빼고는 시원찮은 맛이었다.

"월급? 얼만데?"

"60만 원."

"뭘 하는데 그것밖에 못 받냐?"

"신문 배달."

웃기는 놈. 이라는 말이 목젖까지 올라왔지만, 재구성될 지구의 세 번째 종이 자신의 몸을 던져 그 말을 가로막았다. 얼렁뚱땅 그렇게 술을 비우며, 우리는 재회 후 처음으로 오랜 대화를 나눌 수 있었다. 그리고 그 술자리를 통해, 이윽고 나는 6개의 대륙과 지구의 70%인 바다에 대한 오랜 궁금증을 풀 수 있었다. 지구의 재구성을 위해서도 반드시 필요한 절차였고, 마찬가지로 얼렁뚱땅한 얘기였다.

"그때 얘기 좀 해봐."

조성훈이 부모님이 돌아가신 것은 알고 있던바 교통사고 때문이었다. 형제들과의 재산 소송 때문에 재판을 벌이고 나오던 길이었고, 빗길이었고, 차가 중앙선을 넘었고, 마주 오던 트럭과 정면으로 충돌했다. 장례를 치르고 나니 집과 사업체가 사라지기 시작했다. 분명 일반적인 사업체였으므로 채권과 채무가 엇비슷한 구조로 존재했을 텐데, 아버지의 돌연사 때문에 채권은 그 종적을 알 길이 없고 채무만이 남게 되었다. 결국 회사는 부도가 나고, 급박하게 집

일어나. 야구. 캐치볼. 하늘

도 은행으로 넘어갔다. 그 모든 것이 스무 살의 조성훈으로서는 해결할 수 없는 일들이었고, 문제의 유산들은 어느새 삼촌들의 소유가 되어 있었다. 삼촌들이 갑자기 학비를 대겠다고 난리를 떨었지만, 그 돈을 받고 싶지는 않았다. 갑자기 이 땅이 싫어졌고, 주위의 모든 것이 싫어졌다. 결국 친지의 소개로, 마침 그 무렵 한국을 방문했던 작은할아버지를 따라 그가 사는 일본으로 가게 되었다. 경비는 그가 대주었고, 하룻밤 사이에 꾸린 짐은 옷가방 하나와 삼미 슈퍼스타즈 스포츠가방이 전부였다.

"그건 도대체 왜 가지고 간 거냐?"

"일단 들어봐!"

작은할아버지는 요코하마에서 파친코를 운영하고 있었다. 학업보다는 자신의 밑에서 사업을 배우라는 그의 말을 조성훈은 순순히 믿고 따랐다. 일은 생각보다 중노동이었고, 그의 작은할아버지는 스무 살 청년의 생각처럼 육친의 정이 강한 인물이 아니었다. 결국 한 푼의 월급도 받지 못한 채 그 집을 나왔고, 어느 정도 능통해진 일본어만 믿고 혈혈단신 동경으로 올라갔다. 그곳에선 주로 한인들이 운영하는 각종 유흥업종의 각종 허드렛일을 하며 생활했다. 그러나 그 생활도 순탄치는 않았다. 사기꾼에게 걸려 그나마 모아둔 돈을 모두 잃었고, 거기에 비자 문제까지 겹쳐 여차여차 부랑자 생활을 하게 되었다. 도대체 무슨 일인지, 이때도 그는 문제의 가방만큼은 버리지 않았다.

"왜, 도대체 왜?"

"들어보라니까."

6개월 정도를 홈리스들과 어울려 다녔다. 생각보다 편한 생활이었고, 생각지도 못할 만큼 지저분한 생활이었다. 그리고 그 편하고 지저분한 생활 속에서―어느 날 그는 운명적으로, 참으로 운명적으로 한 사람의 친구를 만나게 된다. 후지모토 사카에―그는 실제 부유한 집안의 막내이면서, 뭔가 특별한 이유로 홈리스 생활을 하고 있던 40대의 기인奇人이었다. 동경의 가장 더러운 지하 구역에서 조성훈은 그를 만났고, 이런저런 얘기들을 나누다 앗, 도대체 그의 눈에도 그 가방이 눈에 띄지 않을 리 없었다.

"슈퍼스타? 그건 도대체 무슨 가방입니까?"

"예, 이것은⋯."

자연스럽게 조성훈은 그에게 삼미 슈퍼스타즈의 얘기를 들려주었고, 계속되는 그의 질문에 얘기는 밤을 새워 계속되었고, 다시 얘기는 근처의 세븐일레븐―옆의 쓰레기통, 옆의 벤치로까지 그 장소가 이어졌고, 거기서 유통기한이 지난 도시락 2개를 모두 꿀꺽할 때까지 이어졌고, 급기야 그 40대의 눈에서 하염없는 눈물을 흘리게 만든 다음 끝이 났다.

"왜, 왜 울어?"

"글쎄, 들어봐."

그 40대의 인물은 정말이지 한참을 울었고, 갑자기 인생에서 할 일이 생겼다며 조성훈을 자신의 집으로 데려갔고, 오, 그 어울리지 않는 부유함에 조성훈은 깜짝 놀랐고, 그의 노모는 노모대로 아들이 돌아왔다고 기뻐했고, 여하튼 그 집의 훌륭한 욕실에서 민간인으로 변신한 그는 정좌를 하고 앉아 이런 말을 했다고 한다.

일어나. 야구. 캐치볼. 하늘

"미력하게나마 제가 슈퍼스타즈의 후견인이 되어도 좋겠습니까?"

"네, 무시기요?"

후지모토 사카에의 말은 농담이 아니었다. 그는 삼미 슈퍼스타즈의 자료를 모으기 위해 그 후 한국을 여러 차례 다녀왔고, 조성훈의 비자 문제도 재계에 있는 자신의 큰형을 동원, 원만하게 해결해주었다. 기묘하게도 조성훈과 그는 닮은 점이 많았다. 그 역시 동경대를 졸업했고, 또 집안의 유산 상속 문제로 법원을 들락날락했던 가족사를, 보유하고 있었다. 그래서일까. 사카에는 조성훈을 친동생처럼 여기고 보살펴주었다. 숙식을 제공하고, 홈리스 생활 중 옮았던 눈병과 피부병을 치료해주고, 조성훈이 다시금 자신의 길을 걸을 수 있도록 물심양면으로 도와주었다.

"조 상, 자신이 좋아하는 일을 하세요."

조성훈의 유일한 취미를 알게 된 어느 날, 그는 박수를 치며 그렇게 말했다고 한다. 그리고 신주쿠의 친구에게 부탁, 비록 견습이지만 프라모델 도색공으로 일하게 해주었는데 의외로 그 일이 조성훈을 사로잡았다. 조성훈은 열심히 그곳에서 조립과 도색을 배웠고, 또 시간이 나는 대로 삼미의 자료에 대한 조언을 사카에에게 해주었다. 삼미 슈퍼스타즈의 자료를 모으는 일은 생각보다 어려웠다. 그러나 사카에는 포기하지 않았다. 그는 천신만고 끝에 여러 자료와 물품 들을 한국에서 구입해 왔고, 결국 오리지널을 못 찾은 자료들은 조성훈의 오리지널을 토대로 복각에 착수했다.

"그만큼 널 도와준 사람인데 그냥 주지 그랬냐?"

"그걸 넙죽 받을 사람이라면 삼미를 좋아하지도 않았겠지."

그런 점에 있어서도 조성훈과 사카에는 닮아 있었다. 조건 없는 호의를 받을 대로 받으며 편안히 기반을 닦았어도 좋았으련만, 조성훈은 어느 날 사카에에게 이별의 뜻을 고한다. 요컨대 이제 자립의 발판을 마련했고, 더 이상 폐를 끼칠 수도 없거니와, 다른 무엇보다 한국으로 돌아가고 싶어졌다는 것이 그의 변辯이었다. 사카에는 깊은 아쉬움을 표하며 공항까지 나와 그를 전송했다고 한다. 경비는 조성훈이 번 돈으로 해결했고, 그는 일본으로 건너올 때보다 2개의 가방을 더 지니고 있었다. 물론, 그 짐 속에는 삼미 슈퍼스타즈의 스포츠가방이 어김없이 포함되어 있었다.

"왜, 정말이지 왜?"

놈이 정색을 하며 대답했다.

"이건 나의 신앙이야."

투 스트라이크 포볼

　재구성된 지구의 첫 번째 종 매미들이 요란하게 울고 있었다. 과거의 지구를 깨뜨리기라도 하려는 듯 세고, 요란한 울음이었다. 그리고 그 울음 사이를 헤치고 네 번째 종이 방주에 도착했다. 본 적도 없고, 형체도 알 수 없는 사카에라는 이름의 일본인이었다. 일단 조성훈의 얘기는 거기서 끝이 났고, 우리는 잠시 말이 없었다.

　돌이켜보면—그 길고, 길었던 잠이 나의 어떤 부분을 되돌려놓았단 생각이다. 뭔가 여전히 불안정한 상태이긴 했지만—분명 그 여름의 정오 무렵 나는 다시 태어난 기분이었다. 정말이지 목 뒤의 뼈근함이라든가, 초조함 같은 것들이 사라지고—마치 지금 막 디스크 조각 모음을 끝낸 12기가바이트의 컴퓨터 드라이브처럼 일목요연한 마음이었던 것이다. 그렇게 넉넉한, 그렇게 정리된 마음으로 생각해보니, 내 삶은 과연 엉망진창이었다. 무엇 하나 제대로 된 것이

하나도 없었다.

"신경 쓰지 마."

조성훈이 그렇게, 다시 말문을 열었다. 신경이 쓰였다.

"뭘?"

"회사 잘린 거."

나는 아무 대답도 하지 않았다. 다시 약간의 분노와 패배감, 불안 같은 것들이 재구성된 지구의 표면 위로 떠올라왔다.

"처음 널 봤을 때… 내 느낌이 어땠는지 말해줄까?"

"어땠는데?"

"9회 말 투 아웃에서 투 스트라이크 스리 볼 상황을 맞이한 타자 같았어."

"뭐가?"

"너 4년 내내 그렇게 살았지? 내 느낌이 맞다면 아마도 그랬을 거야. 그리고 조금 전 들어온 공, 그 공이 스트라이크였다고 생각했겠지? 삼진이다, 끝장이다, 라고!"

"…"

"바보야, 그건 볼이었어!"

"볼?"

"투 스트라이크 포볼! 그러니 진루해!"

"진루라니?"

"이젠 1루로 나가서 쉬란 말이야… 쉬고, 자고, 뒹굴고, 놀란 말이지. 정신을 차리고 제대로 봐. 공을 끝까지 보란 말이야. 물론 심판은 스트라이크를 선언했겠지. 어차피 세상은 한통속이니까 말이야.

제발 더 이상은 속지 마. 거기 놀아나지 말란 말이야. 내가 보기에 분명 그 공은—이제 부디 삶을 즐기라고 던져준 '볼'이었어."

재구성된 지구의 두 번째 종은 말이 많았다. 역시 최고는 치킨이다. 나는 말 없는 치킨을 말없이 뜯으며 매미의 울음소리가 쥐어뜯고 있는 여름의 허공을 바라보았다. 놀진 않았지만, 한 달 내내 쉬고, 자고, 뒹굴었다. 한 달이나! 그것도 실은 이력서를 들고 뛰어다닌다 해서 일자리를 얻을 수 있는 시기가 아니었기 때문이다. 재구성된 지구의 두 번째 종은 아직 1998년의 한국 상황을 제대로 이해하지 못하고 있었다.

노는 법도 다 잊어먹었겠지… 뭘 해야 할지도 모를 거야… 늘 일만 했으니…. 비 맞은 중처럼 두 번째 종이 계속해서 중얼거렸다. 나는 짜증이 났다. 이제 서른이다. 누군가로부터 이렇게 살아라, 저렇게 살아라 말을 들을 나이가 아닌 것이다. 나는 시끄러운 모든 종들을 방주에서 확 던져버리고 치킨과 단둘이 여행이나 훌쩍 다녀올까, 라는 생각을 했다. 여행을 다녀오면 뭔가 홀가분한 마음으로 새로운 출발을 할 수 있을 것이다. 나에겐 아직 '학벌'과 '경력'이 남아 있다. 그것이 기록되어 있는, 지구여 영원하라!

방으로 들어온 나는 신문을 펼쳤다. 세상은 여전했고, 주식과 부동산은 폭락했고, 사람들은 계속 직장에서 밀려났다. 그날의 신문에는 더 큰 위기, 더 큰 환란이 닥칠지도 모른다는 논설이 실려 있었고, 대통령이 나서서 기업의 해외 매각을 적극 시도하고 있었고, 총리는 내각제의 수용 여부를 경제 부활책 마련 이후로 미루었고, 다시 대통령은 해외 자금 유치, 해외 기업의 국내 진출에 걸림돌이

되어온 대부분의 규제들을 완화하는 방안을 적극 검토 중이었고, 환율은 사상 최대치로 치솟았고, 그 와중에 일부 의원들이 호화 해외여행을 다녀오고, 또 일부 의원들이 거액의 내기 골프를 친 사실이 뒤늦게 밝혀지고, 그 와중에 박찬호는 승승장구하고, 빚에 몰린 중소기업의 대표는 가족을 목 졸라 죽인 뒤 자신도 자살을 시도했고, 자식을 위해 가게에서 빵을 훔친 실업자가 쇠고랑을 찼고, 이를 검거하던 경찰도 눈물을 흘렸다 하고, 여차여차하고, 여전했고, 그리고 끝으로 어제 일자의 기사 〈시장 개방—한국 경제의 족쇄인가 청신호인가〉의 족쇠를 '족쇄'로 정정한다는 공고가 네모반듯하게 실려 있었다. 이것이 세상이다. 아무리 정정해도, 또 정정하지 않아도 우리의 삶은 족쇄를 찬 것처럼 힘든 것이다.

"야구 할까?"

고개를 돌려보니 조성훈이 서 있었다. 방문에 등을 기댄 채, 길이 잘 든 글러브의 중앙에 연습용 볼을 팡 팡 때리며 놈은 웃고 있었다. 실로, 너무나 오랜만에 보는 글러브와 공이었다. 너무나 오랜만이어서—사물을 있는 그대로 보며 '글러브와 공'이라고 느끼는 게 아니라, 마치 백과사전의 설명과 사진을 통해 '글러브와 공'을 인지하는, 그런 느낌이었다. 내가 순순히 그 백과사전의 남자 모델을 따라나선 것은—야구를 하고 싶어서도 아니었고, 그 '팡 팡' 하는 소리가 너무나 경쾌했기에 그 소리에 순간 마음을 뺏긴 것도 아니었다. 다른 무엇보다, 딱히 할 일이 없어서였고 또 실제로 뭘 해야 할지 몰라서였다. 이런저런 정황들을 간추려 생각해보면, 나는 정말이지
　일밖에 몰랐던 인간일 수도,

있다. 아파트 뒤편의 작은 공터는 텅 비어 있었다. 아까시나무가 그 진입로를 반쯤 가려서일 수도 있고, 기본적으로 애들이 별로 없는 이곳 단지의 특성 때문일 수도 있고, 더 기본적으로 평일의 오후였기 때문이었다. 모두가 땀 흘리며 일하고 있을 그 시간에 공터에 나와 놀고 있는 생명체는 조성훈과 나, 그리고 아까시나무 정도였기 때문이다.

다시 재구성을 시작한 지구의 다섯 번째 종으로 아까시나무가 방주의 문을 두드렸다. 여태까지의 종들 중 가장 향기가 좋은 종이었다. 그 향기에는 첫 번째 종인 매미들의 울음소리를 부드럽게 만들어주는 독특한 힘이 있었고, 그 여름의 오후를 상쾌하게 만들어주는 힘이 있었다. 그리고 그 재구성된 지구의 한복판에서—부드러워진 매미들의 울음과 조화를 이뤄, 마치 아카펠라를 하듯 두 번째 종이 소리쳤다.

"플레이볼!"

이라고 해봐야 어차피 캐치볼이고, 공 주고 공 받기에 불과한 것이지만 나쁜 기분은 아니었다. 참으로 오랜만에 끼어본 글러브였고, 참으로 오랜만에 쥐어본 공이어서 나는 막 걸음마를 시작하는 아기가 된 기분이었다. 정말이지 어떤 식으로 공을 던지고, 어떻게 잡아야 하는지를 알 수 없었던 것이다. 내 기분을 알아차렸는지 조성훈이 거리를 좁혀주었다. 그리고 다시 팔을 흔들었다. 나는 공을 던졌다. 재구성된 지구의 중력과 조화를 이루며 그 공은 느리고 완만하게 조성훈의 글러브 속으로 들어갔고, 그 지구의 한복판에서 나는 막 걸음마를 시작하고 있었다.

팡

팡

팡

팡

그것은 하나의 스텝이었다. 공을 주고받는 사이 우리의 거리는 조금씩, 조금씩 멀어져갔고 나는 한 발짝씩, 한 발짝씩 재구성된 지구의 새로운 대륙을 디디고 있었다. 뭐랄까, 그런 느낌이었다. 어느 정도 거리가 벌어지고 그 사이를 몇 번이나 단조롭게 공이 오가고 나니 갑자기 조성훈이 공중을 향해 높이 공을 던졌다. 플라이 볼이었다.

그랬다. 아주 오래전 우리는 늘 이런 식으로 공을 주고받았다. 최대한의 거리를 유지하기 전까지 다이렉트로 공을 주고받다가 그다음엔 플라이 볼, 그다음엔 원 바운드 투 바운드 순의 땅볼들을 상대에게 던져주었다. 기억을 따라 기억을 따라 나는 글러브를 추어올렸고, 공을 따라 공을 따라 시선은 허공으로 올라갔다. 그때였다. 매미들의 울음이 갑자기 멈춘 것은, 그리고 공이 시야에서 사라진 것은. 그 대신 나는 무언가 거대하고 광활한 것이 내 머리 위에 존재하고 있음을 알 수 있었다.

그것은 하늘이었다.

말도 안 되게 거대하고 광활했으며, 맑고 투명했으며, 눈이 부시도록 푸르고 아름다웠으며, 직장 생활을 시작한 후로 처음 본 하

투 스트라이크 포볼

늘이었다. 그만 나는 움직일 수 없었고, 내가 무엇인지를 망각했고, 내가 어디에 속해 있는지, 나의 계급이 무엇인지를 잊어버리고 말았다.

그 순간 세계가 정지했다. 단지, 아주 멀리서

문득 북대서양 고기압의 영향을 받았을 것 같은 서늘한 한 줄기 바람처럼―

팡

공이 내 머리 위에 떨어졌다. 아프다기보다는―뭐랄까, 우주가 나에게 던져준 별똥별과 같은 것을 맞이하는 느낌이었고, 나는 그것이 투 스트라이크 스리 볼의 내 인생 위로 던져진 '볼'이라는 사실을 알 수 있었고 그 '볼'은 멀고 먼 우주를 돌고 돌아

다시 내 곁으로 돌아온

흐르는 별 삼미 슈퍼스타즈였다는 사실을 알 수 있었다.

스텝 바이 스텝.
한 걸음씩 인생은 달라진다

　인생은 참으로 이상한 것이다. 힘들다고 생각하면 힘들고, 쉽다고 생각하면 쉽다. 이혼을 하고 실직을 당한 그 시점에서부터, 나는 서서히 인생을 쉽게 생각하기 시작했다. 그리고 나자 하나씩, 하나씩 할 일들이 생겨났다. 우선 그날 이후 나는 하릴없이 하늘을 쳐다보는 습관이 생겨났고, 어느새 산보를 하며 하늘을 즐기는 것이 하나의 중요한 일과가 되어버렸다. 그렇게 하늘을 즐겨가면서 나는 점점 낙천적樂天的인 인간으로 변해갔다.

　그것이 시작이었다.

　나는 매일매일 변해갔고, 한 걸음씩 한 걸음씩 변해갔으며, 변화를 거듭할 때마다 방주를 찾아오는 재구성된 지구의 새로운 종들을 만났다. 다섯 번째 종은 개구리밥이었다. 캐치볼을 하다 빠트린 공을 주우러 갔는데, 공터 어귀에 있는 작은 도랑 위에 그것들은 떼로 떠 있었다. 나를 위해서, 또 재구성된 지구의 개구리들을 위해서 나는 그 다섯 번째 종의 표본을 조심스레 방주로 옮겼다. 여섯 번째 종은 야쿠르트 아줌마였다. 신문 배달을 끝낸 조성훈과 함께 조깅을 하다가 우연히 단지의 정문 앞에서 마주쳤다. 조성훈과 안면이 있다는 그 아줌마는 우리에게 야쿠르트를 하나씩 나누어주었다. 변비 걱정 없는 지구를 위해서라도, 나는 야쿠르트 아줌마 역시 방주에 오르는 데 하나 부족함이 없는 종이라고 내 맘대로 생각해버렸다. 그런 식이었다. 순전히 그런 식으로 일곱 번째, 여덟 번째…의 종들이 계속해서 방주를 찾아왔고, 나의 지구는 그 새로운 종들과 함께 느리게 느리게 재구성되어가고 있었다. 그랬다.

세계는 구성되어 있는 것이 아니라, 자신이 구성해나가는 것이었다.

그리고 가야 할 회사가 없었던 그해의 여름은—그 과정을 충분히 마무리 지을 수 있을 만큼이나 길고 긴 것이었다. 나는 정말로 아무 일도 하지 않고, 그 여름의 무성한 나뭇잎들과, 하늘과, 2개의 글러브를 오가는 연습 볼의 빛나는 이마와 그 회전하는 엉덩이를 바라보며 살았다. 그것은 터무니없을 정도로 즐거운 일이었고, 그 즐거운 캐치볼의 사이사이, 그리고 샤워를 하는 사이사이, 또 맥주를 마시는 사이사이, 조성훈으로부터 귀가 닳도록 삼미 슈퍼스타즈의 얘기를 들었다.

요는 말이지. 어쩌다 프로가 되었나, 라는 것이야. 생각해봐, 우리는 원래 프로가 아니었어. 그런데 갑자기 모두 프로가 된 거야. 그과정을 생각해보란 말이야. 물론 프로야구가 세상을 바꾸었단 얘기가 아냐. 요는, 프로야구를 통해 우리가 분명 속았다는 것이지.

속아?

그럼, 전부가 속았던 거야. '어린이에게 꿈을! 젊은이에겐 낭만을!'이란 구호는 사실 '어린이에겐 경쟁을! 젊은이에겐 더 많은 일을!' 시키기 위해 만들어졌다고 보면 돼. 우리도 마찬가지였지. 참으로 운 좋게 삼미 슈퍼스타즈를 만나지 못했다면 아마 우리의 삶은 구원받지 못했을 거야. 삼미는 우리에게 예수 그리스도와도 같은 존재지. 그리고 그 프로의 세계에 적응하지 못한 모든 아마추어들을 대표해 그 모진 핍박과 박해를 받았던 거야. 이제 세상을 박해하는 것은 총과 칼이 아냐. 바로 프로지! 그런 의미에서 만약 지금의 세상을 구원하기 위해 다시 한 번 예수가 재림한다면 그것은 분명 삼미 슈퍼스타즈와 같은 모습일 것이라고, 나는 생각해.

그건 뭐랄까, 솔직히… 못해서 그랬던 게 아닐까?

너도 분명 기억하지? 82년 2월 7일 최초로 스프링캠프 훈련을 떠나던 삼미 슈퍼스타즈를 말이야. 6개 구단 중 유일하게, 삼미는 선수 전원이 정장을 차려입고 버스에 올랐던 것을. 생각해봐. 유니폼을 입고 버스에 올랐던 나머지 구단들의 목표는 뭐였지?

우승.

맞았어. 그게 그들의 한결같은 목표였지. 하지만 삼미의 목표는 다른 거였어. 기억나?

스텝 바이 스텝. 한 걸음씩 인생은 달라진다

글쎄.

야구를 통한 자기 수양!

맞아, 기억나. 야구를 통한 자기 수양!

삼미는 이미 이 세계가 어디로 흘러갈 것인지를 다 알고 있었던 거야. 어쩌면 한미수교 100주년을 앞두고 벌어졌던 한미 정상 외교의 '뒷거래' 내용까지도 모두 파악하고 있었을지 몰라. 82년의 행보를 보면 그랬던 흔적을 뚜렷이 엿볼 수 있으니까.

한미 정상 외교의 뒷거래?

그래, 뉴스에 발표된 건 표면, 즉 껍데기에 불과해. 실제로 그때 거래되었던 건 놀란스와 프로야구였으니까.

놀란스와 프로야구?

당연하지. 그때나 지금이나 정권을 쥔 놈들의 생각은 뻔한 것이니까. 당시 놈들의 고민은 어떻게 더 많은 일을, 국민들에게 당연하게 시킬 수 있을까, 였거든. 마침 그 고민은 미국의 고민과도 딱 맞아떨어지는 것이었지. 미국의 주력 산업이 뭔가를 생각해봐. 그럼 답은 간단하니까.

자동차, 석유… 이런 건가?

틀렸어. 그런 건 모두 껍데기에 불과하다니까. 미국의 주력 산업은 자본주의의 프랜차이즈야. 프랜차이즈! 알겠어? 그 일환으로, 또 마침 82년은 수교 100주년을 기념하는 해이기도 해서 놀란스와 프

---

* 80년대의 여성 4인조 댄스 그룹. 〈Sexy Music〉이라는 단 한 곡의 히트곡을 보유하고 있다. 1982년 내한 공연을 펼쳤고, 유례없이 KBS가 공연 실황을 생중계했다.

로야구가 함께 거래된 것이었지. 물론 처음엔 '섹스'와 '프로'를 함께 수입하라는 조언을 들었겠지? 물론 '섹스'는 양념이니까. 즉 '프로'를 더 잘 배양하기 위한—유산균 발효유로 치자면 올리고당과 같은 존재였지. 그런데 문제가 생긴 거야.

무슨 문제?

당시의 한국인들은 '프로'가 무엇인지 전혀 몰랐고, '섹스'라는 말은 차마 부끄러워서 입에 올리지도 못했거든. 그래서 놀란스와 프로야구가 건너온 거야. 선발대의 역할을 한 거지. 놀란스가 와서 〈섹시 뮤직〉을 부르고, 프로야구가 '프로'의 전파를 담당하기로! 물론 놀란스가 〈섹시 뮤직〉을 부르면, 모든 방송사들이 일제히 쇼 프로그램이건 아침 프로그램이건 교양 프로그램이건 가리지 않고 "저기, '섹시(SEXY)'는 영어의 섹스(SEX)에서 파생된 말인데 미국에선 이 말이 나쁜 말이 아니란 걸 아시나요?"라고 남자 진행자가 운을 띄우면 "그럼요, 미국에서 '섹시'는 매력적이다, 아름답다는 뜻으로 쓰이는 인사말이라면서요"라고 여자 진행자가 호들갑을 떨고, 그러면 다시 "××× 씨, 오늘 참 섹시해 보이십니다!"라고 남자 진행자가 너스레를 떨고, 다시 여자 진행자가 "이것 참 감사합니다"로 말하게끔 각본이 짜여 있었던 거지. '프로'도 마찬가지가 아닐 수 없었어. 그 '프로화'의 진행은 너도 잘 알고 있을 거야. 결국 그래서, 우리는 '섹스'와 '프로'를 사용하게 된 거지.

진짜냐?

일설엔 TBC*가 문을 닫은 것은 그 각본에 따르지 않겠다고 개겼기 때문이래. 프로야구단을 만들래? 그러니까 싫은데요, 뭐 거기까

스텝 바이 스텝. 한 걸음씩 인생은 달라진다

진 봐줄 만했는데 '섹시'에 관한 한은 참을 수가 없었던 모양이야. PD인지 MC인지가 하여튼 뼈대 있는 가문인지 어쩐지 "저는 그런 말 방송에서 못 합니다"라고 튕겼다는군. 그 때문에 TBC는 끝장이 난 거야.

첨 듣는 소린데.

당연하지. 내가 지어낸 말이니까. 하여간에 당시 정권은 이 세상을 '프로화'하기 위해 자신의 모든 힘을 쏟아부었어. 그리고 그걸 눈치챈 유일한 존재가 바로 삼미 슈퍼스타즈였지. 삼미는 이미 스프링캠프로 향하던 그 순간 이 야구가, 이 세상이, 모두의 삶이 어떤 판도로 흘러갈 것인가를 전부 예측하고 있었던 거야.

프로!

다 아는 얘긴 하지 마. 물론 나머지 5개 구단의 선수들도 어리둥절하긴 마찬가지였을 거야. 왜? 여태껏 그들이 해왔던 것은 '프로야구'가 아닌 '야구'였으니까. 실지로 김봉연이나, 김우열, 윤동균 같은 대선수들도 그 점이 궁금했던 건 마찬가지였어. 그래서 감독에게

"감독님, 야구라면 자신이 있는데 프로야구는 뭡니까?"

라고 물었을 거야. 아마 그들이 걱정했던 건 이런 것들이었을 테지. 야구와 프로야구는 룰이 다른 게 아닌가, 혹시 베이스가 대여섯 개라도 되는 게 아닌가, 프로레슬링처럼 로프 반동 같은 걸 이용하는 건 아닌가, 농구처럼 타구를 바스켓 안에라도 넣어야 홈런으로 인

---

* 동양방송. 5공 초기 언론 탄압에 의해 문을 닫았던 방송사. 당시 황인용 아나운서의 눈물 섞인 고별 멘트가 인구에 회자되었다.

정하는 게 아닌가 그런 것들이었지. 물론 감독들도 난처했어. 왜냐하면 미국과 일본을 두루 살펴본바 프로야구의 룰도 야구와 하나 다를 게 없다는 걸 알 수 있었으니까. 그러니 실은 감독들이 선수들보다 더 난처했던 게 사실이야. 결국 그들은 한결같이 굳은 표정으로 이런 말들을 했다고 해.

"각오 단단히 해!"

그 말을 듣고 하여간에 보통 야구는 아닐 거라고 선수들도 판단을 내린 거야. 물론 개중에는 반감을 가진 선수들도 더러 있었지. 왜? 각오에 관해서라면 지금까지의 야구만으로도 피곤해 죽을 지경이었거든. '하면 된다', '새마을운동' 같은 지령을 통해 이미 모두가 지칠 만큼 지쳐 있던 상태였으니까. 하지만 발을 빼기에는 이미 늦었던 거야. 예를 들자면 "엄니, 지가 이제부텀 프로야구란 걸 하게 됐구먼유" "장모님요, 나는 인자 프롭니다. 이거 아무나 못 하는 김더" "여보, 잘 들으랑게. 나가 이참에 프로의 길을 걷게 생겨버렸고마"라고 집에 큰소리를 친 지 이틀도 되지 않았기 때문이지. 또 이미 그때쯤 중앙정보부에서는 '프로'의 세계에 대한 이미지 트레이닝 작업을 성공리에 끝마친 상태였어. 미국의 자유경제학을 토대로 일본의 기업 이념, 비즈니스 서적들이 많은 참고가 되었지. 물론 애덤 스미스의 《국부론》, 윈스턴 처칠의 《2차세계대전사》, 81년 6월호 〈허슬러〉, 나가이고의 마징가 Z, 지난 10년간의 〈리더스 다이제스트〉 전질, 맥아더의 자서전도 참고가 되었다는군.

맥아더의 자서전?

다, 지어낸 얘기니 그냥 들어. 아무튼 그런 절차를 통해 놈들이

스텝 바이 스텝. 한 걸음씩 인생은 달라진다

바랐던 프로의 세계가 구축되었던 거야. 놈들은 계속해서 이루 헤아릴 수 없는 프로의 슬로건들을 만들어나갔지. 프로의 세계는 냉정하다, 프로는 끝까지 책임을 진다, 프로의 세계는 약육강식이다, 프로의 세계에선 변명이 통하지 않는다. 프로는 약육강식의 세계이다. 프로는 쉬지 않는다. 자기 관리는 프로의 기본이다. 프로는 끝없이 자신을 개발한다. 프로는 능력으로 말한다. 프로는 잠들지 않는다. 그리고 가장 중요한

프로만이 살아남는다.

물론 놈들은 그때부터 삼미를 주목하고 있었지. 도대체 그런 시점에서 '야구를 통한 자기 수양'을 목표로 내건다는 건 눈치가 없어도 여간 없었던 게 아니니까. 하지만 리그가 시작되기 전이었고, 또 조만간 눈치를 긁겠지, 라는 안일한 생각으로 그냥 넘어갔던 거야. 물론 놈들은 삼미가 그렇게까지 세게 나올 줄은 꿈에도 몰랐던 거지. 아마 알았더라면….

알았더라면?

프로야구가 시작되기 전까지 삼미 선수 전원을 삼청교육대에 집어넣었다 뺐을 거야. 또 실제로 이미 자기 수양의 높은 경지에 도달한 몇몇 선수들은 알게 모르게 그곳에 끌려가 행불 처리되었다는 설도 있어. 물론 설이야, 설. 어쨌거나 그리고 프로야구가 시작되었지. 물론 나머지 5개 구단은 프로의 세계를 구축해나가는 데 협력과 노력을 아끼지 않았지. 개막전의 끝내기 만루 홈런과 코리안리그 7차전의 끝내기 만루 홈런을 생각해봐. 이보다 더 잘할 수는 없다, 고 말해도 좋을 정도야.

드라마틱했지.

아니, 그건 드라마였어! 지금의 세계를 만들기 위한 드라마였다니까. 단지 한 가지! 삼미 슈퍼스타즈만이 그 프로의 드라마에 찬물을 끼얹고 있었지. 특정 팀 상대 시즌 전패를 하지 않나, 최대 점수 차 역전패를 일궈내지 않나, 하여간에 프로에게도 저런 구석이 있구나, 라는─놈들이 가장 우려했던 여파를 국민들에게 마구 끼쳤던 거야. 일단 놈들은 핍박과 협박으로 삼미를 박해하기 시작했어. 계속 그러면 인간 취급을 하지 않겠다, 못난 놈… 뭐 이런 식이었지. 하지만 그건 놈들이 너무 쉽게 생각했던 거야. 삼미는 이미 그 모든 것을 예견하고 있었으니까. 전기 리그 내내 조롱을 당했으니 아마 후기에선 이를 악물고 뛰겠지, 라고 믿었던 놈들의 예상은 그래서 완전히 빗나가고 말았지. 차마 놈들도 5승 35패 승률 0.125의 후기 성적 앞에선 벌린 입을 오므릴 수 없을 정도였으니까. 완전히 한 방을 먹은 거야. 제대로! 결국 놈들은 전략을 수정했어. 아아, 이놈들은 달래야겠구나. 짓밟으면 짓밟을수록 기어이 되살아나 이 강산을 푸르게, 푸르게 만들어버릴 유한킴벌리 같은 놈들이구나, 싶었던 거지. 그래서 차라리 이 꼴찌를 1등으로 만들자─라는 '하면 된다'의 감동이 끓어 넘치는 역전의 드라마를 준비하기 시작했던 거야. 그것이 바로 83년의 프로야구였지. 놈들은 즉각 타 구단들에게 연락을 취하고, 장명부를 권총으로 협박해 삼미에 픽업시키고, 국민들에게 새로운 프로의 귀감으로서 삼미를 거듭나게 할 작정을 했던 거야.

뻥이지?

물론. 그 작전은 어느 정도 맞아떨어지는 듯했지. 삼미는 83년 전

스텝 바이 스텝. 한 걸음씩 인생은 달라진다

기 리그에서 정말 1등을 할 뻔했으니까. 하지만 삼미는 놈들의 유혹에 끝끝내 넘어가지 않았지. 왜? 그때는 이미 프로의 세계가 현실에서 구축되어 수많은 삶이 영문도 모른 채 프로의 삶으로 전환되던 시기였으니까. 즉 '야구'를 하던 선수들이 어느 날 갑자기 '프로야구'를 하게 된 것처럼, '인생'을 살던 모든 국민들이 어느 날 갑자기 '프로 인생'을 살아야 했던 시기였어. 불과 1년 사이에 세상이 그만큼 변한 것이지. 내 생각으론 문제의 83년이 삼미로선 가장 큰 감동의 시기가 아니었나 싶어. 코칭스태프와 선수들은 모두 모여 밤늦게까지 그 문제를 고민했지. 이대로 강팀이 되어 쉽게 세상에 순응할 것인가, 아니면 이 세상의 십자가를 홀로 짊어질 것인가—를 말이야. 오랜 숙고 끝에 결국 삼미 슈퍼스타즈는 이 우승의 기회가 놈들의 함정이란 사실을 직시했지. 그래서 그 문턱에서 바로 발을 빼버린 거야. 물론 각본처럼 삼미가 우승을 한 것은 아니었지만 그래도 놈들은 안심을 했지. 벌써 놈들은 목표를 반 이상 달성했고, 이제 삼미도 이기는 맛, 돈맛을 봤으니 어쩔 수 없을 거라 생각한 거지. 놈들은 이미 프로야구의 문제에선 손을 떼고 80년대 말쯤에 닥칠 것으로 예상되는 노조운동에 대비하고 있었어. 그런데 84년, 삼미는 다시 놈들을 농락하기 시작한 거야. 84년의 프로야구에서 삼미가 어떤 업적을 남겼었는지를 한번 생각해봐.

노히트 노런!

맞아. 고교야구도 아니고, 전 국민이 벌겋게 눈을 뜨고 지켜보고 있는 '프로야구' 속에서 삼미가 노히트 노런을 해버린 거야. 정말 날고 긴다는 놈들도 결코 예상치 못했던 엄청난 플레이였지. 이 '치지 않고, 달리지 않는다'의 문제는 그 후 이 땅의 노동운동에도 많은 영향을 주었다고 해. 이미 그 당시 90년대를 대비해 무노동 무임금 원칙의 이미지 트레이닝에 몰두해 있던 놈들에게 그건 말 그대로 치명타와 같은 거였지. 더군다나 앞으로 자라날 이 땅의 새싹들을 위해 그해의 어린이날을 디데이로 잡아 거사를 일으켰던 거니까. 이 사건을 계기로 놈들은 드디어 삼미의 본질을 파악할 수 있었어. 또한 놈들은 그 '치지 않고, 달리지 않는다'의 여파로 인한 손실을 막기 위해 그 후 10년 동안 12조 6천억이라는 막대한 홍보비를 퍼부었다고 해. 그리고 나서야 겨우 상황이 진정되었지. 결국 놈들은 다시 삼미를 탄압하기 시작했어. 그 강령 중엔 길을 가다 삼미 슈퍼스타즈의 어린이 회원을 발견하면 즉시 쫓아가 얼레리 꼴레리를 퍼붓는다는 치졸한 내용도 있었어. 뭐, 앞뒤를 가릴 수 없을 정도로 놈들도 급했던 거야. 물론 삼미는 그런 수모와 박해를 받으며 더욱 강팀이 되어갔지. 잔잔한 업적은 생략하기로 하고 84년 16연패의 위업을 달성하며 결코 흔들림 없는 자신의 길을 걸어간 삼미는, 결국 85년 전기에 18연패라는 금자탑과 더불어 자신의 화려한 절정기를 꽃피우게 되지. 삼미의 마지막 리그였던 그 85년의 전기 리그는 실로 우리가 주목해야 할 부분이야. 왜? 삼미는 결국 끝까지 걸어갔고, 그 리그의 한복판에서 비로소 '자신의 야구'를 완성했으니까. 이는 정말 위대한 업적이야. 전성기의 뉴욕 양키스나 요미우리 자이언츠도 결코 '자신의 야구'를 완성하지는 못했어. 아니, 결코 그 어떤 프로팀도 '자신의 야구'를 완성한 적은 없었지. 왜? 그들의 목표는 한결같이 우승이었으니까.

스텝 바이 스텝. 한 걸음씩 인생은 달라진다

삼미 슈퍼스타즈의 야구?

그럼, 그게 핵심이야. 그해의 리그에서 삼미 슈퍼스타즈가 '자신의 야구'를 완성하지 못했다면 아마 우리는 구원받지 못했을 거야. 놈들도 그 사실을 알아차렸지만 이미 때가 늦었지. 삼미가 '자신의 야구'를 완성하고, 그 플레이를 사람들의 가슴속에 전파하는 모습을 마냥 지켜볼 수밖에 없었으니까. 결국 놈들은 삼미의 해체를 결심하기에 이르지. 모기업 삼미의 부도를 계획하고 나아가 신생 그룹이었던 청보를 협박해 슈퍼스타즈를 인수하게끔 만든 거야. 결국 삼미는 그 리그를 끝으로 이 세상에서 사라지게 되었지. 하지만 삼미는 이미 자신이 할 일을 모두 완수했고, 그 아름다웠던 플레이는 모두의 가슴속에 남게 되었지. 마치 예수 그리스도가 십자가에 못 박힌 후에도 그 말씀이 성경으로 모두에게 남아 있듯 말이야.

그 '자신의 야구'가 뭔데?

그건 '치기 힘든 공은 치지 않고, 잡기 힘든 공은 잡지 않는다'야. 그것이 바로 삼미가 완성한 '자신의 야구'지. 우승을 목표로 한 다른 팀들로선 절대 완성할 수 없는─끊임없고 부단한 '야구를 통한 자기 수양'의 결과야.

뭐야, 너무 쉽잖아?

틀렸어! 그건 그래서 가장 힘든 '야구'야. 이 '프로의 세계'에서 가장 하기 힘든 '야구'인 것이지. 왜? 이 세계는 언제나 선수들을 유혹하고 있기 때문이야. 어이, 잘하는데. 조금만 더 하면 될 거 같은데? 누군 이번에 어떤 팀으로 옮겨갔대. 연봉이 얼마래. 열심히 해. 넌 연봉이 얼마지? 아냐, 넌 할 수 있어. 그걸 놓치다니! 방출된 사람들이 뭘 하며 사는지 아니? 넌 주무기가 뭐야? 도루해, 도루! 이봐, 팀을 위해 사생활을 포기하는 건 당연하잖아! 밤중에 연습이라, 보기 좋은데! 다음 달까지 타율을 2푼만 끌어올린다. 왜, 그것도 힘들 것 같아? 좋아, 잘하고 있어. 넌 어디 출신이야? 더 열심히 해! 오늘 경기가 얼마나 중요한지는 설명할 필요도 없겠지? 지면 죽는다는 생각으로 뛰어! 하나 둘 셋 넷 둘 둘 셋 넷. 이봐, 뭘 생각해? 생각할 시간 있으면 뛰어 병신아! 훈련 시간에 늦지 마. 연봉이 아깝다, 연봉이 아까워. 이봐, 팀이 어떻게 돌아가는지 모른다는 게 말이 돼? 네가 그러고도 프로야? 응? 너 이 세계가 얼마나 냉정한지 모르지? 너 이 바닥이 얼마나 좁은지 모르지? 맛 좀 볼래? 한눈팔지 마! 언제 공이 올지 모르잖아! 몸을 날려! 날리란 말이야! 이봐, 기왕이면 멋지게 살아야지. 안 그래? 이 악물고 해봐. 뭐? 맘대로 해. 너 아님 뛸 선수가 없을 거 같아? 줄을 섰어! 줄을! 여기서 밀리면 끝장이야. 넌 우리 팀의 대들보다. 이봐, 신문에 뭐라고 났는지 알아? 기본이 안 돼 있어, 기본이! 잘했어, 그러나 팀 기여도를 생각하면 생각처럼 좋은 성적은 아닌 것 같은데. 자네 생각은? 힘들어? 힘들면 나가! 둘러봐, 다들 똑같은 조건에서 너보다 더 열심히, 잘하고 있잖아! 그게 힘들어? 힘든 걸 이겨내는 게 프로야! 좋아, 열심히 해. 누구에게나 슬럼프는 있지. 몸이 힘들면 정신력으로 이겨내! 올해 목표도 우승이다. 다들 알지? 하나 둘 셋 넷 둘 둘 셋 넷. 어이, 체인지업만으로는 이제 안 된다고 내가 몇 번이나 말했어? 응? 세상 돌아가는 게 눈에 안 보여? 응? 두 번 말하게 하지 마. 던져! 잡아! 뛰어! 쳐! 빨리, 빨리 달려! 라고 하는데, 그 속에서

스텝 바이 스텝. 한 걸음씩 인생은 달라진다

'치기 힘든 공은 치지 않고, 잡기 힘든 공은 잡지 않는다'
를 견지한다는 것은 실로 불가능에 가까운 일이야. 너도 알다시피 모든 선수들의 가슴속엔 저마다 빛나는 자존심이란 것이 있게 마련이니까. 또 놈들은 누구나 칠 수 있을 것 같은 공을 끊임없이 던져주곤 해. 또 일부러 바로 코앞에 공을 던져 선수들을 유혹하기도 하지. 물론 그건 노동력의 손실을 막기 위해서야. 어이, 자네 새 차를 뽑았다며? 여어, 진급을 축하하네!에서 사소하게는 자네 요즘 비싼 담배로 바꿨군, 이나 미스 정 많이 예뻐졌네, 에 이르기까지. 그 모든 유혹들은 이루 헤아릴 수 없을 정도지. 프로의 수가 많으면 많을수록 놈들이 바라는 이 세계의 여건은 완벽해지는 것이니까.

세계의 여건?

물론이지. 우리는 미국의 프랜차이즈니까. 언제나 이 점을 잊어선 안 돼. '착취'는 우리가 알고 있는 것처럼 고통스럽게 행해진 게 아니었어. 실제의 착취는 당당한 모습으로, 프라이드를 키워주며, 작은 성취감과 행복을 느끼게 해주며, 요란한 박수 소리 속에서 우리가 생각한 것보다 훨씬 형이상학적으로 이뤄지고 있었던 거야. 얼마나 큰 보증금이 걸려 있는가는 IMF를 통해 이미 눈치챘잖아. 아이템도 본사에서 조달돼. 인테리어도 마찬가지야. 그게 이 세계의 여건, 한국의 여건이라구. 나는 지금도 삼미가 그 불가능에 가까운 '야구'를 완성한 것이 믿어지지가 않을 정도야. 말 그대로, 아! 신은 아직 우리를 버리지 않았구나, 지. 물론 아무나 그 '야구'를 실현하며 살 수는 없어. 그것은 오직 삼미 슈퍼스타즈였기에 가능한 일이었으니까. 하지만 누구나 그 '야구'를 통해 구원받을 수는 있지 않을까? 사카

에 씨와 나는 늘 그 문제에 대해 깊은 대화를 나누었지. 그래서 말
인데

　말해봐.

　삼미 슈퍼스타즈의 팬클럽을 다시 만들었으면 해.

　삼미 슈퍼스타즈의 팬클럽? 어떻게?

　너와 나. 일단은 둘이서.

　스텝 바이 스텝. 한 걸음씩 인생은 달라진다

뷰티풀 선데이,
시간은 흘러넘치는 것이다

　물론 30대의 인생은 저런 조크와 농담만으로 해결되는 것이 아니다. 그리고 나는 세상의 누구보다도 그 사실을 잘 알고 있었다. 하지만 이상하게도 나는 그 제의에 흔쾌히 동의했고 이 지구에서 오직 두 사람—조성훈과 사카에만이 머물고 있는 그 작고 괴상한 방주에 몸을 실었다. 딱히 다른 할 일이 없었던 것도 하나의 이유일 수 있고, 어쩌면 캐치볼을 하다가 보았던 그날의 하늘. 그 하늘의 도움을 받아서였는지도 모른다. 모쪼록 그런 이유로, 조성훈의 표현을 빌리자면—나는 구원받았다.

　현실적으로도 많은 일들을 정리한 여름이었다. 우선 아파트가 팔렸다. 부동산不動産이 갑작스레 동산動産이 된 덕분에 나는 새 거처를 알아봐야 했고, 역시 조성훈과 함께였다. 생각지도 않았던 이사는 생각보다 간단했다. 직장이 없으니 어디서 살더라도 아무 문제가 없었던 것이다. 그저 한적한 변두리면 좋겠다는 생각으로 서울의 근교를 둘러보던 우리는 덥석, 그 첫날에, 남양주 변두리의 1층 단독주택을 얻어버렸다. 기가 막힐 정도로 낡은 집이었지만, 넓은 마당과 근처의 강이 자랑이라면 자랑인 집이었다. 굳이 그 집을 고른 이유는 오로지 '야구를 하기에 좋겠다'는 것이었다. 아파트 매매가의 1/8만으로 충분히 얻을 수 있는 집이었고, 물론 전세였고, 15평이었고, 화장실은 하나였다.

"좋다."

이사는 즐거웠다. 뭔가 회사 생활과 그 모든 것들로부터 멀리 도망친 느낌이었고, 와서 보니 서울의 하늘보다 열 배 가까이 큰 하늘이 그 집의 지붕 위에 거대한 UFO처럼 떠 있었던 것이다. 나는 그것을 바라보는 것만으로도 "좋다"고 말할 수 있었다. 또 그 집의 사이즈에 맞게 몰고 다니던 중형차를 팔아 초소형의 중고 승합차를 구입했다. 거기서도 꽤 많은 차액이 발생했고, 그 차액과 집을 판 돈 7/8을 합쳐 아내에게 전해주었다. 합의 내용과는 분명 다른 것이었고, 왜 그랬는지는 알 수 없다. 단지 그래야만 한다는 생각이었다.

변호사가 입금을 요구했지만 나는 끝끝내 아내를 설득해 직접 아내를 만났다. 물론 돈이 입금된 통장과 도장을 전해주는 것이 이유였지만, 이상하게도 아내를 꼭 한 번은 다시 만나고 싶어서였다. 처가에서 50m밖에 떨어지지 않은 작은 커피숍이었고, 아내는 꽃무늬 샌들을 신고 나왔다. 반가웠다.

물론 많은 말들을 나눈 것은 아니었다. 아내는 시종일관 무표정했고, 나는 딱히 어떤 표정을 지어야 할지 알 수 없었다. 선을 볼 때처럼 마주 앉아, 우리는 인간이 물을 수 있는 최소한의 안부만을 서로에게 물었다. 아내는 요즘 꽃꽂이를 배운다고 했고 '요즘' '꽃꽂이'를 '배운다'는 그 간단한 말을, 나는 정말로 주의 깊게 새겨들었다. 생각해보면 나는 한 번도 아내의 말을 귀담아들은 적이 없었기 때문에, 갑자기 그 점이 눈물이 날 만큼 미안해서였다. 이제 먼 훗날에도 나는 '그때' '꽃꽂이'를 '배우던' 아내를 기억할 수 있을 것이다. 그런 생각을 하자 정말이지 눈물이 났다. 하지만 눈물을 참으며 나는 '당신은' '잘' '할 수 있을' 거라고, 역시 간단하게 말해주었다. 그리고 자리를 일어서기 전 회사에서 잘렸다는 사실을 담담한 어조로 얘기해주었다. 아내는 무표정… 하려다가 무척 놀라는 표정이었고, 이해가 안 간다는 표정이었고, 뭔가 복잡한 표정이었다. 아내가 물었다.

"그럼, 뭐 해요?"

"놀아."

라고, 나는 웃으며 대답했다. 짧은 만남이었지만 마음은 편안했다. 진심으로 나는 그동안 미안했다는 과거형의 사과를 했고, 다시 한 번 미안하다는 현재형의 사과를 하고, 그 뜨겁고 한적한 50m의 길을 걸어 아내를 집 앞까지 바래다주었다. 나는 최대한 천천히 걸었고, 아내는 보통의 걸음걸이였다.

"잘 가요."

뭔가 말을 더할 듯 말 듯 하다 아내는 대문 안으로 사라졌다. 내가 기억하고 있던 것보다 아내는 훨씬 더 착하고, 아름다운 여자였다.

조성훈은 또다시 일자리를 얻었다. 이번에는 우유 배달이었고, 역시나 벼룩시장을 통해서였다. 하루 3시간만 일하고, 굶어 죽지 않고, 나머지 21시간은 내 것이다—가 신문 배달 때와 하나 다름없는 놈의 자랑이었다. 그리고 나는—퇴직금을 까먹으며 그냥 놀기로 했다. 4년 내내 미친놈처럼 일을 했고, 그 퇴직금으로 밥을 먹지만, 하루 24시간이 내 것이다—가 예전이라면 상상할 수 없었던 나의 자랑이었다. "2400만 원?" 그럼 돈이 바닥날 때까지 놀다가 경기가 좋아지면 다시 취직을 하든가 해—라는 조성훈의 조언도 조언이었지만, 다른 무엇보다 당분간 그냥 이 생활을 유지하고 싶어서였다. 충분히 잠을 자고, 산책을 하며 하늘을 보고, 캐치볼을 하고, 지구를 재구성할 이런저런 종들을 나의 방주에 태우며.

이틀 후였던가, 그 방주 속으로 아내가 전화를 걸어왔다. 돈의 액수가 합의한 내용보다 훨씬 많다는 것이 문제였다. 나는 "내 돈으로 샀던 것들이 아니니까"라고 짧게 이유를 설명했고, 오히려 더 줄 수 없어 미안하다는 말을 덧붙였다. 그리고 모든 면에서 미안할 뿐이라는 말을 다시 한 번 덧붙이는데 딸깍, 전화가 끊어졌다. 통화는 짧았지만

여름은 길고 길었다. 지루하다면 지루하다고 말할 수 있는 나날들이 장마처럼 계속 이어졌고, 그 길고 긴 여름 속에서—나는 마치 한 마리의 말똥구리처럼 묵묵히 잠을 자고, 쉬고, 생각에 잠기는 등등의 시간들을 끊임없이 반복하며 뭉쳐 나가고 있었다. 그 덩어리는 조금씩, 조금씩 커져갔고, 날이 갈수록 어떤 상호 간의 조화를 이루며 둥근 형태의 커다란 구체球體가 되어갔다. 그것이, 즉 말똥처럼 하찮은 일들로 이루어진 그 구체가 재구성된 나의 지구였다. 좌표도, 그 어떤 지명과 소속도 표시되지 않은 칙칙한 지구였지만, 그

전체가 완벽한 '나'로 이루어진 보기 드문 세계였다. 아주 오래전, 나는 좌표와 지명이 분명한 비싸고 화려한 지구 위에서 살았던 적이 있었다. 그때 나는 눈에 보이지 않는 하나의 점이었다. 그러나 지금은 하나의 지구다.

때로 이 모든 생활이 현실 도피라는 생각이 들 때도 있었다. 이렇게 아무 일도 하지 않으면서 살아본 경험이 없는 나에게, 어쩌면 그것은 당연한 일이었다. 그래서 마음이 불안할 때면 어김없이 선배들에게 전화를 걸었다. 선배들은 여전히 직장에서 건재하거나, 직장을 나와 벤처 창업에 여념이 없거나, 아니면 이민을 계획하고 있었다. 나는 5명의 선배로부터 조금 더 기다려보자는 말을 들었고, 3명의 선배로부터 '일은 힘들겠지만' 당장 벤처의 일원이 되라는 제의를 들었고, 한 명의 선배로부터

자식, 잘나간다 싶었더니 삼천포로 빠졌구나.
라는 말을, 들었다. 엘리트들 중에는 간혹 남의 자존심에 상처를 주는 말을 예사롭게 하는 부류가 있는데, 그가 그런 사람이었다. 엘리트 학생복을 입은 채 명문고를 나오고, 역시 명문대를 나와 대기업의 요직에라도 앉으면 그럴 위험성은 상당히 높다. 게다가 ROTC라도 했다면 끝장이다. 최악의 경우는 게다가 어릴 때 줄반장과 보이스카우트 활동을 겸한 것이고, 게다가 교회의 집사라도 된다면 더이상 어떻게 해볼 도리가 없다. 즉 무슨 말을 하건 그냥 듣고 넘기는게 상책인 것이고, 그는 이 모든 이력의 집합체였다. 보이스카우트의 핀잔을 들은 걸스카우트처럼 나는 다소곳이 앉아 생각했다.

이곳이 바로 삼천포였구나.

그리고 그 삼천포의 한복판에서―나는 다시 충분한 잠을 자고, 산책을 하고, 하늘을 보고, 심심한 캐치볼을 하고, 라디오를 듣고, 뒹굴고, 빈둥거렸다. 물론 조성훈도 마찬가지였다. 질세라 놈도 잠깐 우유를 돌린 후 뒹굴고, 책을 읽고, 비디오를 보고, 캐치볼을 하고, PC방에서 하루 온종일 오락을 하고, 프라모델을 조립하곤, 했다.

팬클럽의 회원은 좀처럼 모이지 않았다. 물론 모집을 하지도 않았으니 회원이 모일 리도 없었고, 또 모여서 어떤 활동을 벌일 건지에 대해서도 나는 전혀 아는 바가 없었다. 하루는 캐치볼을 하다가 그 문제에 대해 잠깐 얘기를 나누었다. 그나저나 어쩔 거야, 라는 말에 놈은 슬슬 모이겠지, 라는 안일한 대답을 했고, 그나저나 뭘 할 건데, 라는 말에 놈은

"삼미 슈퍼스타즈의 야구!"

라는 강경한 대답을 했다. "어떻게?" "단 한 번이라도, 그 야구를 재현해보는 거야. 즉 캐치볼이 아닌, 9명의 선수가 함께하는 진짜 야구." "그걸 할 수 있을까?" "마음먹기에 달린 거야, 쉽지만은 않겠지." "팀을 짜서 매일 야구를 할 수 있는 사람이 많진 않을 텐데?" "글쎄, 그건 그때 가서 보자구."

즉 조기축구회와 같은 것을 놈은 생각하고 있는 듯했다. 이래저래 살아오면서 또한 그런 광경을 몇 번은 본 듯한 기분도 들어, 나는 어렵사리 그 청사진을 머릿속에 그려볼 수 있었다. 한동네에 사는 9명의 남자들이 이른 아침 모여 야구를 하고, 야구가 끝나면 우르르 목욕탕으로 몰려가고, 이때 굉장한 땀 냄새와 발 냄새로 주변

의 시선을 끌고, 간혹 저녁이면 맥주라도 기울이며 역시나 굉장한 목소리와 친분으로 주변의 시선을 끈다—생각해보니 여간 부지런하면서도 요란한 일이 아닐 수 없었다. 그것참.

인천의 집을 방문한 것은 여름이 중턱에 다다랐을 즈음이었다. 초소형의 초라한 중고차를 몰고 갔고, 조성훈과 함께였다. "이게 누구야!" 정말이지 무더운 날씨 속에서 정말이지 반갑게 어머니는 조성훈을 맞아주셨고, 우리는 함께 큰절을 올렸다. 나는 담담하게 그간의 사정들을 부모님께 말씀드렸다. 그리고 그런저런 일들이 겹쳐 제대로 상의 한번 못 드리고 이혼을 한 점에 대해 정말 죄송하다는 말씀을 드렸다. 두 분은 몹시 상심한 듯했지만 크게 내색은 하지 않으셨다. 어머니는 "널 믿는다"고 말씀하셨고, 아버지는 "내가 짐이 되면 안 되는데"라는 늙은이 같은 소리를 기침과 함께 내뱉으셨다. 여러모로, 죄송하고 복잡한 기분이었다. 차라리 아버님이 '앞으로의 국제 정세와 한국의 앞날'이나 '국제 사회 속에서의 인천, 과연 어떻게 달라질 것인가?'나 '전前 인천법원의 김 판사는 어떻게 사법고시를 패스했는가?'와 같은 얘기들을 하셨으면 얼마나 좋았을까. 문득 보니 어느새 아버지는 실제로 늙으셨고, 그 주름살과 초라함을 확인하는 순간 나는 콧구멍에 파를 끼운 사람처럼 눈물이 핑 돌며 코끝이 찡해왔다. 다행히 은행을 다니고 학원강사를 하는 두 여동생이 있어 당분간 큰 문제는 없을 듯했다. 나는 온갖 감언이설로 최대한 부모님을 안심시켜드린 후 집을 나왔다. 집의 문제는 그런 식으로 마무리가 되었다.

그리고 두 차례의 태풍이 지나갔다.

이 가열된 프로의 땅이 폭발하지 않도록, 하늘은 많은 비와 거센 바람으로 이 세계를 식혀주었다. 우연히 길에서 브론토사우루스를 만난 것은 태풍이 지나간 직후였다. 빙하기에서 살아남은 두 마리 공룡의 해후처럼 서로가 깜짝 놀랐고, 서로가 몹시도 반가웠다. 알고 보니 그는 원래 이곳에 살고 있었고, 현재는 작은 분식집 하나를 인수해 아내와 함께 운영하는 중이었다. 나의 근황을 듣고 난 그의 손에 이끌려 나는 그의 가게로 안내되었다. 그의 거구가 겨우 들어갈 수 있을 만큼 작은 분식집이었고, 그의 거구와는 도저히 매치가 안 되는 작고 귀여운 두 딸이 가게의 한편에서 국수를 먹고 있었다. 그는 냉장고에서 꺼낸 맥주를 따라주며 진심으로 나를 위로해주었고, 아무 걱정하지 말라는 말을 그의 아내와 함께 몇 번이고 되풀이했다. 나는

아무 걱정하지 않는다

고, 답해주었다. 그의 아내가 말아준 국수를 먹으며 우리는 이런저런 지나간 회사 생활들을 얘기했고, 둘 다 다시는 그런 생활을 하고 싶지 않다는 말을 약속처럼 내뱉었다. 그랬다. 회사를 그만두면 죽을 줄 알았던 그 시절도, 실은 국수의 가락처럼 끊기 쉬운 것이었다. 빙하기가 왔다는 그의 말도 실은 모두가 거짓이었다. 실은 아무도 죽지 않았다. 죽은 것은 회사를 그만두면 죽을 줄 알았던 과거의 나뿐이다.

그렇게, 여름은 흘러가고 있었다.

여름을 따라 여름을 따라, 프로의 세계도 쉴 새 없이 흘러가고 있

뷰티풀 선데이, 시간은 흘러넘치는 것이다

었다. 사람들은 그 거대한 바퀴 속에서 여전한 삶을 살고 있었다. 터질 것 같은 전철 속에 자신의 몸을 구겨 넣고, 야근을 하거나 접대를 하고, 퇴근을 한 후 다시 학원을 찾고, 휴일에도 나가 일을 하고, 몸이 아파도 견뎌내고, 안간힘을 다해 실적을 채우고, 어떤 일이 있어도 자기 자신을 관리하고, 그 와중에 재테크를 하고, 어김없이 세금을 내고, 어김없이 벌금을 내고, 어김없이 국민연금을 납부해가며 먹고, 살고 있었다.

쉬지 않는다.

쉬는 법이 없다.

쉴 줄 모른다.

그렇게 길러져왔기 때문이다. 그리고 그렇게 기른 자식들이 역시나 그들의 뒤를 잇는다.

쉬지 않을수록

쉬는 법이 없을수록

쉴 줄 모를수록

훌륭히, 잘 컸다는 얘기를 들을 것이다.

완벽하고, 멋진 프랜차이즈다.

그래도 여름은 흘러가고 있었다. 거짓말처럼 더위가 한풀 꺾였을 무렵, 나는 거짓말처럼 조르바를 다시 만났다. 가까운 양수리로 드라이브를 떠난 날이었고, 목을 축이러 들어간 작은 카페에서였다.

조르바는 그 카페를 운영하고 있었다. 맙소사. 맙소사. 그렇게 2개의 맙소사가 서로의 입에서 터져 나왔다. 그날 밤 우리는 카페의 문을 걸어 잠근 채 술을 마셨고, 그의 아내와 조성훈이 가세해 술자리는 더욱 화기애애했다. 아내가 생겼기 때문일까. 그는 더 이상 대마초 운운하는 대사를 읊지 않았고, 뜻밖에도 "요즘은 이지 리스닝이 좋아"라는 믿기 어려운 그리스어를 한국어로 얘기했다. 섬유 공예를 한다는 아내 덕분이었는지 그는 몹시도 부드럽게 늙어 있었다. 마닐라삼과도 같았던 그의 고막을 실크처럼 부드럽게 만들어놓은 것은 그의 아내였을까, 아니면 그날 밤, 우리가 따라놓은 맥주를—그 찰나에도 좀 더 익게 만들며 나의 등 뒤를 서늘하게 지나치던 그 한 줄기 세월이었을까.

우유 배달을 위해 조성훈이 내 차를 몰고 돌아갔기 때문에, 결국 그날 밤 나는 조르바의 가게에서 잠을 자야 했다. 그리스의 해변에 머리를 처박은 갈매기처럼 나는 깊은 잠 속으로 빠져들었고, 그 검은 모래 속에서 두 뺨에 마찰되는 모래알의 느낌처럼 생생한 꿈을 꾸었다. 꿈속에서도 나는 조르바의 카페에 누워 있었고, 나의 곁에는 가스난로의 열량을 한 몸에 받으며 한 여자가 누워 있었다. 긴 머리로 얼굴이 가려져 있었지만 나는 그녀가 누군지를 알 수 있었다. 마음속에서 7명의 난쟁이들이 꿈속의 나를 일으켜 세웠고, 나는 천천히, 떨리는 손으로 그녀의 길고 검은 머리칼을 쓸어 넘겼다. 그러자 세상의 어떤 경영학 원론에도 수록되어 있지 않은 회고 아름다운 얼굴이 어둠 속에서 희미하게 드러났다. 이상하게도 그것은 아내의 얼굴이었다.

오전에 잠을 깬 나는 조르바와 함께 인근의 식당에서 매운탕을 먹었고, 다시 차를 몰고 온 조성훈과 함께 집으로 돌아왔다. 그 후에도 두서너 번 나는 조르바의 가게를 더 찾았다. 한번은 함께 낚시를 가 다섯 마리의 붕어를 잡았고, 한번은 양평에 있는 그의 집까지 끌려가 저녁을 먹고 자전거를 탔다. 또 한번은 서울의 화랑에서 열린―그의 아내가 속한 그룹전에 초대되어 작은 꽃다발을 선물했고, 그의 아내로부터 손수 제작한 작은 보자기를 선물로 받고 돌아왔다. 다섯 마리의 붕어를 잡고, 자전거를 타고, 작은 꽃다발을 선물하고, 답례로 작은 보자기를 선물로 받았지만 아직도 여름은 흐르고 있었다. 하루는 산책을 하며

　올여름은 왜 이렇게 긴 것일까

라는 생각을 하다가 나는 비로소, 시간은 원래 넘쳐흐르는 것이란 사실을 알게 되었다. 정말이지 그 무렵의 시간은 말 그대로 철철 흘러넘치는 것이어서, 나는 언제나 새 치약의 통통한 몸통을 힘주어 누르는 기분으로 나의 시간을 향유했다. 신은 사실 인간이 감당키 어려울 만큼이나 긴 시간을 누구에게나 주고 있었다. 즉 누구에게라도, 새로 사 온 치약만큼이나 완벽하고 풍부한 시간이 주어져 있었던 것이다. 시간이 없다는 것은, 시간에 쫓긴다는 것은―돈을 대가로 누군가에게 자신의 시간을 팔고 있기 때문이다. 돌이켜보니 지난 5년간 내가 팔았던 것은 나의 능력이 아니었다. 그것은 나의 시간, 나의 삶이었던 것이다.

　알고 보면, 인생의 모든 날은 휴일이다.

경축.
삼미 슈퍼스타즈 팬클럽 창단

   그리고 그해의 가을이 시작되었다. 여름 내내 하늘의 어귀를 뭉개던 뭉게구름들도 어디론가 사라지고, 가을은 높고 구름 없는 자신만의 하늘을 완성한 채—그렇게 우리의 곁에 진주해 있었다. 그리고 그해 가을, 삼미 슈퍼스타즈 팬클럽이 창단되었다. 이상하게도 여름 내내 방바닥을 뭉개며 살았을 뿐인데 가을이 자신의 하늘을 완성하듯 알게 모르게 우리의 클럽도 완성되었다. 정말이지 도합 10명의 선수가 모인 것이다.

   물론 모두가 주변의 인물들이었다. 그리고 거의 한동네에 모여 살았다. 여기까지는 조기축구회와 다를 바가 없지만, 구성원 대부분이 건실한 사회 활동을 하고 있는 조기축구회와는 달리, 우리 클럽의 대부분은 아예 사회 활동을 하지 않거나, 거의 하지 않거나, 무척이나 꾀죄죄한 사회 활동을 벌이는 인간들로만 구성되어 있었다. 물론 그것이 키포인트다. 축구를 사랑하는 조기축구회와는 달리, 우리는 삼미 슈퍼스타즈의 야구를 재현한다는 남다른 목표가 있었기 때문이다. 야구를 못할수록, 직장이 없을수록 대환영이었다.

조성훈과 나를 제외하고 제일 먼저 팬클럽의 회원이 된 것은 브론토사우루스였다. 끄덕끄덕 선천적으로 운동을 좋아하는 그는 나의 제의에 흔쾌히 동의를 해주었다. "그러잖아도 운동을 시작하려던 참이었어. 야구라, 좋지." "그런데 말이야, 설명을 하려면 복잡한데… 뭐랄까, 어쨌거나 너무 열심히 해서는 안 돼." "무슨 말이야?" "아무튼 그게 핵심이거든."

고개를 갸웃하면서도 그는 다시 한 번 고개를 끄덕여주었다. "참, 내 처남이 있는데 말이야." 그 처남은 고교 시절 실제로 야구 선수였는데 그 후 야구를 그만두고 꽤 큰 규모의 중소기업을 다니다 얼마 전 실직자가 되었다고 했다. 물론 근처에 살았고, 전화를 걸자 10분도 채 되지 않아 가게에 나타났다. 브론토와 같은 거구는 아니었지만 훤칠한 키에 단단한 몸매를 갖춘 눈이 매서운 남자였다. 그의 대답은 명쾌했다. "야구? 좋지요!"

다섯 번째 회원은 조르바였다. 왠지 삼미의 야구를 가장 잘 소화해낼 듯한 인물이라는 조성훈의 의견이 강하게 반영되었다. 물론 본인은 야구를 해본 적도 없다며 사양의 뜻을 내비쳤지만 또 그 말이 조성훈의 구미를 더욱 자극했다. 결국 못할수록 좋다는 게 핵심이라는 조성훈의 설득과 처녀 시절 야구광이었다는 그의 아내 덕분에 조르바는 승낙을 하고야 말았다. 예나 제나 부담스러운 걸 싫어하는 남자였고, 여자에 약한 남자였다.

조르바가 가입한 후 세 명의 회원이 한꺼번에 들어왔다. 고교를 중퇴한 10대 후반과 대학 중퇴의 20대 초반과 역시 대학을 휴학 중인 20대 초반의 청년들이었다. PC방에서 거의 매일 조성훈과 날밤을 까는 아이들이었고, 조성훈의 표현을 빌리자면 자신을 정신적 지주로 섬기는 아이들이자, 수많은 전투를 통해 다져진 굳건한 전우들—이었다. 이들은 지독한 발 냄새가 밴 슬리퍼를 질질 끌고 나타나 "안녕하세요"가 아닌 "안냐세요"라는 인사를 했고, 만사가 귀찮은 얼굴들이었고, 아무도 삼미 슈퍼스타즈를 몰랐지만—기본적으로 조성훈의 부탁이라면 어지간한 일이라 해도 모두 따르겠다는 태도를 견지하고 있었다. "안냐세요"와 비슷한 발음으로 뭐라 뭐라 자신들의 이름을 말했지만 잘 기억나지 않고 '저그' '프로토스' '테란'이라는 각자의 '주종족' 명칭으로 불리길 좋아했다. 그것들이 무엇인지, '주종족'이 무엇인지는 지금도 도무지 알 길이 없다.

그리고 이 무렵 역시 두 명의 청소년이 조성훈의 문하생이 되는 조건으로 클럽의 회원이 되었다. 역시 벼룩시장을 통해서였고, 역시 빈둥대며 놀던 아이들이었고, 둘 다 10대 후반이었으며, 프라모델 조립과 도색을 배워 나름대로 자신의 길을 개척해보겠다는 의지를 가진 아이들이었다. "야구라구요?" 한 아이는 눈이 동그래지며 반문했고 한 아이는 안경만 까딱일 뿐 도통 말이 없었다. "할래, 안 할래?"라는 조성훈의 물음에도 대답을 않더니 운동을 시작하는 첫날 진짜 야구화를 신고 나타났다. 그러고는 "네가 웬일이냐?"라는 물

---

* 스타크래프트 게임의 각 종족 명칭.

경축, 삼미 슈퍼스타즈 팬클럽 창단

음에 "한다고 했잖아요"라며 다시 안경을 까딱였다. 도무지 심사를 알 길이 없는 소년이었다.

이런 식으로—한 명의 후보가 낀, 정식 야구팀의 인원이 모두 갖추어졌다. 그리고 클럽의 첫 모임을 준비할 무렵 또 한 사람의 회원이 우리를 찾아왔다. 미스터 사카에였다. 정말로 그는—오로지 삼미 슈퍼스타즈의 팬클럽 결성을 보고, 기념하기 위해 한국을 찾아왔다.

"안녕하십니까."

공항에서 조성훈을 꼭 끌어안은 후, 그는 정확한 한국말로 나에게 인사를 건네왔다. 삼미를 이해하기 위해 2년 동안 한국어를 배웠다고 했다. 성성한 백발의 키가 크고 깡마른 체형의 중년이었고, 홈리스 생활을 했었단 사실을 믿을 수 없을 만큼 말쑥한 정장 차림이었다. 그리고 '마끼'라는 이름의 비서를 대동하고 있었다.

그리고 이틀 후, 클럽의 정식 창단식이 거행되었다. 장소는 남양주가 아닌 서울이었고, 이유는 조성훈과 사카에의 결연한 주장 때문이었다. 브론토사우루스와 조르바가 서로 자기네 가게에서 조촐하게 하는 게 어떠냐고 말했지만, 두 사람이 뜻을 굽히지 않았다. 결국 모두의 양해를 구하는 데 하루가 걸렸고, 귀찮아 죽겠다는 '주종족'들을 달래느라 한나절을 보내야 했다. 나와 브론토의 처남이 각기 승합차를 가지고 있어 이동에는 큰 지장이 없었고, 장소는 서울 서초동의 삼호갈비집이었다. 예약된 방은 2층이었고, 방의 벽에는 슈퍼스타즈의 로고가 새겨진 큰 천이 걸려 있었다. 착석이 끝나자 조성훈이 말문을 열었다.

우선 이 뜻깊은 자리에 참석해주신 모두에게 감사를 드립니다. 오늘 이 자리는—인류 역사상 가장 아름다운 야구, 가장 완성된 형태의 야구를 펼친 후 사라진 삼미 슈퍼스타즈를 기억하는 자리이자, 그 업적을 기리는 팬클럽이 재결성되는 뜻깊은 자리입니다. 이 장소는 85년 6월 20일 저녁, 그러니까 6월 21일의 마지막 경기가 열리기 전날 밤 삼미 슈퍼스타즈가 최후의 만찬을 가졌던 의미 있는 장소입니다. 바로 그 장소에서, 13년이 지난 오늘 우리는 부활했습니다. 메뉴 역시 그 최후의 만찬 때 사용되었던 갈비와 등심, 더불어 소주와 맥주가 그대로 준비되어 있습니다. 부디 많이 드시기 바랍니다.

우리가 갈 길은 멀 수도 있고 가까울 수도 있습니다. 끝까지 함께 가셔도, 또 그 길의 중간에서 언제든지 포기하셔도 좋습니다. 모든 것은 여러분의 자유입니다. 하지만 저는 이 팬클럽이 가능한 한 오래 유지되기를 진심으로 바라는 사람입니다. 왜냐하면, 결국, 결국 언젠가는, 이 팬클럽도 사라질 테니까요. 이제 그 누구도 치기 힘든 공은 치지 않고, 잡기 힘든 공은 잡지 않는 야구의 의미를 기억하지 않습니다. 이유는… 살아남을 수 없기 때문입니다. 아니, 모두가 그렇게 믿고 있기 때문입니다. 그런 의미에서 이 팬클럽은 분명 삼미 슈퍼스타즈의 마지막 팬클럽이 될 것입니다.

죄송합니다. 많은 말들을 생각했는데 적확한 말들이 떠오르지 않습니다. 단지 어쩌면 우리는 지금과 같은 야구를 하지 않을 수도 있었다는 것입니다. 이 팬클럽의 의의는 그 사실을 다시 한 번 재조명해보고자 하는 데 있다고, 저는 생각합니다. 감사합니다.

경축. 삼미 슈퍼스타즈 팬클럽 창단

조성훈은 실제로 다리를 떨며 띄엄띄엄 말을 이어나갔다. 긴장한 놈의 옆얼굴과 아연실색 그 말을 듣고 있는 사람들의 표정을 번갈아 보면서 나는 웃음을 참느라 미칠 지경이 되었다. 브론토와 그의 처남은 '차라리 조기축구를 할걸'의 표정이었고, '주종족'들은 뭔가 게임에 관한 얘기들을 쉴 새 없이 속닥이며 간간이 반찬을 집어 먹었고, 눈이 큰 문하생은 얘기고 뭐고 간에 '주종족'들의 발 냄새 때문에 연신 몸을 뒤틀었고, 안경잡이 괴소년은 사이다와 콜라를 반반씩 섞어 마셔보더니 날름 주머니 속에서 웬 알약 하나를 꺼내 꿀꺽했고, 조르바는 나를 쳐다보며 빙긋이 웃었고, 아아, 사카에 씨는 눈을 감은 채 울고 있었다.

일단 먹읍시다.

분위기를 전환하기 위해 내가 소리쳤다. 그런데 그 간단한 제의가 정말로 분위기를 바꿔놓았다. 우선 13년 전 최후의 만찬에 올라갔던 갈비가 연기를 내며 익기 시작하자 전원의 심기를 불편하게 했던 '주종족'들의 발 냄새가 그 속에 파묻혔다. 그것이 시작이었다. 갈비와 등심은 어색했던 분위기를 웅성웅성하게 바꾸어놓았고, 곧이어 서로를 소개하는 시간이 끝나고 나자 실내는 이내 떠들썩하게 변해버렸다. 그때였다.

잠시, 여러분 주목!

일행을 주목시킨 조성훈의 곁에서 VTR이 연결된 TV가 길고 긴 잠에서 깨어났다. 그리고 생각지도 않았던—사카에 씨가 준비해온 삼미의 명경기 하이라이트 모음이 쉴 새 없이 흘러나오기 시작했다. 그것은 말 그대로, 그날의 최고 하이라이트였다. 삼미를 기억하는 회원들도, 도대체 삼미를 알 리 없는 회원들도 모두가 그 플레이 앞에서 넋을 잃었다. 조성훈의 해설에 '주종족'들은 박장대소를 하며 즐거워했고, 조르바를 비롯한 나이 든 이들은 아련한 추억에 사로잡혔으며, 안경잡이 괴소년은 테이블 밑의 손으로 자위라도 하는 것처럼 이상한 표정으로 화면을 주시했다. 그리고 나는

　삼미의 야구는 정말로 아름다운 것이었구나
라는, 생각을, 했다. 오랜 세월의 강을 뛰어넘어, 이 프로의 세계에서 이제 더는 볼 수 없는 그 환상의 플레이들은 그렇게 모두의 마음을 사로잡았다. "그러니까, 저런 야구를 하면 된다는 거죠?" "보기처럼 쉽진 않을 거야." "컬트다 컬트!" "야, 니들은 야구를 배우기 전에 발부터 좀 씻어!" 말들은 끊임없이 터져 나왔다.
　그날의 비용은 전액 사카에 씨가 부담했다. 자신이 고집한 일이니 자신이 지불하는 게 당연하다고 했고, "감사합니다. 지금 저는 행복합니다"라는 말을, 했다. 그는 정말로 삼미를 사랑하고 있었다.
　행사가 끝날 무렵 마끼 씨가 회원 각자의 신체 치수를 알고 싶다고 했다. 이유는 유니폼 제작을 위해서였다. 역시나 사카에의 기증이었고, 완벽한 삼미 유니폼의 복각이라는 해석을 마끼 씨는 덧붙였다. 홈경기용과 원정용이 따로, 각기 세 벌씩 제작될 예정이었다.
　그렇게 삼미 슈퍼스타즈의 마지막 팬클럽은 탄생했다. 현해탄을 뛰어넘은 사랑과, 이 또한 현해탄을 뛰어넘기에 충분한 발 냄새 속에서의 탄생이었고, 삼미가 해체된 날로부터 정확히 13년 2개월 25일이 지난 1998년 9월 15일의 일이었다.

　　　　　　　　　　　경축. 삼미 슈퍼스타즈 팬클럽 창단

진짜 인생은
삼천포에 있다

　창단식 때 본 삼미의 플레이에 깊은 영감을 받아서였는지, 의외로 모두가 열심히 훈련에 임했다. 물론 삼미의 야구를 군이 재현하겠다는 거창한 목표가 있었던 건 아니고, 일단은 운동을 해서 몸과 마음이 가뿐하고, 또 삼미라는 새롭고 흥미진진한 세계에 모두가 마음이 동해서였다. 매일 아침, 열흘 정도의 훈련을 했을 뿐인데도 특히 '주종족'들은 몰라보게 혈색이 좋아져 있었다.

　훈련은 늘 가까운 강변의 공터에서 행해졌다. 현역 선수 경험이 있는 브론토의 처남이 기술적인 면과 체력 훈련의 코치를 담당했고, 조성훈이 전체적인 플랜과 정신력을 일깨워주는 감독 역을 맡았다. 고는 하지만, 실은 100m 달리기라든지, 캐치볼이라든지 등을 하다가 조금이라도 땀이 났다 싶으면 둘러앉아 조성훈의 '삼미 이야기'를 들으며 물을 마시고 웃고 떠드는 것이 고작이었다. 고는 하지만, 즐거웠다.

강변의 바람은 시원했고 가을의 볕은 언제나 공짜였으며, 시간은 눈앞의 강처럼 철철 흘러넘쳤기 때문이다. 9월이 끝나갈 무렵엔 유니폼이 도착했다. 어쩜 이토록 빨리 제작할 수 있었을까, 가 의심될 만큼 빠른 도착이었지만 확실히 완벽한 삼미의 유니폼이었다. 왼팔의 소매에 슈퍼맨의 로고가 새겨진 그 유니폼은 모두에게 자긍심을 주었고, 뭔가 제대로 된 일을 하고 있다는 가슴 뿌듯한 감정을 불러일으켰다. 고는 하지만, 멀쩡한 유니폼을 입었다고 해서 뭔가 제대로 된 훈련을 한 것은 결코 아니었다.

가장 난처한 것은 브론토의 처남이었다. 뭐랄까, 자신이 배웠던 '우승을 향한 정식 코스'와 '우리의 야구'는 분명 그 갭이 너무나 큰 것이었고—또 그렇다고는 해도 야구의 기본은 충실히 익혀야 한다는 것이 그의 믿음이기도 해서, 도무지 어쩔 줄을 몰랐던 것이다. 중요한 문제였다. 하지만 어떤 연습, 어떤 경로를 통해야 삼미의 야구에 다다를 수 있는지를 아무도 알 수 없었기 때문에—결국 하루는 브론토의 가게에서 술을 곁들인 진지한 토론이 벌어졌다. 고는 하지만, 결국 '그냥 하자'고 쉽게 결론이 났다.

다른 무엇보다—얘는, 뭘 그렇게 열심히 하려고?—라는, 코치의 누나이자 브론토의 아내인 뭐랄까, 매니저 같은 분께서 하신 말씀에 모두가 고개를 끄덕였고, 역시나 그분의—너 야구 그만둔 것도 연습 너무 많이 하다가 어깨가 탈 난 거였잖아?—라는 말씀에 코치조차도 고개를 끄덕이지 않을 수 없었던 것이다. 현자는 가까이 있었다. 어디 그뿐이랴. 그런 말씀을 하면서도 그 와중에 또 어찌나

진짜 인생은 삼천포에 있다

맛있는 찌개를 끓이셨는지 우리는 모두 감동에 감동, 또 감동에 감동을 받았다. 그리고 나는, 문득 아내가 그리웠다. 그랬다. 나에게도 저런 아내가 있었다. 기억을 더듬어보면 나에게도 '요즘' '꽃꽂이를' '배운다'는 아내가 있었던 것이다. 어렴풋하지만 아내도 늘—얘는, 뭘 그렇게 열심히 하려고?—라든지—너 야구 그만둔 것도 연습 너무 많이 하다가 어깨가 탈 난 거였잖아?—와 같은 얘기를 나에게 해주었다. 왜 나는 그때 고개를 끄덕이지 못했을까. 왜 나는 아내가 현자라는 사실을 알지 못했을까. 아내는 지금 무엇을 하고 있을까. 지금도 '꽃꽂이를' 배우고 있을까?

전지훈련의 얘기가 나온 것은 10월이 시작되면서였다.

가게를 운영하는 브론토사우루스를 제외하고는 모두가 기뻐했다. "잘 다녀와"라고 브론토는 얘기했지만 "올여름에 피서도 못 갔잖아요?"라는 그의 아내 때문에 결국 온 가족이 함께 가기로 결정을 내렸다. 멋진 결정이었다. 문제는 장소였다. 이곳저곳 여러 장소가 거론되었지만 딱히 마음을 끄는 곳이 없었다. 조성훈은 삼미의 첫 전지훈련 장소인 마산이야말로 뜻깊은 장소가 아니겠냐고 말했지만 당시 마산야구장을 OB와 건국대가 차지, 실제 훈련은 진해에서 했으므로 그렇담 진해가 실질적인 전지훈련 장소가 아닌가에 초점이 맞추어졌다. 결국 잠을 잔 곳이냐, 훈련을 한 곳이냐의 문제였지만 쉽게 결론이 나지 않았다. 그때였다. 그 주변의 지도를 들여다보던 내 눈에

삼천포

라는 단어가 들어온 것은. "이곳이야. 이곳으로 빠지는 것이 삼미의 철학에 절대 부합하는 일이야"라고 내가 말하자 모두들 대찬성을 했다. 특히 기뻐한 것은 조성훈이었다. 놈은 "맞아, 삼미의 행적을 미뤄볼 때 어쩌면 정부와 언론의 눈을 속인 채 실제 연습은 이곳에서 했을 가능성이 커. 마산야구장의 문제는 하나의 속임수였던 거야"라는 공상과학 같은 소리를 하며 흥분을 감추지 못했다. 그래서 이미 전 국민이 휴가에서 돌아온 그해 10월, 아무도 휴가를 갈 리 없는 그해 10월, 우리는 삼천포로 출발했다. 이렇게 글로 정리하고 보니 마치 공상과학 같은 느낌이다.

우리가 짐을 푼 곳은 삼천포항에서 조금 떨어진 '하이면下二面'이라는 이름의 해변 마을이었다. 보기에 따라 아름다울 수도, 생각하기에 따라 그저 그럴 수도 있는 한적한 시골이다. 작은 학교가 있고, 작은 우체국이 있고, 작은 농협이 있고, 작은 집들이 있다. 그리고 그 주변으로 어마어마한 크기의 논과, 하늘과, 바다가 있다. 논은 지구의 일부였고, 하늘은 은하계의 일부였고, 바다는 태평양의 일부여서—학교와 우체국과, 농협과 집들은 더욱 작아 보인다. 아마도, 이곳의 지리를 측정한 사람은 그러한 시각의 차이에 꽤나 시달렸을 것이 분명하다. 즉, 인간의 여러 가지 기준들을 한순간 달라지게 만드는 힘을 이 마을은 지니고 있었다.

무엇이 있냐고 물으면 곤란하다. 그런 '경제 개발 5개년 계획' 같은 소리를 한다면 할 말이 없다. 삼천포의 아름다움은 그런 것과는 거리가 멀기 때문이다. 우선 우리를 놀라게 한 것은 해가 지면 거의

진짜 인생은 삼천포에 있다

모든 가게가 문을 닫는다는 것이었다. 즉 24시간 운영, 연중무휴, 연장 근무, 불철주야, 철야 근무 같은 단어가 존재하지 않는다는 말이다. 담배가 떨어진 조르바는 차를 몰아 30분 거리의 시내에서 담배를 사 왔고, '주종족'들은 게임의 금단현상으로 밤새 손을 떨어야 했다. 첫날은 그런 이유로 모두가 일찍 잠들었다.

해가 뜨면 마을 사람들은 일을 시작한다. 아무도 서두르지 않는다. 뛰어다니는 것은 개들뿐이고, 때가 되면 밥을 먹고, 해가 지면 잠을 잔다. 쿨쿨 잔다. 여러분이 잠든 이 시간에도 이웃 면에서는 다수확 신품종의 벼 모종 보급을 비밀리에 착수, 내년의 수확 경쟁에서 한발 앞서가면 어쩌지요?라고 물어봐야 소용없는 짓이다. 그렇다면 경쟁에서 앞선 이웃 면이 그 돈으로 국내 최대, 국내 최고의 농지형 테마파크를 국내 최초로 건립해버리면 어쩌지요?라고 해봐야 그러거나 말거나다. 이곳은 무엇이 들어와도 국내 최후이며, 삶의 분주함으로 따지자면 국내 최저이며, 그 어귀에 눈으로 직접 보지 않고서는 도저히 믿을 수 없는—동네 사우나탕 정도의 규모를 지닌 국내 최소의 해수욕장을 보유하고 있었다. 그리고 변함없이 해가 뜨면 일을 시작하고, 할 만큼의 일을 하고, 먹을 만큼의 밥을 먹고, 해가 지면 잠을 자는 것이다. 글로 정리하고 보니 마치 삼미 슈퍼스타즈의 야구 같다.

삼천포에서의 일주일은 언제나 생생하다. 남일대 해수욕장(국내 최소 규모)에서 우리는 캐치볼과 러닝을 하고, 밤이면 맥주를 마시며 삼미 슈퍼스타즈의 시합 비디오를 보거나, 웃고 떠들거나, 자거나 했다. 언제나 새 치약을 꾹 눌렀을 때와 같은 기분의 시간이 우리의 주변에 흘러넘쳤으므로, 우리의 시간은 그런 민트 향이라든지, 박하 향이라든지, 죽염 성분이 가미된 솔잎 향으로 가득했다.

이상한 일이었다. 그렇게 웃고, 떠들고, 놀았을 뿐인데도 그 일주일의 전지훈련에서 우리는 점점 삼미 슈퍼스타즈의 야구를 이해해가고 있었다. 즉 어떻게 달려야 할지, 어떻게 잡아야 할지, 어떤 공을 던져야 할지, 어떤 공을 골라야 할지, 어떤 공을 쳐야 할지를 어렴풋이 느끼게 된 것이다. 이상한 일이 아닐 수 없었다.

남일대 해수욕장의 백사장은 어떤 코스를 만들어도 100m가 나오지 않았다. 어럽쇼, 80m도, 70m도 나오지 않았다. 결국 브론토의 처남은 50m의 직선 코스를 정해 50m 달리기를 실시했다. 실로 50m도 빠듯한 백사장이었다. 첫 주자는 조르바였는데 조르바는 난데없이 "이봐, 인간은 원래 바다에서 왔다는 걸 아나?"라는 말을 하더니 그냥 백사장에 주저앉아버렸다. 두 번째 주자는 브론토였는데 두 딸의 손을 잡고 함께 뛰었기 때문에 기록이라고 볼 수 없는 기록을 냈고, 세 번째는 눈이 큰 문하생이었는데 얼마나 운동신경이 둔한지 마치 프라모델이 움직이는 듯한 착각이 들었고, 그다음은 줄줄이 '주종족'들의 차례였는데 약속이라도 한 듯 달리던 도중에 모두 바닷속에 뛰어들었고, 그다음은 안경잡이 괴소년이었는데 정말로 스프린터 같은 자세로 스타트라인에 서서, 정말로 스프린터 같은 동작으로 스타트를 한 다음, 19초의 기록으로 진지하게 골인했다.

"전력으로 뛴 거냐?"

믿을 수 없다는 표정으로 브론토의 처남이 물어보자 왜 못 믿느냐는 표정으로 안경을 까딱이며 "네"라고 대답했다. 결국 코치도 진

진짜 인생은 삼천포에 있다

이 빠졌고, 또 그다음 주자는 조성훈이었는데 마침 똥을 누는 중이기도 해서 50m 달리기는 흐지부지되어버렸다. 모두가 말도 안 되는 기록들의 탓을 '그저 달리기만 하기에는 바다가 너무 아름다웠기 때문'으로 돌렸다.

그렇게, 점점 더 우리는 어떻게 달려야 하는지를 이해해가고 있었다. 그것은 중요한 문제였고, 신이 우리에게 부과한 중요한 숙제 중의 하나였다. 비록 윤회론자가 아닐지언정 나는 그 일주일의 어느 어귀쯤에서─지금의 삶이 무언가 본리그를 앞두고서 행하는 일종의 전지훈련이라는 생각을 했고, 그 전지훈련의 어느 어귀쯤에서

그저 달리기만 하기에는 우리의 삶도 너무나 아름다운 것이다. 라는 생각을, 했다. 인생의 숙제는 따로 있었다. 나는 비로소 그 숙제가 어떤 것인지를 어렴풋이 느낄 수 있었고, 남아 있는 내 삶이 어떤 방향으로 흘러가야 할지를 희미하게나마 짐작할 수 있었다. 그것은 어떤 공을 치고 던질 것인가와도 같은 문제였고, 어떤 야구를 할 것인가와도 같은 문제였다. 필요 이상으로 바쁘고, 필요 이상으로 일하고, 필요 이상으로 크고, 필요 이상으로 빠르고, 필요 이상으로 모으고, 필요 이상으로 몰려 있는 세계에 인생은 존재하지 않는다.

진짜 인생은 삼천포에 있다.

삼미 슈퍼스타즈
VS
프로 올스타즈

전지훈련에서 돌아오자 그해의 한국시리즈가 시작되고 있었다. 물론 그런 현실의 야구에는 크게 신경을 기울이지 않았지만, 그 경기를 보기 위해 다시 한국을 찾은 사카에 씨를 통해, 삼미 슈퍼스타즈의 후신이 역사상 최초로 한국시리즈의 우승을 다툰다는 사실을 알게 되었다. TV를 통해 줄곧 그 과정을 지켜보다가, 10월 30일 인천에서 벌어진 6차전 때는 사카에 씨와 함께 그 경기를 관람했다. 그리고 그날, 정말 거짓말처럼 현대 유니콘스는 우승을 거머쥐었다. 5:2의 게임 스코어였고, 17년 만에 인천 야구의 한恨이 풀리는 순간이었다.

눈물이 났다.

뭐랄까, 콧구멍에 파를 끼우고 공부를 해—마침내 고시에 합격한 가난한 집안의 장남 같은 심정이 들었기 때문이다. 그래서였을까.

연안부두를 목 놓아 부르며 뜨거운 눈물을 흘리는 인천의 팬들 속에서, 17년 전의 두 소년은 우두커니 앉아 있었다. 우승은 생각처럼 기쁘지 않았고, 기대했던 것처럼 마음의 열기를 불러일으키지도 않았다. 대신, 어디선가 알래스카 고기압의 영향을 받았을 것 같은(북태평양이라 생각하기에 그것은 너무나 우리와 동떨어진 곳으로부터 온 것이었기에) 한 줄기 바람이, 두 소년의 여린 등 뒤로 서늘하게 불어왔다.

그날 밤 우리는 사카에 씨와 함께 밤늦도록 술잔을 기울였다. 신포시장 골목의 포장마차에서였고, 역시 주제는 우승이었다. 송도 쪽의 횟집이 어떨까 했지만, 굳이 이곳을 고집한 것은 사카에 씨였다. 신포시장의 입구 쪽에 '신포사진관'이 있는데, 그 사진관의 진열장에 삼미 슈퍼스타즈의 대형 단체 사진이 걸려 있기 때문이었다. 나로서도 처음 보는 사진이었다. 불이 꺼진 사진관의 컴컴한 진열장 앞에서, 그는 한참 동안이나 그 사진을 감상한 후 시장 골목 쪽으로 발길을 돌렸다. 그날 밤 사카에 씨는 이상한 말을 했다.

뭐랄까, 삼미의 후신은 곧 인천을 떠날 것 같아요.

떠나다뇨?

우승을 했으니까요. 그럼 서울로 가는 것이 이 세계의 룰입니다.

그래도 연고지를 옮기기는 힘들 텐데.

아닙니다. 아마 지금쯤 부평 정도는 갔을걸요?

하하, 부평의 변절자 얘기를 아십니까?

조 상에게서 들었습니다. 에 또, 아마도, 저에 대해선 잘 모르시죠?

네, 거의.

저는 도쿄에서 태어났습니다. 하지만 복잡한 가족사 때문에 곧바로 히로시마 근처의 외가로 가 그곳에서 성장했지요. 히로시마 서쪽 변두리에 미야지마선線이 있습니다. 일본 삼경三景으로 유명한 미야지마로 가는 전철이지요. 도쿄로 치면 도세키東積선의 느낌이랄까. 그러나 한 칸 아니면 두 칸짜리 땡땡이 전철로 그 사이의 역도 거의가 무인역無人驛이었죠. 그 역들 중에 '후루에'라는 역이 있습니다. 외가는 그 근처였어요. 어릴 때는 그 철길의 주변에서 야구만 했습니다. 세토나이카이 해협을 굽어보는 신사神社의 경내가 홈그라운드였고, 전 일본 프로야구의 야마모토 선수도 그 철길가의 소년이었죠. 지금은 다리가 놓여 있지만 그전에는 5엔의 뱃삯을 주고 나룻배로 강을 건넜습니다. 저는 돈이 생길 때마다 그 강을 건너갔습니다. 히로시마 카프*의 경기를 보기 위해서였죠. 물론 삼미에 견줄 수는 없겠지만 카프도 만년 최하위였습니다. 어쩌다 5위만 해도 저는 크게 기뻐했지요. 그것은 진짜 야구였습니다. 5위를 하건, 6위를 하건, 설사 1위를 했다 하더라도 말입니다. 그 시절의 야구는 뭐랄까, 편안하고 자연스러운 것이 있었어요. 필요 이상으로 빠른 공을 던지는 투수도 없었고, 필요 이상으로 무리를 하는 타자도 없었지요. 저로선 그때가 가장 행복했던 시절이었습니다. 그렇게 국민학교를 졸업한 후 저는 다시 도쿄로 돌아왔습니다. 알고 보니 그 시골 소년의 아버지가 실은 굉장한 영향력을 지닌 관료였고, 비록 이복異腹이지만 어엿한 자식으로 적籍이 올라 있었지요. 도쿄로 올라온 이후 저는 아무 이유 없이 무지막지한 경쟁에 시달려야 했습니다. 마

---

* 히로시마를 연고지로 둔 일본 프로야구팀.

　　　　　　　　　　삼미 슈퍼스타즈 VS 프로 올스타즈

치 잠시라도 쉬면 죽을 것 같았고, 또 모두가 그렇게 몰려가고 있었지요. 결국 저는 동경대를 나와 이른바 그 유명한 '평생직장 세대'의 일원이 되었습니다. 성인이 되자 경쟁은 더 치열해졌어요. 정신을 차릴 수 없었고, 제정신이 아니었습니다. 가족의 기대, 사회적 체면, 이복의 열등의식… 누구나 그런 것들에서 벗어날 수 없는 것 아니겠습니까. 그 속에서 저는 늘 한 가지 꿈만을 꾸었습니다. 그것은 작고 때 묻은, 하얀 공이었지요. 바로 후루에역의 철길 창공을 날아가던 유년의 야구공이었습니다. 아니, 그때의 야구였지요. 매일 노이로제에 시달리던 저에게 휴식을 준 것은 오로지 그 작고 때 묻은 기억 속의 공뿐이었습니다. 결국 어느 날 저는 히로시마 카프의 시합을 보러 갔습니다. 의사의 조언을 떠나, 우선 저 자신이─카프의 야구만이 당시의 저를 치료해줄 수 있다고 생각했기 때문이죠. 그런데 20년 만에 본 카프는 변해 있었습니다. 강팀이 되었고, 강하고, 빠르고, 쉴 새 없고, 무리한 야구를 하고 있었던 겁니다. 이미 도쿄의 팀과 다를 바가 없었고, 요미우리 자이언츠와 다를 바가 없었던 겁니다. 만약 카프가 삼미 슈퍼스타즈와 마찬가지로 20년 전에 사라졌다면, 저는 오히려 그 노이로제를 견뎌낼 수 있었을지 모릅니다. 결국 저는 무너졌지요. 마침 복잡한 가정사도 한몫을 했고, 또 어쩌면 저 자신이 그런 성향의 인간이었을지도 모르고…. 어쨌든 말입니다. 그리고 발견한 것이 삼미의 야구였습니다. 그 감동을… 어떻게 말씀드려야 할까요. 그 속에는 후루에역의 철길 창공을 날아가던 그 작고 때 묻은 공이 오가고 있었고, 5엔의 뱃삯을 주고 탄 나룻배의 노 젓는 소리가 있었고, 그 노를 비켜 흐르던 강물의 흐름이 있었습니다. 저는 그것을 구원이라고 생각했습니다. 그래서 이곳까지 오게 된 것이지요. 오늘 경기는 참으로 유감이었습니다. 하지만 또 그런 이유로, 저는 삼미가 오래전 이 세계에서 사라졌다는 사실에 감사할 뿐입니다. 만약 계속 유지되었다면, 분명 저는 오늘 밤 또다시 절망을 맛보아야 했겠지요. 이 세계에서 사라졌기에, 삼미는 영원할 수 있었습니다. 오늘 우승을 한 것은 삼미가 아니라 유니콘스였으니까요. 물론 그 우승의 정체도 비참한 것이지만.

우승의 정체라뇨?

글쎄요. 아무리, 어떤 노력을 해도 이 세계의 우승팀은 따로 있는 것 아닙니까?

그렇죠…. 프랜차이즈였죠?

프랜차이즈였죠.

그렇게, 하늘은 높고 유니콘은 살쪘던 그해의 가을은 끝이 났다. 더불어 IMF가 오고, 이혼을 하고, 실직을 하고, 삼미 슈퍼스타즈의 마지막 팬클럽이 창단되고, 전지훈련을 다녀오고, 현대 유니콘스가 우승을 한 1998년도 그런 식으로 지나가고 있었다. 글로 정리하고 보니 마치 대단한 역사의 과도기라도 지켜보는 느낌이다. 그리고—과도기고 뭐고 간에 여하튼 지구가 멸망할지 모른다는 1999년이 오고 있었다. 이대로라면, 인류는 과도기만을 보내다가 멸종한 우주의 유일한 종이 될 것 같았다. 마치 회사 생활만 줄기차게 하다 돌연사로 최후를 마감하는 한 명의 인간처럼.

어차피 지구도 멸망할 것이고 해서, 그해의 긴긴 겨울 역시 하나

다름없는 생활을 나는 되풀이했다. 고는 하지만, 실제로는 아직 통장에 돈이 남아 있고 또 경기가 전혀 회복될 조짐이 보이지 않았다. 고도 하지만, 만약 어떤 선택의 기회가 있었다 해도 나는 분명 이 생활을 고집했을 것이 분명했다. 무렵의 나는 겨울잠을 준비하는 오소리처럼―내 인생의 일, 내 인생에 대한 생각들을 잔뜩 끌어모아, 도토리의 산을 쌓아두고 있었기 때문이다. 그 도토리의 산을 남겨둔 채 이제 더는 남의 일을 하며 살고 싶지 않았다.

'남의 일'이라면 할 만큼 했다.

때문에―그 도토리들을 일일이, 야금야금 깨물어 삼키면서도 틈틈이 러닝을 하고 보란 듯이 나의 '야구'를 했다. 이 얼마나 길고 충만한 겨울인가. 즉 나로서는 너무나 길고 충만한 삶을 살고 있었기에 당장 지구가 멸망한다 해도 무엇 하나 아쉬울 게 없는 겨울이었다. 그리고 1999년이 왔다.

그리고 그해의 봄.

삼미 슈퍼스타즈와 프로 올스타즈는 격돌했다.

20세기를 마감하는 세기의 라이벌전이었고, 20세기의 세계를 정리하는 운명의 일전이었으며, 산업혁명의 성공과 실패를 가늠하는 역사적인 시합이자, 하나의 전쟁으로 불러도 좋을 대격돌이었다. 고는 하지만, 실은 우리 클럽과 조기축구회 형식을 띤 모 기업체의 야구동호회 간에 벌어진 조촐하고 단출한 주말의 친선 경기였다.

워커힐을 지나 남양주로 빠지는 우회전 도로를 타고 오다 보면 그 우측의 강변에 시市에서 설립한 간이 야구장이 보인다. 펜스나 관중석이 있는 정식 야구장은 아니지만, 제대로 된 라인에 제법 잔디가 심겨 있고, 배경의 강과 산이 시원하게 펼쳐진 멋진 구장이다.

그해의 2월이 되면서 우리는 그곳으로 연습 장소를 옮겼다. 이제는 그라운드 플레이를 익혀야 한다는 코치의 주장도 주장이었지만, 다른 무엇보다 정말로 던지고, 치고, 잡고, 송구하고, 주루 플레이를 할 수 있다는 점이 모두의 마음을 사로잡았다. 평일 아침엔 늘 텅비어 있어 아무 문제가 없었지만, 주말이 문제였다. 우리 외에도 주말마다 그 구장을 찾는 또 다른 팀이 있었던 것이다. 아마추어이자 대기업의 야구동호회인 그들을—편의상 우리는 '프로 올스타즈'라고, 명명했다. 아마추어인 그들을 그냥 그렇게 부른 것은 아니고

뭐랄까, 실제로 그런 느낌이 들었기 때문이다. 그들은 점보에어로급의 회사 통근버스를 타고 왔고, 정말이지 프로 선수처럼—버스의 자동문이 열리면서 차례차례 내려왔다. 유니폼과 윈드파카의 완벽한 복장으로, 프로에서나 사용하는 비싼 장비를 꾸린 채였다. 또 선수 몇몇은 유선형 디자인의 날렵한 고글을 쓰고 있었다. 그랬거나 말거나

마침 우리도 이제 막 연습을 시작한 터여서, 그들은 제법 오랜 시간을 그라운드 주변을 서성이며 몸을 풀거나 잡담을 나누며 괜히 시간을 보내야 했다. 그런 괜한 시간이 그들에게도 우리에게도 즐거울 리 없었다. 마치 화장실의 문을 노크하듯 스트레칭을 하거나 달리기를 하고 있었고, 마치 화장실의 문고리를 붙잡고 있는 기분으로 공을 던지고 쳐야 했던 것이다. 게다가, 2월의 바람은 찼다.

다음 주말에도 비슷한 일이 벌어졌다. 두 대의 승합차에 나눠 탄

　　　　　삼미 슈퍼스타즈 VS 프로 올스타즈

우리가 도착하자 눈앞에 예의 점보에어로가 떡 버티고 서 있었고, 이미 프로 올스타즈들은 연습 경기에 여념이 없었다. 다행히 그 옆의 축구 운동장이 비어 있어 어쩔 수 없이 우리는 그곳에서 연습을 해야 했다. 덕분에 1루엔 골대가 있고, 코너킥을 차는 곳에서 배팅을 해야 하는 이상한 형태의 다이아몬드를 상상한 채 플레이가 이루어졌다. 여전히, 2월의 바람은 찼다.

다음 주말에는 비가 왔다. 이미 도착한 우리가 연습을 하던 중이었고, 뒤늦게 온 그들이 축구장을 몇 바퀴 뛰고 있을 무렵이었다. 빗줄기가 거세어지자 두 팀은 모두 각자의 차량으로 돌아갔는데, 얼마 있지 않아 거짓말처럼 비가 뚝 그쳤다. 갑자기 황량하게 비어 있는 그라운드와, 비장하게 빗물을 머금고 있는 잔디와, 바로 눈앞에 진주한 라이벌이 서로의 눈에 들어왔고, 어디선가 서부영화의 테마 같은 것이 섞인 듯한 바람이 휘파람처럼 그 사이를 지나가고 있었다. 여전히 찬, 2월의 바람이었다.

먼저 뽑아라.

와 같은 느낌으로 프로 올스타즈의 선수 한 명이 우리 쪽으로 건너왔다. 요는 "커피 한잔 드시지 않겠습니까?"였다.

그렇게 점보에어로 쪽으로 건너간 우리는 종이컵에 마련된 따뜻한 커피를 대접받았다. 돌이켜 생각해보면, 아마 그때까지도—그들은 우리를 흔하디흔한 직장 야구동호회의 하나쯤으로 여겼던 것 같다. 단체로 유니폼을 입고, 모자를 눌러썼으니 그럴 수밖에 없는 일이었다. 2월의 바람이 찬 만큼이나 커피는 따뜻했고, 프로 올스타즈는 한결같이 친절했다.

올스타즈의 시선이 달라진 것은 우리가 모자를 벗었을 때였다. 그도 그럴 것이, 치렁치렁한 장발의 중년에서부터 도대체 심사를 알 수 없는 괴소년까지―하나의 팀이라고 생각하기에는 너무나 폭넓고 다양한 선수층의 윤곽이 일제히 드러났기 때문이었다.

다, 당신은…

과 같은 느낌으로 프로 올스타즈 선수 한 명이 물어왔다. "실례지만 어디서 오셨습니까?" 조성훈이 위스키 잔을 내려놓는 악당처럼 종이컵을 돌려주며 말했다. "저희는 삼미 슈퍼스타즈의 팬클럽입니다." "네?" "삼미 슈퍼스타즈요."

땅

그 말이 한 발의 총성처럼 프로 올스타즈 전원의 머리를 관통했다. 역시나 야구를 좋아하는 그들은 모두가 삼미 슈퍼스타즈를 기억하고 있었고, 마치 슈퍼맨을 만난 것처럼 신기해하며 이런저런 인터뷰를 청해왔다. 이내 텅 빈 그라운드를 가득 메우고도 남을 만큼의 화제와 웃음이 터져 나왔고, 그날 즉석에서 우리는 시합을 제의받았다.

"어떻습니까?"

"글쎄요."

"재미있는 시합이 될 것 같은데요."

"제 생각으론… 꽤나 심심하실 텐데."

"그럼 맥주 한 상자 거는 게 어떻겠습니까?"

"그런 뜻이 아니라… 음… 그럼 맥주 말고 이 그라운드를 거는 게 어떻습니까?"

삼미 슈퍼스타즈 VS 프로 올스타즈

"그라운드를요?"

"이기는 쪽이 언제나 우선권을 갖기로!"

"좋습니다."

삼미 슈퍼스타즈와 프로 올스타즈의 대결은 그렇게 체결되었다. 시합이 체결된 후 올스타즈의 주장과 조성훈은 악수를 나누었고, 시합은 2주 후인 3월 14일 오후 2시로 확정되었다. 심판을 내정하고 양 팀 공히 외부 선수 영입과 압축 배트 사용이 금지된 정식 시합이었다. 그리고 그것은―이 세계의 홈그라운드를 둘러싼 격전이었다.

3월 14일은 화창했다. 경기가 시작되기 1시간 전부터 양 팀은 몸을 풀고 있었고, 우리 측의 응원 텐트에는 브론토의 아내와 두 딸, 조르바의 아내, 그리고 이 역사적 시합을 관전하기 위해 일본에서 건너온 사카에 씨와 그의 조수 마끼가 앉아 있었다.

선발 투수는 브론토의 처남이 나서기로 했다. 어깨가 안 좋긴 해도 고교 시절 실제 투수 생활을 했던 명실공히 팀의 에이스였다. 포수는 브론토였다. 힘이 좋고, 어떤 운동에도 소질이 있는 믿음직한 팀의 기둥이었다. 나머지는 모두―어딜 배치하더라도 팀의 전력에 아무런 차질이 없는 제멋대로들이어서, 그냥 각자가 서고 싶은 위치에 서기로 했다. 대충 의논 끝에 1루수는 내가, 2루수는 조성훈이, 유격수는 '주종족' 중 '테란'이, 3루수는 눈이 큰 문하생이, 그 외 조르바와 나머지 '주종족'들이 외야를 맡기로 했다. 더불어 구원 투수는 도대체 심사를 알 수 없는 괴소년이 맡기로 했다. 오로지, 도대체 심사를 알 수 없는 공을 던질 수 있지 않을까, 란 실낱같은 기대에

서였다. 그리고, 아니 그래도

　모두가 최고의 컨디션이었다.

　시합이 시작되었다. 프로 올스타즈의 공격으로 문을 연 1회 초는 13개의 공만으로 가볍게 끝이 났다. 브론토의 처남은 우리가 보기에도 깜짝 놀랄 만한 강속구를 던졌고, 그 기세에 올스타즈의 나머지 선수들도 모두가 혀를 내둘렀다.

　올스타즈의 투수도 만만치 않았다. 변화구가 주무기인 선수였는데 끝이 살아 있는 슬라이더가 제법 예리한—꽤나 수준급의 투구였다. 근본적으로 치기 힘든 공이었으므로, 아무도 치지 않았다. 그것이 프로 올스타즈와 우리의 가장 큰 차이였다. 혀를 내두르지도, 방망이를 내두르지도 않았던 것이다.

　2회에서는 눈으로 보고서도 믿지 못할 엄청난 플레이가 나왔다. 올스타즈의 4번 타자가 친 빨랫줄 같은 타구를 '주종족' 중 '테란'이 그야말로 몸을 날려 다이빙 캐치를 한 것이었다. 그 그림 같은 플레이에 프로 올스타즈의 선수들조차 아낌없는 박수를 보내왔는데 '테란'의 곁으로 다가간 조성훈이 큰 소리로 '테란'을 나무랐다.

　"이봐, 뭐 하는 짓이야!"

　"아차, 실수였습니다."

　그 이상한 광경에 올스타즈 선수들은 고개를 갸웃했지만 그런대로 시합은 속행되었다. 나머지는 삼진이었다. 2회 말에도 엄청난 변화구가 계속 들어왔다. 연장자라는 이유로 4번 타자로 나선 조르바는—엄청 치솟았다 뚝 떨어지는 커브와, 안쪽을 파고들다 엄청난

　　　　　　　　　　삼미 슈퍼스타즈 VS 프로 올스타즈

각도로 휘어진 슬라이더와, 유인구였던—이 또한 갑자기 꺾여 들어온 싱커를 그대로 흘려보냈다. 투 스트라이크 원 볼. 그 상황에서 조르바가 갑자기 투수 쪽으로 걸어갔다. 너무나 자연스럽게 걸어갔으므로 심판도 상황만 주시할 뿐이었고, 또 빈볼을 던진 것도 아니어서 상대 투수 역시 어리둥절한 표정이었다. 조르바는 투수의 어깨를 주물러주며

"자네 이런 식으로 던지면 힘들지 않나?"

라고 말한 후 타석에 돌아와 곧바로 삼진을 먹었다. 딱. 5번 브론토가 초구를 받아쳤다. 홈런이었다. 브론토의 두 딸이 깡충깡충 뛰었고, 두 딸과 차례로 짝짜꿍을 한 후 홈 플레이트를 밟는 그에게 다음 타석을 대기하고 있던 '저그'가 한마디를 던졌다.

"뭐예요, 뭐?"

"미안해, 내가 속았어."

2회의 공격은 그렇게 끝이 났다. 1:0으로 우리가 앞선 상황이었고, 그 단 한 점에—프로 올스타즈들의 표정은 굳어 있었다. 아마도, 어쩔 수 없는 코치의 호투와 쓸데없는 '테란'의 호수비, 속아서 친 브론토의 홈런 때문에—그들은 우리를 필요 이상으로 경계하게 된 듯했다. 뭔가 모여 작전을 짜는 분위기였고, 기습을 받은 진주만의 사병들처럼 우왕좌왕 여러 명의 구원 투수들이 나와 일제히 몸을 풀기 시작했다. 3회가 시작되었다.

"파이팅!"

3회부터 우리는—일제히 파이팅을 외치고 나와, 바짝 긴장한 채 이를 악문 올스타즈의 타자들을 보아야 했다. 그것은 보통 우스운

광경이 아니었다. 가만히 보고 있으면 입술의 주변이 씰룩거리거나, 눈썹의 끝이 올라갔다 내려갔다 했고, 어떤 선수는 콧구멍을 좌우로 벌름거리고 있었다. 그러면서도 두 눈빛은 너무나 진지하다—아아, 결국 브론토의 처남이 타임을 요구했다.

"우스워서 못 던지겠어."

눈물을 훔치는 그를 달래고 달래 다시 마운드로 돌려보냈고, 도대체 어떤 표정이기에—가 궁금했던 조르바가 떼를 써서 나와 포지션을 맞바꾸었다. 경기는 계속되었다.

팽팽한 안면의 긴장과 오밀조밀 모여선 내야에 비해, 외야는 더할 나위 없이 한적하고 평화로운 곳이었다. 그리고 그 외야의 잔디 위에서, 나는 길고도 길었던 그날의 시합을 끝까지 지켜보았다. 1루에선 조르바는 경기가 끝날 때까지 허파가 뚫린 사람처럼 웃음을 그치지 않았고, 급기야 5회부터는 경기를 녹화하고 있던 마끼에게—타자들의 표정을 모두 클로즈업해달라는 기도 안 차는 부탁을 했다. "아, 네"라며 마끼는 고개를 끄덕였다.

코치의 구위가 급격히 떨어진 것도 5회부터였다. 그때부터 B-29를 앞세워 역습을 감행하는 미군처럼, 프로 올스타즈의 공격이 원폭처럼 퍼부어지기 시작했다. 스코어는 금세 역전되었고, 6회에선 4 : 1까지 스코어가 벌어졌다. 공을 많이 던지기도 했고, 또 계속 타자들이 웃겼기 때문에 결국 브론토의 처남은 마운드를 내려와야 했다. 그리고 심사를 알 수 없는 문제의 괴소년이 마운드에 올라섰다.

그다음부터의 경기는 도저히 정리가 되지 않는다. 조르바는 실성한 사람처럼 계속 웃었고, 3루의 눈이 큰 문하생은─무슨 이유인지 하여간에 발기를 해 민망할 만큼 바지 앞이 불룩했으며, 너 왜 그러냐는 조성훈의 물음에 완전 울상이 되어

"아무래도 가라앉지를 않아요."

라고 말했고, 외야의 '주종족'들은 아예 모여 앉아 잡담을 나누다 공이 날아오면 서로 잡겠다며 앞을 다투어 뛰어갔고, '테란'은 2회의 실수를 만회하려는 듯 애써 7개의 알을 연달아 깠고, 다른 무엇보다 괴소년은─프로 올스타즈의 타자들은 물론, 포수인 브론토조차 도저히 심사를 알 수 없는 공을─정말 완벽한 폼으로 던지고 있었다.

애당초 승부의 판가름이 무의미한 경기였다. 아니, 같은 룰이 적용될 수 없는 서로 다른 야구를 통해─두 팀은 격돌했던 것이다. 7회 초의 공격은 끝이 나지 않았다. 오른쪽 잡초 덤불 쪽으로 빠진─2루타성 타구를 잡으러 간 '프로토스'는 공을 던지지 않았고, 그 이유는 공을 찾다가 발견한 노란 들꽃이 너무 아름다워서였고, 또 모두가 그런 식이었다. 워낙 힘을 들이지 않기 때문에, 괴소년은 그렇게 많은 포볼을 던지고도 도무지 지치지 않았고, 또 같은 이유로 아무도 데미지를 입지 않았다. 수비들은 계속 체력을 축적하고, 오히려 전력을 다해 공격하는 타자들이 지쳐만 가는 이상한 경기가 계속 이어졌다. 길고 긴 7회의 공격이 언제 끝날지가 요원했던─아직 원 아웃인가 그랬고 스코어는 20:1의 상황에서, 결국 타임을 외친 올스타즈의 주장이 웃으며 걸어 나왔다.

"그만하죠."

승패를 떠나, 뭔가 태도에 문제가 있다는 생각을─그는 한 것 같

았다. 고개를 가로젓는 조성훈에게 그는 농담처럼 "하하, 우리가 졌습니다"라고 웃으며 말했고, 돌아가다 문득 뒤를 돌아보더니

"왜 이런 식으로 야구를 하시는 겁니까?"

라고 물었다.

모자를 벗은 조성훈이, 끝없이 겸손한 표정으로 예를 갖춰 대답했다.

"야구를 복원하기 위해서입니다."

올스타즈의 선수들은 지치고 불쾌한 표정으로 짐을 싼 후 돌아갔다. 스포츠맨십을 어겼다는 이유로 조르바는 팀 자체의 경고를 받았고, 그날의 수훈상은 노란 들꽃을 발견한 '프로토스'에게, 감투상은 1시간 지속 발기의 눈 큰 문하생에게, 그리고 MVP는 마치 물이 흐르듯, 있는지 없는지 모르게 경기에 끝까지 참여한 내가 받았다. 사카에 씨는 황홀한 표정으로 감동의 눈물을 연신 흘렸고, 조르바의 아내와 브론토의 두 딸은 텐트 속에서 곤히 잠을 자고 있었다. 우리도 짐을 꾸렸다. 그리고

마치 재구성된 지구의 대륙처럼

그 봄의 홈그라운드는 텅 비어 있었다. 이제 그곳에서 무얼 해도 좋을 것 같았다.

삼미 슈퍼스타즈 VS 프로 올스타즈

에필로그.
플레이볼

그 봄의 홈그라운드로부터, 어느새 4년의 세월이 지났다. 이 글을 마무리 짓는 지금은 2002년의 여름. 세상은 여전히 다사다난하고, 나에게도, 나의 주변에도 많은 변화가 일어났다.

우선 우리 국민은—나라의 융성이 나의 발전의 근본임을 '더욱' 깨달아, 민족의 슬기를 모은 줄기찬 노력으로 IMF를 극복했다. 아니, 극복했다고 한다. 하지만 슬기를 모아도 모아도, 왜 새 역사가 창조되지 않는 것인지에 대해서는—잘 모르겠다. 그 이유를 누구에게 물어봐야 할지도—이제는 알 수 없다. 아무튼

삼미 슈퍼스타즈의 팬클럽은 해체되었다.

회원들 각자의 신변에 많은 변화가 일어났고, 물이 흘러 바다로 가듯―그렇듯 자연스럽게 우리 클럽은 이 세계에서 사라져갔다. 먹고사는 일은 누구에게나 중요한 문제였고, 우리는 모두 그 문제를 어떤 식으로건 간에 해결해야 했다. 그러나 중요한 것은, 그 '야구'로부터, 우리가 분명 어떤 '영향'을 받았다는 사실이다. 뭐랄까, 더 이상 치기 힘든 공을 치거나, 잡기 힘든 공을 잡기 위해 똥줄을 태우지 않는다는 것이다. 결론은 다들

잘 먹고 잘 산다, 다.

우선 조르바는 국민연금관리공단의 직원과 대판 싸움을 벌인 뒤 뉴질랜드로 이민을 갔다. 못 내! 안 내! 그것이 간단하고도 명료한 이민의 변辨이었다. 아내와 함께, 요즘은 그곳에서 낚시와 사진에 빠져 있다는 소식을 들었다. 조르바는 가끔 인터넷으로 자신이 낚은 고기들의 사진을 보내온다. 이제는 드문드문 흰머리가 섞인 그여서, 그 사진은 마치 《노인과 바다》의 삽화 한 페이지를 보고 있는 듯한 착각을 불러일으킨다.

브론토사우루스는 여전히 같은 장소에서 분식집을 경영하고 있다. 마침 주변에 중학교가 들어서서, 가게는 언제나 호황이다. 좀 더 규모를 넓혀도 좋으련만 그럼 '바빠진다'는 이유로 늘 그 가게를 고수하고 있다. 그의 두 딸은 나란히 초등학생이 되었다. 이상한 아버지 덕분에, 학교가 가기 싫은 날은 그냥 집에서 논다. 학교 종이 친다고 무작정 학교를 가는 건 바보들이나 하는 짓이야. 라며, 아버지

가 옆에서 부추기기 때문이다. 두 딸은, 그래서 아버지를 좋아한다.

브론토의 처남은 다시 취직을 했다. 이상하게도 그 후로 연락이 뚝 끊겼다.

'주종족'들은 '저그', '프로토스', '테란'의 순으로 입대를 했다. 그중 가장 먼저 제대를 한 '저그'는 카센터의 직원이 되었고, '프로토스'는 웹디자이너가, '테란'은 다시 대학생이 되었다. 종족은 달라도 마음은 하나인 그들은, 여전히 밤마다 PC방에서 뭉친다.

눈이 큰 문하생은 일산에 위치한—영화 소품을 제작하는 곳에 취직이 되었다. 어떤 일인지는 자세히 알 수 없고, 미니어처나 뭐, 그런 것들을 만드는 곳이라고 했다. 송별회를 연 자리에서 나는 "발기를 조심하라고" 그에게 신신당부를 했다. 물론 "네"라고 대답했지만 장담할 수는 없는 일이다.

심사를 알 수 없는 괴소년은 조성훈과 함께 일하고 있다.

조성훈은 광장동 근처에서 코딱지만 한 프라모델 숍을 열었다. 직원은 물론 괴소년이고, 프라모델의 조립과 도색을 해주며 역시 근처의 코딱지만 한 원룸에서 함께 숙식을 해결하고 있다. 이제는 제법 소문이 나, 먼 곳의 단골들이 애써 찾아오는 프라모델의 명소가 되었다고 한다. 아니나 다를까 숍의 이름은 '삼미과학'이다.

사카에 씨는 후루에역 근처의 농가 부지를 사들여 삼미 슈퍼스타즈와 올드 히로시마 카프의 작은 박물관을 열었다. 요즘은 건강이 많이 나빠졌다는 소식을 들었고, 그 와중에도 문제의 신포사진관이 문을 닫았다며 발을 동동 굴렀다고 한다.

사카에 씨의 조수였던 마끼는 결혼을 했다. 나도 청첩장을 받았지만 도쿄에서 열린 그의 결혼식엔 조성훈만이 참석을 했다. 왠지 '조끼' '미끼' '다래끼'의 이름을 가진 그의 동생들이 줄줄이 나와 하객들을 맞을 것 같았지만, 확인할 방법은 없었다.

삼천포는 지도에서 영원히 사라졌다. 행정 지명이 '사천시'로 개정되었기 때문이다. 자세한 내막은 알 수 없지만, 그래도 여전히 그곳에 존재한다.

현대 유니콘스는 연고지를 서울로 옮겼다. 사카에 씨의 말, 그대로였다. 삼천포는 사라지고 서울은 더욱 복잡해지고—결국 이 프로의 세계는

한층 레벨 업이 된 셈이다.

그리고 나는
여러 번 취직을 했다가, 여러 번 퇴사를 했고, 그랬다가 얼마 전다시 취직을 했다. 생각이 바뀌고 나자 마치 물과 뭍을 자유롭게오가는 양서류처럼 취직자리가 많아졌고, 그러면서도 물과 뭍이 동

　　　　　　　　　　　　　　에필로그. 플레이볼

시에 공존해야 한다는 까다로운 조건이 생겼기 때문이었다.

지구상의 어떤 양서류보다도 돈 욕심이 없어진 나는—늘 조금이라도 더 나의 시간, 나의 삶을 확보할 수 있는 직장을 찾고 또 찾았다. 결국 나는, 작은 종합병원의 후생관리 직원이 되었다. 균등하고 변함없는 하루 6시간의 업무. 그리고 그 6시간을 제외한 나머지가 모두 나의 시간이다. 인생은 참으로 이상한 것이다.

더불어 나는

아내와 재결합을 했다. 우리의 두 번째 결혼이었고, 이번에는 '연애결혼'이었다. 장인으로부터 한 푼의 돈도 받지 않았고, 나도 아내도 정말로 서로를 사랑하고, 아끼게 되었다. 첫 결혼 때에 비해 우리의 재산이 너무나도 줄었지만, 바로 그 때문에—우리는 참으로 간단하게 행복할 수 있었다. 가진 게 간단하면 인생은 간단해진다.

그리고 아내는

그 간단한 인생의 한복판에서 임신을 했다. 워낙 간단해진 인생의 시각에서 지켜본다면—임신은 보통 복잡하고, 신비롭고, 중요한 일이 아닐 수 없었다. 정말로 아내의 배는 부풀어 올랐고, 차오르는 달처럼 만삭滿朔이 되었고, 그 배에 귀를 댄 나는—작고도 힘찬 생명의 심장 박동을 느낄 수 있었다. 두근두근했고

두근두근했다.

그 생명의 심장 박동을 들었던 지난 주말. 나는 참으로 오랜만에 야구를 했다. 전화를 건 것은 나였고, 강변의 공터에는 브론토와 조성훈, 그리고 심사를 알 수 없는 괴소년이―나란히 유니폼을 입고 나와주었다. 물론 삼미 슈퍼스타즈의 유니폼이었다.

뭐랄까, 자세한 기분은 알 수 없지만―나는 그 두근두근한 배 속의 생명이 지켜보는 앞에서 나의 공, 나의 야구를 보여주고 싶었다. 이 프로의 세계에서―이제는 사라진 그 마지막 야구를. 그리고 나의 2세가 지치고 힘이 들 때면, 언제라도 회상하며 마음의 위안을 삼을 수 있을 아버지의 야구를.

플레이볼.
조성훈이 소리쳤다.
재구성된 지구의 맑고 푸른 하늘을 지나
공이 날아왔다.
만삭의 아내가 손을 흔들었다.
저 두근거림 앞에서
이제 나는
저 공을 어떻게 잡아야 하는지를
잘 알고 있었다. 자,

플레이볼이다.

에필로그. 플레이볼

작가의 말

某月某日

이 소설을 시작했을 무렵엔, 아무 대책이 없었다. 네 번의 이직移職 끝에 사표를 냈고, 내친김에 빚을 얻어 노트북을 사버렸다. 여름이었다. 늘 그랬듯 모든 게 엉망이었지만, 기분은 좋았다. 언제나 그랬듯, 맴맴맴.

그래서 간 곳이 삼천포였다. 삼천포도 처음, 소설을 쓰는 것도 처음이었다. 모든 게 처음이었지만, 여전히 기분은 좋았다. 바라던 소설을 쓸 수 있어 모든 게 흡족. 단지 비타민 C가 조금 부족한, 32살의 나이였다.

왜 그랬는지는 알 수 없다. 실패를 극복할 생각은 전혀 없이, 주변 상족암에서 공룡 발자국을 따라 걷거나, 글을 쓰거나, 했다. 아는

게 없었으므로, 글쓰기는 늘 행복한 편이었다. 일사천리. 더없이 풍부했던, 주변의 오존.

이 소설은 그렇게 쓰여졌다. 나의 첫 소설, 마이 퍼스트레이디. 나는 아직도, 그해 여름의 사표와, 차표와, 톨게이트와, 노트북과, 맴맴맴과, 오존과, 이 소설의 초고草稿를 또렷이 기억한다. 여전히, 좋은 기분이다.

돈을 벌면 해마海馬를 키우자. 집으로 돌아온 나는, 그런 말을 했다. 좋도록 해요. 웃으며, 아내가 말했다. 착한 아내가 내색하진 않았지만, 실은 해마에게 부양을 의뢰하는 편이 더 나을 만큼, 우리는 가난했었다.

그리고, 우리는 살아왔다. 이상할 정도로 아무 걱정 없이 이상할 정도로 아무 탈 없이 글을 쓰고, 밥을 먹고, 아이를 키우고, 함께 마늘을 까며 우리는 살아왔다. 이럴 수가! 해마의 보살핌이라도 있었던 걸까?

결국 나는 작가가 되었다. 늘 마찬가지고, 여전히 대책은 없고, 해마를 키울 돈도 없지만, 늘 그랬듯 기분은 좋다. 태어날 때부터 작가는 아니었지만, 죽을 때까지는 작가이고자 한다. 여름이다. 언제나 그랬듯, 맴맴맴.

322

1할 2푼 5리의 승률로, 나는 살아왔다. 아닌 게 아니라, 삼미 슈퍼스타즈의 야구라고도, 나는 말할 수 있다. 함정에 빠져 비교만 않는다면, 꽤나 잘 살아온 인생이라고도, 생각할 수 있다. 뭐 어때, 늘 언제나 맴맴맴.

관건은 그것이라고 생각한다. 따라 뛰지 않는 것. 속지 않는 것. 찬찬히 들여다보고, 행동하는 것. 피곤하게 살기는, 놈들도 마찬가지다. 속지 않고 즐겁게 사는 일만이, 우리의 관건이다. 어차피, 지구도 멸망한다.

침대에 가서 자요. 아내가 나를 흔들어 깨운다. 새벽이다. 5시 30분. 나는 일어나, 침대로 간다. 나는 요즘 AM을 즐겨 듣고, 네안데르탈인에 대해 고찰하고 있으며, 기분은 여전하고, 그리고, 글을 쓴다. 이 모두가

某月某日의 일들이다.

세 분 심사위원께
삼미 슈퍼스타즈에게
짠물 김훈희 님께
연락할 길이 없는 한재영 님께
구도 인천의 야구팬들께
무명일 때부터 힘이 되어준

정태영, 김나무 두 분 독자께
한겨레의 모든 분들께
해마海馬에게

얼마 전 작고하신
아버님의 영전靈前에

이 책을 바친다.